In medias res
Schuld ist nicht verhandelbar

Von H.C. Scherf

Thriller

Bibliografische Information der Deutschen Nationalbibliothek:
Die Deutsche Nationalbibliothek verzeichnet diese Publikation in der
Deutschen Nationalbibliografie; detaillierte bibliografische Daten sind im
Internet über http://dnb.dnb.de abrufbar.

In medias res

Schuld ist nicht verhandelbar

Aktives Mitglied im Selfpublisher-Verband e. V.

Covergestaltung: VercoDesign, Unna
Bilder von Shutterstock:
Studio London / ilolab / Dundanim
amber_85 / gualtiero boffi

Lektorat/Korrektorat: Heidemarie Rabe
rabe.heidemarie47@googlemail.com

Herstellung und Verlag:
BoD – Books on Demand, Norderstedt

ISBN: 978-3754342350

In medias res
Schuld ist nicht verhandelbar

Von H.C. Scherf

Verdam jede Tat
schon vor der Schuld

© William Shakespeare

1

»So geht das nicht, Frau Fontana. Ich brauche eine Unterschrift von Ihnen. Ich nehme das Paket wieder mit, wenn Sie weiterhin die Tür verschlossen halten. Ich weiß doch gar nicht, ob Sie das auch wirklich sind. Kommen Sie bitte – ich habe noch viel zu tun.«

Geduldig abwartend verharrte der Paketbote auf dem Flur und blickte nach oben, wo sich der Kopf von Herrn Plücker über dem Handlauf des Treppengeländers zeigte.

»Geben Sie mir das Paket. Frau Fontana wird Ihnen nicht aufmachen. Ich quittiere den Empfang und stelle ihr das Paket vor die Tür. Wenn Sie weg sind, wird sie ganz sicher öffnen.«

»Das ist nett von Ihnen, aber ich kenne das schon von ihr. Jeden Moment wird Sie öffnen, das machen wir immer so. Sie vertraut mir mittlerweile. Es dauert nur noch wenige Sekunden.«

Der Bote beobachtete die Tür aufmerksam und reagierte sofort, als er Geräusche dahinter vernahm. Nur kurz winkte er hoch zum Nachbarn und hielt sein digitales Lesegerät nebst Stift vor den Türspalt.

»Sehen Sie? Das klappt immer so. Aber trotzdem noch mal Danke für Ihr Entgegenkommen.«

Im Halbschatten der Diele erkannte der Bote das Gesicht Ellen Fontanas, die nun einen Arm durch den Schlitz steckte und quittierte. Nun endlich konnte er das Paket vor der Tür stehen lassen und sich mit einem freundlichen Gruß verabschieden. Kaum waren seine Schritte verhallt, wurden sie ersetzt durch das Geräusch einer zur Seite geschobenen Kette. Erich Plücker zog sich so weit zurück, dass er unbemerkt von Ellen Fontana das weitere Geschehen beobachten konnte. Immer wieder erfüllte es ihn mit tiefer Traurigkeit, wenn er diese attraktive Frau dabei beobachtete, wie sie ihr selbstgewähltes Gefängnis für sekundenlange Momente verließ. Kurz nachdem sie das Paket in die Diele gezogen hatte, war das Vorlegen der Sicherheitskette wieder zu vernehmen. Die Nachbarin zog sich wieder zurück in ihre trügerische Sicherheit.

»Warum kümmerst du dich überhaupt darum, Erich? Sie hat es sich selbst ausgesucht und wird damit leben müssen. Die Fontana hat nicht einmal mir aufgemacht, als ich ihr vor Tagen zwei Stücke Kirschkuchen bringen wollte. Meine Mutter sagte mir immer: Es gibt kein schlimmer Leid als das, was sich der Mensch selbst zufügt. Soll sie in der Wohnung glücklich werden. Ich jedenfalls brauche die Sonne und die Luft draußen.«

Erich Plücker wusste um die Hilfsbereitschaft von Käthe. Sie hatte aufgegeben, diese einsame Frau aus ihrer Wohnung herauszulocken und in die Hausgemeinschaft zu integrieren. Dennoch war er nicht bereit, es ihr gleichzutun und aufzugeben. Es musste eine Möglichkeit geben, Hilfe anzubieten. Das Wie war ihm jedoch noch schleierhaft.

»Ich weiß, Käthe. Doch ihre Angst muss doch in irgendwas begründet sein. Niemand begibt sich freiwillig in ein solches Exil. Ich finde, dass wir irgendwas unternehmen müssen. Was hältst du davon, wenn wir Pfarrer Hömann informieren? Der kennt sich bestimmt damit aus und wird sie besuchen wollen. Frau Fontana ist schließlich ein Geschöpf Gottes.«

»Tolle Idee, Erich. Hast du damals mitbekommen, was er mit der Flüchtlingsfamilie angestellt hat, die sich in seine Kirche retten wollte? Hättest du ihm zugetraut, dass ein Mann Gottes die rausschmeißt und sogar die Ausländerbehörde informiert. Nee, vergiss das. Man könnte mal mit der Seelsorge telefonieren. Die haben doch eine zentrale Nummer. Aber das musst du machen. Ich habe noch die Bügelwäsche von gestern.«

Erich nickte stumm, als er seine Jogginghose hochzog und nach der Bierflasche griff, die er kurz zuvor aus dem Kühlfach genommen hatte. Er stellte den Ton lauter, als er die Schalker Mannschaft auflaufen sah, deren erstes Ligaspiel in der laufenden Saison gegen den Hamburger SV bevorstand.

2

Zwanzig Jahre zuvor

... Der Lärm schwoll an, als sich die Schüler und Schülerinnen allmählich auf dem Schulhof einfanden. Die letzten sich entfernenden Elternfahrzeuge lösten einen Stau auf, der von ständigem Hupen nervtötend begleitet wurde. Als die Schulglocke erklang, drängten die ersten Kinder zum Eingang und stupsten sich gegenseitig an, während sie die Stufen zum breiten Durchgang hinaufrannten. Ein Mädchen hielt sich auffallend zurück und umklammerte krampfhaft die Riemen auf der Brust, die ihren Rucksack hielten. Ihr Blick irrte unsicher und unruhig über die Menge an Mitschülern, die lärmend in den Flur des Schulgebäudes stürmten. Hausmeister Klammer ließ auch sie vorbei, bevor er das große Tor schloss und sich an der laut krakelenden Menge vorbei die Treppe hinaufbewegte.

»Lasst mich mal durch. Auf mich wartet wieder eine tolle Aufgabe. Möchte gerne wissen, wer von euch den Klodeckel im ersten Stock der Mädchentoilette zertrümmert hat. Warum immer die Mädchentoilette? Hat man euch nicht beigebracht, wie man mit fremdem Eigentum umgeht?«

Die einzige Reaktion bestand aus lautem Gekicher und unschuldig wirkenden Gesichtern. Die Stimme von Emilia Krafzik hörte er trotzdem raus, da fast immer sie es war, die sich als Wortführerin ihrer Clique sah und patzige Bemerkungen abließ.

»Wir sorgen doch nur dafür, dass Sie Ihren Job behalten können. Wenn nichts kaputt geht, benötigt man Sie doch gar nicht an der Schule.«

Bevor Kurt Klammer reagieren konnte, war die Rädelsführerin bereits auf dem Flur verschwunden. Einige ihrer Vasallinnen zeigten ihm den Stinkefinger und liefen feixend hinterher.

Der Teufel soll euch holen. Euch verdammten, verwöhnten Biestern hat man versäumt, Anstand und Respekt vor anderen beizubringen. Die Eltern gehören verprügelt.

Mit geballten Fäusten und hochrotem Kopf blieb er einen Moment vor dem Geräteraum stehen. Nur langsam beruhigte er sich. Schon lange wusste er, dass genau diese Mädchengruppe für den Großteil an Beschädigungen und Terrorismus, wie er es nannte, verantwortlich war. Selbst die Jungen in der Klasse hatten es aufgegeben, sich gegen die Bande aufzulehnen. Sie begnügten sich damit, nicht selbst auf deren Liste zu stehen, und sahen über ihre Schandtaten hinweg. Wütend riss er die Tür auf und griff nach Eimer, Putzlappen, Zange und Ersatzdeckel. Er wusste, dass er auch gleichzeitig wieder verschmierte Fäkalien beseitigen musste.

So was hätten wir zu meiner Schulzeit nicht geduldet. Denen hätten wir Jungs sofort Manieren beigebracht.

Kurt Klammer drückte das Wasser aus dem Aufnehmer und stützte die Hände gegen die Seitenwand der Kabine, um sich aufzurichten. Die Kniearthrose bereitete ihm schon seit Monaten große Probleme und erschwerte das Arbeiten in kniender Position. Schon vor wenigen Minuten hatte er die Schulglocke gehört, die das Ende der Schulstunde anzeigte.

Er musste die Mädchentoilette verlassen, da sich jeden Augenblick die Schülerinnen dorthin begeben würden. Während er sich stöhnend aufrichtete, vernahm er in seinem Rücken, wo sich die Tür befand, ein Geräusch, das von verhaltenem Kichern begleitet wurde. Es nahm ihm fast den Atem, als er den entblößten Hintern eines Mädchens in der geöffneten Tür entdeckte. Bevor er die Person oder zumindest Einzelheiten der Bekleidung erkennen konnte, wurde die Jeans wieder hochgezogen und das Mädchen knallte die Tür mit voller Wucht ins Schloss. Lautes Lachen und sich entfernende Schritte zeigten Klammer, dass es sich um eine größere Gruppe gehandelt haben musste.

Verfluchte Bande. Das kann doch wohl nicht wahr sein. Den Arsch sollte man euch versohlen!

Endlich hatte er sich zur vollen Größe aufgerichtet und versuchte, zur normalen Atmung zurückzukehren. Wütend trat er gegen den Eimer, was lediglich dazu führte, dass Schmutzwasser sich wieder über den Boden verteilte. Immer noch erregt öffnete er die Tür und suchte den Vorraum ab. Als er das junge Mädchen an dem Waschbecken entdeckte, eilte er sofort auf sie zu. Sie wich mit weit aufgerissenen Augen zurück und versuchte, ihre feuchten Hände an der Stoffhose abzuwischen. Sie starrte in die zu Schlitzen verkleinerten Augen des Hausmeisters und drückte den Rücken gegen die Wand.

»Hast du dieses Mädchen gesehen, das gerade eben ... du weißt schon? Wer war das? Du musst sie gesehen haben. Sag es mir.«

Ellen Makard schüttelte stumm den Kopf und bewegte die Lippen, ohne dass auch nur eine Silbe den Mund verließ. Kurt Klammer trat näher an sie heran und fasste sie an der Schulter. Erst als er sie schüttelte, erreichte ihn ein leises

Stöhnen, woraufhin er sich zur Ruhe zwang. Geräusche hinter ihm ließen ihn herumschnellen. Hastig nahm er die Hände von den Schultern des Mädchens, als er Martina Haase, eine der Lehrerinnen, in der Tür stehen sah, die mit weit geöffnetem Mund die Szene beobachtete.

»Was in Teufels Namen machen Sie mit der Schülerin, Herr Klammer? Was treiben Sie überhaupt in der Mädchentoilette? Dann haben die Schülerinnen doch recht, als sie mir mitteilten, dass Sie sich in den Waschräumen herumtreiben. Ich fordere Sie auf, sofort den Raum zu verlassen, und Sie beide folgen mir bitte ins Rektorat. Auf der Stelle!«

»Aber, Frau Haase, was denken Sie ...?«

»Was ich im Moment denke, Herr Klammer, wollen Sie bestimmt nicht wissen. Entweder kommen Sie meiner Aufforderung nach oder ich hole sofort die Polizei. Wie entscheiden Sie sich nun? Und die junge Dame darf sich schon einmal Richtung Rektorat begeben.«

Als sich Ellen Makard an ihr vorbeibewegen wollte, hielt Frau Haase sie am Arm zurück.

»Bist du nicht die Neue, die heute erst in die 8 c gekommen ist? Wir sprechen uns noch später. Jetzt aber ab zur Rektorin.«

Ohne eine Antwort verließ Ellen lediglich mit einem angedeuteten Nicken die Toilettenräume. Frau Haase wandte sich wieder an Klammer.

»Ich kann einfach nicht glauben, was ich soeben sah, Herr Klammer. Wir kennen uns jetzt schon mindestens zwölf Jahre und ich hatte eine tadellose Meinung von Ihnen. Mensch, Sie sind doch ein verheirateter Mann und erzählten mit Stolz von Ihrem vierzehnjährigen Sohn Joel. Was hat Sie bloß geritten, als Sie das taten?«

Kurt Klammer umfasste die Kante des Waschbeckens und suchte krampfhaft nach Worten. Nach einigen gestammelten Silben vernahm Frau Haase den ersten zusammenhängenden Satz von ihm.

»Was ... was soll ich getan haben, Frau Haase? Ich wollte doch nur ...«

»Erklären Sie das bitte Frau Röchel. Die Rektorin wird ebenso entsetzt reagieren wie ich. Später werden wir noch die Aussagen der geschädigten Mädchen einholen. Ich befürchte, dass das ein Fall für die Polizei sein wird. Das lässt sich nicht intern regeln. Ich wage mir gar nicht vorzustellen, was passieren wird, wenn die Eltern und dann auch die Öffentlichkeit von den Vorfällen erfahren werden. Los jetzt, Herr Klammer. Lassen Sie Ihr Werkzeug einfach liegen. Das können Sie später einsammeln.«

»Setzen Sie sich, Herr Klammer.«

Viola Röchel gab sich gar nicht erst die Mühe, ihren Ärger zu verbergen. Ihre Lippen waren zusammengepresst und verstärkten damit nur noch ihren strengen Blick. Jeder an der Schule wusste, wie unnachgiebig sie sein konnte, wenn man sich gegen die Schulordnung versündigte. Mit der großen schlanken Hand strich sie ein vermeintlich abstehendes Haar glatt, das am Hinterkopf in einem strengen Knoten zusammengebunden war. Noch niemals hatte man sie mit offenem Haar gesehen, das neben der braunen Grundtönung auch blonde Strähnen zeigte. Ihre einhundertsiebenundachtzig Zentimeter an Körpergröße versuchte sie stets durch eine leicht gebeugte Haltung zu reduzieren, was sich selbst jetzt fortsetzte, als sie hinter dem mächtigen Schreibtisch saß. Als würde sie bewusst einen Spannungsbogen aufbauen wollen, schrieb sie in aller Ruhe eine Eintragung zu Ende und legte erst dann den Kugelschreiber zur Seite. Ihre dunkelbraunen Augen richteten sich auf den wartenden Hausmeister und schienen in seinem Gesicht lesen zu wollen. Niemand im Raum wagte eine Bemerkung zu machen. Erst als Viola Röchel den Drehstuhl nach hinten drückte und die Fingerspitzen gegeneinander legte, schien sie endlich bereit dafür zu sein, sich der Sache anzunehmen, die jetzt das gesamte Haus beschäftigte. Wie ein Lauffeuer hatte es sich herumgesprochen, dass etwas besonders Schlimmes auf der Mädchentoilette geschehen war.

»Erklären Sie mir Ihr Verhalten, Herr Klammer. Ich und das gesamte Kollegium möchten verstehen, warum es bei Ihnen zu dieser nicht zu entschuldigenden Entgleisung kam. Wir sprechen nicht über eine Beleidigung oder einen kleinen Diebstahl. Nein, hier wird sich anschließend die Polizei einschalten müssen. Doch bevor es so weit kommt, möchte ich Klarheit haben. Also? Was ist geschehen? Welcher Teufel hat Sie plötzlich geritten?«

Kurt Klammer beugte sich vor und versuchte, in den Gesichtern der Direktorin und Frau Haase zu lesen. Absolut ausdruckslos erwiderten die Lehrerinnen seinen Blick und warteten ab. Noch immer suchte er nach dem Sinn dieser unsäglichen Tragödie. Endlich raffte er all seinen Mut zusammen und äußerte sich, indem er eine Gegenfrage stellte.

»Kann mir jemand verraten, was sich hier gerade abspielt? Ich werde vorgeführt, als hätte ich ein Gewaltverbrechen begangen. Bisher wurde mir von keiner Seite erklärt, um was es hier geht. Eigentlich müsste ich Klage führen gegen eines dieser Biester, die die gesamte Schule terrorisieren. Geht es etwa darum, dass ich die neue Schülerin auf der Mädchentoilette befragt habe?«

Nachdem Frau Röchel einen Blick mit Frau Haase gewechselt hatte, übernahm wieder die Rektorin.

»So wie es aussieht, konnte Frau Haase wohl durch ihr unverhofftes Erscheinen eine zweite Tat verhindern. Befragt sagen Sie? Es wirkte anders, Herr Klammer. Wir möchten jedoch der Reihe nach vorgehen. Was geschah zuvor mit dem Mädchen, das Sie belästigt haben? Ich will es einmal weniger drastisch ausdrücken. Die Polizei wird es sicherlich anders benennen.«

»Ich verstehe immer wieder Polizei, Frau Röchel. Was hat meine Befragung des Mädchens mit der Polizei zu tun? Ich wollte sie doch lediglich darum bitten, mir einen Namen zu verraten. Sie muss alles gesehen haben.«

Entsetzen zeichnete sich in den Augen der Direktorin ab, als sie die Hände senkte und sich vorbeugte.

»Sie wollen uns doch wohl nicht damit sagen, dass unsere neue Schülerin alles beobachtet hat, was Sie mit der anderen Schülerin ...? Ich glaube das nicht. Sagen Sie mir, dass es nicht wahr ist.«

»Beschwören kann ich es natürlich nicht, Frau Röchel. Ich wurde durch Frau Haase unterbrochen, bevor sie sich dazu äußern konnte. Holen wir das Mädchen doch einfach rein und lassen sie ...«

Rektorin Röchel wirkte für einen kurzen Augenblick verunsichert und suchte den Blick von Frau Haase, die zustimmend nickte.

»Gut, wenn Sie es möchten, Herr Klammer. Doch schon jetzt sage ich Ihnen, dass nur ich die Fragen stelle. Sie halten sich auf jeden Fall zurück. Bitte, Kollegin Haase, holen Sie Ellen Makard herein.«

Immer noch völlig eingeschüchtert betrat Ellen von Frau Haase begleitet das Büro und rieb wieder die Hände über die

Hosenbeine, die immer noch die feuchten Stellen aus dem Waschraum zeigten.

»Du musst dich nicht fürchten, Ellen. Ich weiß, dass es für dich eine unangenehme Situation darstellt, aber wir müssen unbedingt wissen, was da unten im Waschraum geschah. Du darfst freiheraus sprechen. Herr Klammer wird dir nichts mehr tun. Das versprechen wir dir.«

»Aber, Frau Röchel, warum sagen Sie so was? Ich habe das Mädchen ...«

»Sagte ich nicht, dass Sie ruhig sein sollen, Herr Klammer? Die Fragen stelle ich.«

Klammer verstummte sofort, als ihn der strenge Blick der Rektorin traf, die sich sofort wieder mit einem gekünstelten Lächeln an die Schülerin wandte. Ellen wirkte nun zusätzlich verunsichert, da sie diese Debatte nicht einschätzen konnte und noch immer rätselte, warum sie überhaupt hierher zitiert worden war.

»Bitte entschuldige das Durcheinander, liebe Ellen – so ist doch dein Name? – Wir können jetzt fortfahren. Erzähle uns mit deinen Worten, was du in der Toilette gesehen hast, als sich Herr Klammer dort aufhielt.«

Immer wieder wechselte Ellens Blick verzweifelt zwischen den anwesenden Personen, bevor sie endlich die ersten Worte fand.

»Ich war in meiner Kabine, als ich ... also, als ich dieses Kichern hörte. Da waren ein paar Mädchen im Vorraum, die miteinander flüsterten.«

»Konntest du verstehen, was sie sagten?«, unterbrach Frau Röchel.

»Nein, konnte ich nicht. Aber plötzlich war alles ruhig und ich konnte nur noch hören, wie die Mädchen lachend rausliefen und die Tür zuschlugen. Ich habe mich nicht gewagt, rauszukommen. Erst als ich den Krach hörte, wollte ich meine Hände waschen und schnell verschwinden. Da hat jemand vor einen Eimer getreten. Ich glaube, das war ...«

Zögernd wies Ellen auf den Hausmeister, dem die Erleichterung anzusehen war. Er hatte zu seiner Selbstsicherheit zurückgefunden und sah zufrieden auf die Rektorin.

»Sehen Sie, Frau Röchel? Ich wollte das ...«

»Schweigen Sie, Herr Klammer. Ich bin noch nicht fertig.« Sie wandte sich wieder an Ellen Makard. »Als du deine Kabine verlassen hast, was geschah dann? Deine Lehrerin berichtete darüber, dass dich Herr Klammer bedrängt habe. Was wollte der Mann von dir?«

»Das weiß ich wirklich nicht. Er wollte zuerst von mir wissen, was ich gesehen habe. Ich konnte aber gar nichts gesehen haben, weil ich ja noch ...«

Frau Haase legte ihren Arm um die Schülerin, die sich kurz vor einem Weinkrampf befand. Sie beugte sich zu ihr hinunter.

»Hat dich der Mann irgendwo berührt ... ich meine damit, an einer Stelle, die dir unangenehm war?«

Als hätte jemand ein Ventil geöffnet, schoss es aus Klammer heraus.

»Was ... was wird hier eigentlich gespielt? Unterstellen Sie mir etwa, dass ich mich an dem Mädchen vergehen wollte? Ist es das, worum es hier geht? Sie sind wahnsinnig. Ich arbeite seit tausend Jahren an dieser Schule, ohne dass mir auch nur die kleinste Verfehlung nachgewiesen werden konnte. Und jetzt kommen zwei hysterische Frauen auf die Idee, mir versuchte Unzucht mit Kindern nachweisen zu müssen. Das ist unglaublich.«

»Seien Sie still, Herr Klammer und halten Sie sich bitte zurück. Sie reden sich um Kopf und Kragen. Die beiden hysterischen Frauen, wie Sie uns unverschämterweise betiteln, sind es nicht, die Sie beschuldigen. Es sind die Schülerinnen selbst, die diese Behauptung aufstellen. Ihre Entschuldigung wegen der unqualifizierten Äußerung können Sie später bei uns loswerden. Nun geht es erst einmal um die Anschuldigungen. Bitte, Frau Haase führen Sie die Schülerin hinaus, da von ihr keine weitere Hilfe in der Sache zu erwarten ist.«

Erst als Ellen Makard den Raum verlassen hatte, trat Klammer näher an den Schreibtisch heran und stützte seine verschwitzten Hände auf die Kante. Gefährlich leise richtete er seine Frage an die Rektorin.

»Kürzen wir das Prozedere doch einfach ab, verehrte Frau Rektorin. Was wird mir unterstellt? Und vor allem – von wem? Sagen Sie endlich frei heraus, an welchen Schülerinnen ich mich vergangen haben soll, bevor hier die Polizei anrückt. Ich bin bereit, mir das Ungeheuerliche anzuhören. Und dann sollen diejenigen, die das behaupten, es in der Gegenwart aller wiederholen.«

Nachdem Frau Röchel zuerst erschrocken zurückgewichen war, erhielt sie nun ihre Selbstsicherheit zurück und sah Klammer direkt an.

»Das, Herr Klammer, wird nicht geschehen. Sie glauben doch wohl nicht im Ernst, dass ich die Mädchen noch ein weiteres Mal Ihrer Gegenwart aussetze. Sollte sich diese Anschuldigung bestätigen, haben diese armen Kinder schon genug unter dem Trauma gelitten. Die Herrschaften von der Kripo werden die Wahrheit herausfinden, ohne dass die Kinder unnötig hineingezogen werden. Bitte warten Sie jetzt draußen, bis man Sie abholt.«

Wenn Viola Röchel glaubte, dass Klammer jetzt eingeschüchtert wirkte, sah sie sich getäuscht. Seine Hand schoss vor und umklammerte Röchels Finger.

»Es ist typisch für euch studierten Weiber, dass ihr den Lügengeschichten verzogener Kinder eher glaubt als den Beteuerungen von Männern, die sowieso von Natur aus notgeile Vergewaltiger sind. Ihr allein seid die gepeinigte Kreatur auf dieser Erde, die es zu beschützen gilt. Ich bin ja schon froh, dass mir keine Vergewaltigung des gesamten weiblichen Lehrerkollegiums unterstellt wird. Geht es Ihnen jetzt besser, nachdem Sie auf dem besten Weg sind, ein Leben und meinen Ruf zu zerstören?«

»Herr Klammer, bitte beherrschen Sie sich und ...«, versuchte Martina Haase den Hausmeister zu stoppen. Dessen Augen waren weiterhin fest auf die Rektorin gerichtet, die zum ersten Mal so was wie Angst zeigte. Klammer winkte nur ab, was Frau Haase zum Schweigen brachte.

»Eines sollte Ihnen klar sein. Es ist völlig egal, ob sich später meine Unschuld herausstellt. Sie sorgen gerade dafür, dass ich niemals mehr in meinem Leben einen vernünftigen Job bekommen werde. Meine Familie wird mit Zweifeln an meiner Charakterfestigkeit konfrontiert. Ist es das, was Sie wollen? Ja, ich sehe es in Ihren Augen, dass Sie genau das möchten. Wenn ich auf den Flur trete, stehen dann schon die Reporter bereit? Haben Sie wenigstens die Presse informiert, damit die Leser mich schon im Vorfeld als Bestie vorverurteilen können? Sie tun mir so leid, Frau Röchel. Nach Schulschluss können Sie sich wieder in Ihre Wohnung zurückziehen und sich die letzte Ausgabe der EMMA reinziehen. So viel wie ich weiß, gibt es in Ihrem Leben keinen Mann, in dessen Arme Sie sich nach Feierabend legen könnten.«

»Sind Sie jetzt fertig Herr Klammer?«, fuhr ihm Viola Röchel in die Parade. »Glauben Sie nur nicht, dass mich Ihr unerträglicher Vortrag auch nur im Geringsten beeindruckt.

Das sind Stammtischparolen, gegen die wir uns zur Wehr setzen müssen. Es beweist nur, wie sehr Ihr Leben von Vorurteilen gegenüber der alleinlebenden Frau, aber auch im Allgemeinen geprägt ist. Ihre Familie tut mir leid, die einen solchen machtbesessenen Patriarchen erdulden muss. Gehen Sie mir bitte aus den Augen. Frau Haase, bitte benachrichtigen Sie die Polizei.«

3

Längst hatte es sich unter den Schülern herumgesprochen, dass der langjährig hier beschäftigte Hausmeister von der Polizei abgeholt worden war. Die Gerüchteküche kochte schon seit Stunden, was die Clique um Emilia Krafzik dazu veranlasste, eine Zusammenkunft am Nachmittag im nahegelegenen Treffpunkt am Sportplatz zu verabreden. Die vier Mädels saßen mit schwingenden Beinen auf dem Geländer, das den Rasenplatz von der Laufbahn trennte. Nur Emilia Krafzik stand vor ihnen und fauchte die Freundinnen an, endlich zuzuhören.

»Verdammt, haltet endlich die Klappen. Das hättet ihr euch vorher überlegen sollen. Wir waren uns alle einig darüber, dass wir dem Arschloch einen fetten Streich spielen. Der hat es verdient, nachdem er Ina bei der Haase wegen der Zigarette angeschwärzt hat. Der hätte die beschissene Kippe einfach übersehen und die Schnauze halten können.«

»Das hätte er vielleicht auch getan, Emilia. Ich fand das auch doof, dass Ina ihn sofort einen Wichser genannt hat. Wer lässt sich so was denn gefallen?«

»Ach nee. So ist das also«, schaltete sich Ina Hollstein ein und funkelte Lea Pape böse an, die nicht zum ersten Mal Aktionen der Mädchengruppe kritisierte. »Hast du wieder mal was an uns auszusetzen? Ich frage mich, warum du überhaupt mitmachst, wenn dir das, was wir tun, nicht passt.

Verpiss dich doch einfach. Der Klammer ist ja auch ein Wichser. Davon bringst du mich nicht ab. Der hat einen kräftigen Tritt in den Arsch verdient.«

»Wo wir gerade beim Thema Arsch sind«, überging Lea das Gemecker von Ina. »Ich fand die Aktion mit dem nackten Hintern von Anfang an nicht besonders lustig. Was sollte das auch bringen? Der hätte sich doch nur darüber gefreut, mal wieder einen knackigen Arsch sehen zu können. Musste das denn unbedingt sein, dass man ihn wegen sexueller Belästigung bei der Schulleitung anschwärzt? Wer ist denn überhaupt auf diese bescheuerte Idee gekommen?«

Lea schrak zusammen, als sie Sekunden später die Spitze eines kleinen Taschenmessers an ihrem Ohr spürte. Sie schob sich unter ihren Ohrring und blieb auch da, bis Emilia gefährlich leise für Aufklärung sorgte.

»Das war ich, du kleines Arschloch. Hast du sonst noch was zu kritisieren? Dann raus damit. Allerdings könnte es dazu führen, dass ich sehr, sehr wütend werde und meine Hand dann nicht mehr unter Kontrolle habe. Was gefällt dir an der Idee nicht? Spuck es endlich aus.«

Obwohl Lea sich redlich bemühte, verwehrte ihr die Stimme jeglichen Dienst. Erst als Emilia das Messer ein Stück zurückzog, fand sie die ersten Worte.

»Ich ... ich meinte ja nur ...«

»Wieso kommt aus deinem Maul nur Müll? Bist du sauer, weil es nicht deine Idee und nicht dein Arsch war? Das liegt daran, dass dein breiter Hintern nicht durch die Tür gepasst hätte.«

Beifall heischend sah sich Emilia um und genoss das Kichern der anderen Schülerinnen. Nun wusste sie, dass ihr die Unterstützung der beiden anderen Mitglieder weiterhin gewiss war, was sie zusätzlich anfeuerte.

21

»Bist du dir eigentlich der Ehre jemals bewusst geworden, dass wir dich in unsere Clique aufgenommen haben? Hättest du deinen fetten Body damals nicht zwischen mir und die Horde Jungs gestellt, hätte ich dir das niemals gestattet. Jemand, der sitzen geblieben ist, hat bei uns eigentlich nichts zu suchen. Und sieh dich doch mal an. Kannst du dir nicht irgendwann einmal eine vernünftige Frisur zulegen? Diesen Stoppelhaarschnitt tragen doch nur Jungs. Aber die Frisur passt auch zu deiner uncoolen Kleidung. Du siehst einfach nur beschissen aus, Lea. Aber darüber hat jede von uns bisher hinweggesehen. Allerdings geht uns allen dein ewiges Gemecker mächtig auf den Keks.«

Lea schluckte und blickte auf Emilias Hand, die noch immer das Messer gegen Hals und Ohr drückte. Es waren nur Wortfragmente, die sie deshalb von sich gab.

»Ich meinte ... es ist gemein, wenn wir ...«

»Soso, gemein sind wir also«, unterbrach Emilia sie. »Der Pisser hat uns doch ständig auf den Arsch geguckt. Jetzt hat er wenigstens mal einen in echt gesehen. Dann muss er nicht durch ein Loch in der Dusche glotzen. Die werden ihm ordentlich auf die Pfoten hauen. Der kann froh sein, wenn er den Job behalten darf. Übrigens fand ich das gut, dass wenigstens Miriam den Mut besaß, zu ihm in die Toilette zu gehen. Sie hat zwar nicht den schönsten Arsch von uns, aber zumindest hat sie ihn aus der Hose gelassen. Du hättest dich doch vor lauter Angst in die Buchse gemacht.«

Die angesprochene Miriam richtete ihren gedrungenen Körper zur vollen Größe auf und strich mit einem zufriedenen Grinsen über ihre dunkelblonden Zöpfe. Ein Lob ihrer angebeteten Anführerin tat ihr gut. Dankbar erfassten ihre leicht schielenden Augen Emilia, die genau wusste, auf welche Art sie ihre Vasallen streicheln musste. In Miriam fand sie die dankbarste Untergebene. Lea ließ jedoch trotz ihrer prekären Lage nicht locker.

»Du hast uns noch immer nicht genau gesagt, was du der Röchel erzählt hast. Wir wissen bisher nur, dass du behauptet hast, dass er Miriam an den Hintern gefasst hat. Was müssen wir sagen, wenn man uns verhört?«

»Ach nee, höre ich da wieder einmal die Angst heraus, man könnte die liebe Lea bei einer Lüge erwischen? Für alle hier stelle ich die Fakten noch einmal klar, damit wir das Gleiche erzählen können.«

Augenblicklich entstand Ruhe, sodass nur ab und zu die schrille Trillerpfeife eines Trainers am anderen Ende des Sportplatzes zu hören war. Emilia warf sich in die Brust, die bei ihr schon gut entwickelt war, was die Blicke der männlichen Schüler immer öfter auf sie lenkte. Allerdings verstand sie es hervorragend, ihr extrem gutes Aussehen und ihr wohlhabendes Zuhause in den Vordergrund zu spielen. Ihr allmorgendliches Ritual, sich darzustellen, wenn sie den Porsche ihrer Mutter verließ, war mittlerweile legendär und wurde von fast allen Schülern verfolgt, aber gleichzeitig auch gehasst.

»Also stellt mal für einen Moment eure Löffel hoch. Wir waren gestern alle in der Toilette – damit das klar ist. Miriam war die Letzte, die noch pinkeln wollte. Wir waren noch beim Händewaschen und hielten uns im Vorraum auf, als sie die Kabine fünf benutzen wollte. Als Miriam die Tür öffnete, bemerkte sie erst den beschissenen Hausmeister, der da mit geöffneter Hose stand. Er hat ihr an den Arsch gefasst und wollte wohl noch mehr. Gott sei Dank waren wir in der Nähe und haben sofort reagiert. Im letzten Moment konnten wir Miriam da rausholen und mit ihr auf den Schulhof laufen. Ihr alle habt gesehen, wie die Haase anschließend da reinging und den Klammer in flagranti erwischte.«

Aufmerksam waren die Mädchen dem Vortrag ihrer Anführerin gefolgt und versuchten, sich das Geschehen vorzustellen. Wieder war es die kritische Lea, die einen Einwand wagte.

»So richtig klar wird mir das noch nicht, Emilia. Warum haben wir dann nicht die Haase sofort informiert?«

»Weil wir Angst hatten, du Irre. Das Gefühl müsstest du doch ganz gut kennen. Wir standen unter Schock. Und außerdem hat die Haase den Kerl sowieso zur Rektorin mitgenommen.«

»Verstehe ich nicht, Emilia. Wie konnte denn die Rektorin dann schon von dem Angriff auf Miriam wissen?«

Jedes der Mädchen richtete nun den Blick auf Emilia, die in diesem Augenblick ein triumphierendes Grinsen zeigte.

»Ja, Leute, dazu muss man ziemlich clever sein.«

Das Grinsen verstärkte sich noch, als Emilia ihr Smartphone hochhielt. Ina Hollstein, deren dürre Gestalt ihr die Anmache der Jungs ersparte, stand da mit offenem Mund und sprach aus, was jede dachte.

»Du hast ohne unser Wissen ... du hast die Röchel angerufen? Die wusste von dir, was der Pisser mit Miriam angestellt haben soll?«

»Nicht *angestellt haben soll*, sondern *angestellt hat*, du blöde Kuh. Jede von uns wird das beschwören können. Damit das klar ist. Weicht eine davon ab, wird sie meinen kleinen Freund hier kennenlernen.«

Alle wussten, dass sie die Drohung ihrer Anführerin, die jetzt auch das Messer hochhielt, ernst nehmen mussten. Zaghaft versuchte Lea einen weiteren Einwand.

»Irre ich mich, oder befand sich nicht die Neue im Schlepptau der Haase? Wenn die auch da drin war, wird sie doch alles mitbekommen haben und uns in die Pfanne hauen. Wir müssten die Schlampe doch bemerkt haben. Was machen wir mit unseren Behauptungen, wenn die schon bei der Röchel ausgepackt hat?«

Nur einen Moment wirkte selbst Emilia überrascht und überlegte. Das gewohnte Lächeln kam jedoch schnell wieder zurück, als sie den Einwand vom Tisch fegte.

»Hört zu, ihr Angsthasen. Hätte diese Tussi uns verpfiffen, wäre Klammer nicht von den Bullen abgeholt worden. Dann hätte man uns längst ins Rektorat geholt. Entweder hat die blöde Kuh nichts mitbekommen oder die hat einfach nur die Schnauze gehalten. Was haltet ihr davon, wenn wir sie uns mal vorknöpfen? Ich werde schon rauskriegen, wo die wohnt und was sie am Abend treibt. Ich kümmere mich darum und dann packen wir sie uns. Einverstanden? Wer ist dafür und wer dagegen?«

Emilia wartete noch die einstimmige Bestätigung ihrer Truppe ab, bevor sie sich mit schwingenden Hüften auf Martin Häffner zubewegte. Er wurde in der Schule von allen Mädchen als begehrenswertester Begleiter angesehen. Sein Verschleiß an Freundinnen war bereits legendär. Trotzdem liefen sie ihm alle hinterher – selbst Emilia.

4

Der Imbiss, in dem Ellen Makard sich ihr Abendessen besorgen wollte, war nur fünf Minuten Fußweg entfernt. Es passierte des Öfteren, dass sie sich Essen außerhalb besorgte, da ihre Mutter das Kochen schlichtweg vergessen hatte. In diesen Fällen lag stets ein Geldbetrag auf der Anrichte und Susanne Makard auf der Couch. Seit Vater sich mit der neuen Partnerin auf den Weg nach Südostasien aufgemacht hatte, war der Alkohol das bestimmende Element in Mutters Leben geworden. Da sie ihr Herzproblem mit Medikamenten in den Griff bekommen musste, sorgte die Kombination dafür, dass ihr Tag bereits um die Mittagszeit auf der Couch oder im Bett endete. Ellen schlug die Kapuze ihrer Joggingjacke hoch und zog die Schultern fröstelnd zusammen. Leichter Nieselregen blies ihr der auffrischende Wind ins Gesicht. Darin lag auch der Grund, warum sie die plötzlich vor sich auftauchende Person erst spät entdeckte und fast auflief.

»Na, das ist aber eine Überraschung. So spät noch auf der Straße? Hast du deine Schulaufgaben schon erledigt?«

Erst jetzt erkannte Ellen die Mitschülerin, die in ihrer Klasse in der vorletzten Reihe saß und sich kaum am Unterricht beteiligte. Aufgefallen war sie ihr allerdings schon am frühen Morgen, als sie mit erhobenem Haupt aus einem aufgemotzten Porsche stieg, der dann mit lautem Getöse davonfuhr. Sie glaubte, sich sogar an den Vornamen Emilia zu erinnern. Warum ihr dieses sehr gutaussehende Mädchen vom ersten Augenblick an unsympathisch war, konnte sie sich nicht erklären. Es war einfach so. Ellen Makard trat einen Schritt zurück und spürte sofort, dass eine weitere Person direkt hinter ihr auftauchte. Ein Gefühl von Gefahr baute sich auf.

»Wo willst du hin? Wir wollten dich einmal näher kennenlernen, Ellen. Ich meine damit, so ganz privat. Hast du einen Moment Zeit für uns? Wir wissen immer gerne, mit wem wir es zu tun haben und ob wir uns auf Mitschüler verlassen können. Lass uns ein paar Schritte gehen. Komm.«

Ohne Ellens Antwort abzuwarten, zog Emilia Krafzik die neue Schülerin zur Seite, wobei Ellen feststellen musste, dass sich die Anzahl der Mädchen nun um weitere zwei Personen vermehrt hatte. Allmählich stieg in ihr ein ungutes Gefühl auf, das dazu führte, dass sie versuchte, sich aus dem festen Griff der Anführerin zu befreien. Chancenlos wurde sie vorwärtsgestoßen und bemerkte mit Erschrecken, dass es Richtung eines im Dunkeln liegenden Spielplatzes ging. Als man sie auf die erstbeste Bank gedrückt hatte, verstärkte sich das Gefühl aufsteigender Angst noch. Vor ihr standen nun vier Schülerinnen aus ihrer Klasse, die sie wortlos anstarrten. Unruhig rutschte Ellen zur Seite und hielt nach einer Fluchtmöglichkeit Ausschau. Keine Chance. Man würde sie nach wenigen Metern eingeholt haben, zumal sie selbst zu den unsportlichen Menschen zählte.

»Ich denke, dass du weißt, wer wir sind. Aber ich werde dir meine Freundinnen trotzdem noch einmal vorstellen. Die Dicke hier ist Lea. Meine dürre Freundin hier hört auf den Namen Ina. Dann hätten wir noch unsere tapfere Miriam. Mich kannst du Emilia nennen. Du wirst dich sicherlich fragen, warum wir so nett sind und unsere Freizeit für dich opfern? Du könntest uns einen Gefallen tun, Ellen Makard. Du wirst uns erzählen, was man heute im Rektorat von dir wollte. Es ist sehr wichtig, dass du nichts weglässt. Du solltest dich an jedes Wort erinnern. Tust du das nicht, wären wir alle hier sehr enttäuscht von dir. Also – wir hören.«

Ellen konnte nicht einschätzen, ob sie erleichtert sein sollte über das, was man von ihr erwartete. Die Sorge fiel wie ein Felsbrocken von ihr ab, dass man sie quälen wollte, wie sie es oft schon in amerikanischen Serien gesehen hatte und wie sie es von zu Hause gewohnt war. Tief atmete sie durch, bevor sie sich die Unterhaltung vom Vormittag in Erinnerung holte.

»Eigentlich fand ich das Ganze sehr komisch. Ich weiß bis jetzt nicht einmal, was da überhaupt geschehen war. Die haben daraus ein Riesengeheimnis gemacht.«

»Quatsch nicht groß drumrum, sondern tu das, was man von dir verlangt hat«, mischte sich Ina Hollstein ein und stupste Ellen gegen die Schulter. Die Reaktion von Emilia überraschte Ina danach sehr, vor allem, als sie den Schlag in den Nacken verspürte.

»Lass Ellen ausreden, du Arschgeige. Wenn sie nicht aufgeklärt wurde, ist es nun mal so. Sie soll keine Mutmaßungen anstellen, sondern die Wahrheit berichten. Also los, Ellen, mach weiter.«

Ina hatte den Kopf eingezogen und schielte wie ein geschlagener Welpe zur Anführerin hoch. Einen halben Schritt trat sie hinter Lea zurück und wartete ab.

»Wie ich schon sagte. Es war alles sehr geheimnisvoll. Ich hatte lediglich Geräusche aus einer der Kabinen neben mir gehört und dann folgte nur noch ein seltsames Scheppern, das Türschlagen und ein lautes Fluchen von dem Hausmeister, der urplötzlich aus einer der Kabinen auftauchte. Er stürzte dann sofort auf mich zu. Der hatte einen ziemlich dicken Hals, kann ich euch sagen und war stinksauer. Der schrie mich an, ob ich was gesehen hätte. Der Arsch hatte mich an den Schultern gepackt und schüttelte mich. Verdammt das tat weh. Doch bevor ich was sagen konnte, war da plötzlich die Lehrerin. Ich meine, die heißt Haase?«

»Ja, du hast dich nicht verhört. Die heißt wirklich wie das scheiß Nagetier«, bestätigte Emilia die Annahme. »Haben die im Rektorat nicht gefragt, ob du jemanden gesehen hast?«

»Ja sicher, immer wieder. Aber ich habe wirklich nichts gesehen. Irgendwann haben die das wohl gefressen und mich weggeschickt. Den Herrn Klammer hat man, so glaube ich wenigstens, mit der Polizei abgeholt. Wisst ihr denn, was der angestellt haben könnte?«

Die Mädchen wechselten Blicke und schienen übereingekommen zu sein, Ellen zumindest in die wichtigsten Fakten einzuweihen. Wieder übernahm Emilia.

»Was genau passiert ist, werden wir wohl später bei den Bullen zu Protokoll geben müssen. Eines darfst du jedoch schon jetzt wissen. Du hast verdammtes Glück gehabt, dass die Haase früh genug reinkam. Wer weiß, was dieser geile Bock sonst noch mit dir angestellt hätte.«

»Du meinst, dass der Klammer ...?«

»Da kannst du mal sicher von ausgehen, nachdem der schon an vielen Schülerinnen rumgegrabscht hat. Doch damit ist jetzt endgültig Schluss. Die sollten dem im Knast die Eier abschneiden und an die Vögel verfüttern. Wir sorgen nun dafür, dass in der Schule wieder Ordnung herrscht. Mehr brauchst du vorerst nicht wissen. Und noch was. Solltest du irgendwann Interesse daran haben, unserer

Gruppe beizutreten, sagst du es mir. Klaro? Wir werden dann beraten, ob du die Aufnahmeprüfung machen darfst. Mehr wollen wir gar nicht von dir heute Abend. Wir sehen uns morgen früh in der Schule.«

Ellen sah absolut überrascht auf die ausgestreckte Hand von Emilia. Nachdem sie auch die Hände von Lea und Miriam gedrückt hatte, sah sie in die kalten, hasserfüllten Augen von Ina, die sich ohne jeden Gruß umdrehte und versuchte, die Freundinnen einzuholen.

5

Sybille Klammer drückte die Lamellen der Jalousie einige Zentimeter auseinander, um besser erkennen zu können, ob sich die drei Männer mit ihren Kameras endlich aus dem Vorgarten verzogen hatten. Schon seit den frühen Morgenstunden klingelte es nicht nur an der Haustür, sondern auch das Telefon lärmte ununterbrochen. Die Story in der Tageszeitung hatte wie eine Bombe in der gesamten Nachbarschaft eingeschlagen. Wo bisher ein harmonisches Miteinander herrschte, war eine beängstigende Veränderung selbst im Verhalten der Freunde vorgegangen. Sybille spürte das sehr deutlich, als bereits kurz nach acht Monika Pawlak Sturm schellte und sich in die Diele schob, nicht ohne sich zuvor mit einem Rundblick vergewissert zu haben, dass ihr Kommen in den Nebenhäusern unbemerkt geblieben war. Schon seit vielen Jahren bestand eine tiefe Freundschaft zwischen den Familien, was sich auch darin zeigte, dass sich zumindest die Frauen zwei- bis dreimal in der Woche zum gemeinsamen Frühstück trafen. Heute jedoch hatte sich das Verhalten Monikas verändert.

»Was ist los mit dir, Monika? Wir waren doch erst für morgen verabredet. Egal, setz dich. Soll ich uns einen Kaffee aufsetzen?«

Sybille befand sich schon auf dem Weg zum Kaffeeautomaten, als sie Monikas Antwort aufhielt.

»Nein, nein, Sybille, lass nur. Ich wollte auch nicht lange stören. Wo du es aber gerade ansprichst – ich meine das Treffen morgen früh – es ist was dazwischengekommen. Ich habe dir doch von meinem Schwager Siegbert erzählt, der in Leverkusen wohnt. Dem ist eine Wasserleitung geplatzt. Jetzt steht bei meiner Schwester die halbe Wohnung unter Wasser und sie hat uns gebeten, ob wir ihnen helfen können. Ich werde schon sehr früh rüberfahren. Sei mir nicht böse, wenn ich deshalb absagen muss.«

Sybilles Gesichtsausdruck blieb ohne jede Regung, als sie zurück zum Tisch kam und mit vor der Brust verschränkten Armen ihre Freundin betrachtete.

»Schön, Monika, damit hast du Teil eins erledigt. Aber mir scheint, dass dies nicht der einzige Grund ist, warum du mich besuchst. Du hast dich wie ein Kerl verhalten, der ungesehen in einem Pornoshop verschwinden wollte. Was also führt dich wirklich hierher? Die Absage hättest du auch telefonisch loswerden können.«

»Jetzt sei doch nicht so sarkastisch, Sybille. Sind wir nicht Freundinnen, die sich alles erzählen können? Warum hast du mich nicht angerufen, als du das von Kurt erfahren hast? Wir haben doch sonst auch keine Geheimnisse voreinander. Verdammt, wenn du schon früher mit mir darüber gesprochen hättest, hätte ich dir geholfen, von ihm wegzukommen.«

Sybille versuchte, das Gehörte von sich abprallen zu lassen, was ihr nur mäßig gelang. Als sie ihre Kinnlade nach unten fallen ließ, bemerkte Monika wohl, dass sie einen verdammt schlechten Einstieg in ein Gespräch unter Freundinnen geschaffen hatte. Die Bestätigung dafür erfuhr sie recht schnell.

»Bist du so nett und klärst mich auf, was du überhaupt meinst. Von wem sollte ich wegkommen? Du scheinst etwas zu wissen, was vor mir verborgen blieb. Setz dich doch und erzähl mir davon.«

Sybille nahm am Kopfende des Küchentisches Platz und wartete wortlos darauf, dass Monika es ihr gleichtat. In Monika Pawlak tobte ein Kampf, ob sie sich auf eine Diskussion einlassen sollte. So kompliziert hatte sie sich den Kurzbesuch bei Sybille nicht vorgestellt. Doch nun hatte sie sich durch eine falsche Wortwahl selbst in diese Situation hineinmanövriert und musste retten, was es noch zu retten gab.

»Mensch, Sybille, jetzt spiel mir nicht die Ahnungslose vor. Wir wissen doch beide genau, worüber ich rede. Du kannst mir nicht weismachen, dass du in den letzten Jahren nichts an Kurt bemerkt hast. Wenn der so den Kindern zugetan war, hat er dich doch bestimmt im Bett vernachlässigt. Das spürt man doch als Frau. Habt ihr nie darüber geredet. Ich hätte ...«

»Moment«, unterbrach Sybille und hob die Hand an die Stirn, »du hast gerade in diesem Moment meinem Mann unterstellt, dass er tatsächlich diese Schülerinnen angefasst hat? Sehe ich das richtig?«

Als Monikas Antwort ausblieb, fuhr Sybille fort.

»Viele Jahre sitzen wir zusammen, feiern gemeinsam jeden Geburtstag, beschenken zu Weihnachten gegenseitig unsere Kinder. In höchsten Tönen lobst du in der gesamten Nachbarschaft meinen Kartoffelsalat und meinen ehrenamtlichen Einsatz in der Altengruppe. Das ist doch bis hierher Fakt. Oder? Egal. Nun aber sitzt genau diese Frau, von der ich glaubte, eine gute Freundin zu sein, vor mir und erklärt in ihrer bewundernswerten Weisheit, dass mein Mann ein Kinderficker ist. Das habe ich doch richtig verstanden?«

»Aber das habe ich doch gar nicht ...«, versuchte Monika zaghaft einen Einwand, wurde aber von Sybille abgewürgt.

»Du sprichst so übel über den Mann, der bei der Geburt eurer Tochter Pate stand und der euch vor Jahren all unser Gespartes übergab, damit ihr euch nach dem Wohnungsbrand eine neue Küche kaufen konntet? Hast du vergessen, dass genau dieser Mann so manche Nacht am Bett eurer Tochter wachte, wenn ihr zwei zu Tanzabenden abgeschwirrt seid und die Kleine mit Fieber im Bettchen lag? Es war Kurt, der seine Zeit und seinen Schlaf opferte. Nun wirst du mir gegenüber bestimmt erklären, dass er sich unbemerkt von uns allen an diesem Mädchen vergangen haben soll. Monika – du tust mir so leid. Nein, ich habe mich falsch ausgedrückt. Du kotzt mich an.«

Als hätte man sie ins Gesicht geschlagen, zuckte Monika zusammen und verfärbte sich. Ihre Hände, mit denen sie bisher die Tischdecke immer wieder glattgestrichen hatte, zog sie ruckartig zurück, um sie in ihrem Schoß zu kneten. Die Lippen zitterten, was ihre Betroffenheit und innere Unruhe zeigten. Erstaunlich ruhig ruhten Sybilles Augen auf der Gestalt, die ihr plötzlich so unendlich fremd erschien.

Habe ich die vergangenen Jahre tatsächlich den Worten dieser Frau geglaubt, die uns Freundschaft und Nähe vorgaukelten? Was passiert da gerade mit uns? Gibt es Gründe, warum Monika an Kurt zweifeln könnte? Tue ich ihr Unrecht?

Allmählich schien sich Monika Pawlak wieder unter Kontrolle zu bekommen. Ihre Fäuste öffneten sich wieder und eine Hand tastete über die Tischplatte, um nach Sybilles zu greifen. Die jedoch zog ihre ruckartig zurück. Monika versuchte zu retten, was jedoch nicht mehr zu retten war.

»Das, was du mir gerade vorgeworfen hast, hat mir sehr wehgetan, Sybille. Ich bin eigentlich zu dir gekommen, um dir meine, nein unsere Hilfe anzubieten. Das Angebot besteht immer noch, obwohl du sehr gemein zu mir warst. Ich rechne es deiner Enttäuschung über Kurt zu. Er hat deinen Geist verwirrt und dafür gesorgt, dass du Gut und Böse derzeit nicht auseinanderhalten kannst. Wenn du Hilfe benötigst, was deine Trennung betrifft, so kannst du immer mit uns rechnen. Einmal Freundschaft – immer Freundschaft. Ich lasse dich nun allein und hoffe, dass du wieder zu Verstand kommst.«

Monika erhob sich, um sich Sybille zu nähern. Auf halber Strecke stoppte sie und starrte in die kalten Augen der Frau, die sie noch Stunden zuvor so geschätzt hatte. Unsicher geworden drehte sie sich um und lief zur Haustür. Jedes der ihr nachgeworfenen Worte trafen Monika wie Peitschenhiebe.

»Lass dich bitte nie wieder in diesem Haus sehen. Ich stehe hinter meinem Mann und werde in ein paar Tagen wieder den Arm schützend um ihn legen, wenn seine Unschuld bewiesen wurde. Doch dann wird es euresgleichen nicht mehr in unserem Leben geben.«

6

»Darf ich in Ihre Tasche sehen, Frau Klammer? Besitzen Sie ein Smartphone? Dann legen Sie es bitte in diese Schale. Ihre Sachen erhalten Sie zurück, wenn Sie die Haftanstalt wieder verlassen. Folgen Sie mir nun in das Wartezimmer. Wir werden Ihren Mann holen und geben Ihnen eine halbe Stunde Zeit im Besucherzimmer. Bitte vermeiden Sie Berührungen.«

Sybille Klammer hauchte ein *Danke* und übergab dem Justizvollzugsbeamten ihre Tasche. Noch immer hatte sie die Gänsehaut, die sich schon beim Betreten des Eingangsbereiches auf ihrem Körper gebildet hatte. Oft genug hatten Sie solche Szenen in Tatortsendungen auf dem Bildschirm gesehen. Das hier, die Realität, war eine Hölle, die sich niemand vorstellen konnte, der es nicht live erlebt hatte. Ein früherer Bekannter, von dem sie wusste, dass er schon wegen Raubes eingesessen hatte, hatte ihr am Telefon geschildert, dass sie sich darauf vorbereiten musste, eine Parallelwelt zu betreten. Er hatte recht.

Oh mein Gott, wie soll Kurt das hier überstehen. Er hatte schon immer Angst davor geäußert, einmal hier hineinzumüssen. Nun hatte es ihn viel härter getroffen. Lieber Gott, beschütze ihn, so wie er uns, seine Familie, stets beschützte.

Kaum hatte sie den Gedanken zu Ende gebracht, als sich die Tür öffnete und man Kurt an den Tisch führte, an dem sie auf ihn wartete.

»Wie ich schon sagte, Frau Klammer, eine halbe Stunde. Und noch mal: Bitte vermeiden Sie es, sich zu berühren. Ich muss leider im Raum bleiben und werde Sie beobachten müssen.«

Sybille warf dem Mann einen dankbaren Blick zu und setzte sich Kurt gegenüber. Erst als sie versuchte, ihn mit den Füßen zu berühren, bemerkte sie, dass man unter dem Tisch eine Trennwand angebracht hatte. Ihre Blicke vereinigten sich, was ihr spontan die Tränen in die Augen trieb.

»Du musst nicht weinen, Schatz«, versuchte Kurt sie zu trösten und berührte Sybilles Hand mit den Fingerspitzen. Der Beamte im Raum bemerkte es, sagte jedoch kein Wort. »Es geht mir so weit gut. Man hat mich in einer Einzelzelle untergebracht und mir versichert, dass morgen mein Pflichtanwalt kommen würde. Dann werde ich dem Untersuchungsrichter vorgeführt. Man meint, dass sich dort entscheiden würde, ob ich hierbleiben muss oder vorerst auf freien Fuß komme. Wie geht es dir und wie hat Joel das mit mir aufgenommen?«

Schon auf dem Weg hierher hatte Sybille krampfhaft überlegt, ob sie Kurt von den Geschehnissen zu Hause berichten sollte. Sie war sich nicht sicher, wie er die hässlichen Besuche der Reporter und die Reaktion der Pawlaks in der jetzigen Lage aufnehmen und verarbeiten würde. *Wenn es ihr schon zusetzte – wie musste es auf Kurt wirken?* Sie entschied sich dazu, nur die halbe Wahrheit darzustellen.

»Joel bittet dich darum, dass du sein Fernbleiben entschuldigst. Ich habe das Gefühl, dass er leidet. Verstehe das bitte nicht falsch, Kurt. Er hält dich nicht für schuldig. Ganz im Gegenteil. Er verflucht die Schulleitung und meint, dass so was an seiner Schule niemals möglich gewesen wäre. Er schwört auf den Rektor und auf seinen Klassenlehrer. Er meinte nur, dass er die Umgebung nicht ertragen könne. Außerdem ist er felsenfest davon überzeugt, dass du schon bald wieder daheim sein wirst. Er erinnert dich daran, dass ihr zwei die Karten für das Spiel beim VfL Bochum bestellt habt und mit Sicherheit dort mitfiebern werdet. Er lässt dir eine Umarmung da.«

»Es ist ein guter Junge – das weiß ich. Sage ihm, dass ich ihn ebenfalls umarme und egal, was hier noch mit mir passiert, ich ihn immer lieb haben werde. Du trägst aber etwas mit dir herum, Schatz. Das spüre ich. Ist zu Hause wirklich alles in Ordnung, oder verschweigst du mir etwas? Du machst es mir nicht einfacher, wenn du es bei dir behältst und ich mir immer Gedanken mache. Lass es heraus. Bestimmt hat die Nachricht von meiner Verhaftung schon die Runde gemacht. Die Nachbarn werden sich das Maul zerreißen. Ist es nicht so?«

Sybille vermied, ihm ins Gesicht zu sehen, während sie erneut überlegte, ob sie wirklich alles für sich behalten sollte. Als sie endlich den Mut fand, Kurt anzusehen, bemerkte sie die Traurigkeit in seinen Augen.

»Lass nur, Sybille, lass nur. Ich kann mir vorstellen, wie man denkt. Der Virus hat sich längst in den Gedanken festgefressen und für die meisten von ihnen bin ich schuldig – ein Kinderverführer. Sag mir jetzt nicht, dass es anders wäre. Ich würde es dir doch nicht glauben. Aber für mich ist im Moment nur eines wichtig: Was denkst du? Alle anderen können über mich reden, was sie wollen. Nur du zählst.«

Genau davor hatte sich Sybille gefürchtet. Es war diese einfache Frage, die er stellen würde und auf die er eine ehrliche Antwort erwarten durfte. Ihr Zögern erzeugte in Kurt ein heilloses Durcheinander, das sich sofort darin zeigte, dass er seine Hände zurückzog und sich seine Augen zu

Schlitzen verengten. Vergeblich versuchte sie, nach seinen Händen zu greifen, seine Hoffnung nicht vollends sinken zu lassen. Doch zu spät bemerkte sie, dass sie einen nicht wiedergutzumachenden Fehler gemacht hatte.

»Warum, Sybille? Habe ich dir jemals einen Grund geliefert, an meiner Liebe zu dir zu zweifeln? Das sind Kinder, mit denen ich mich abgegeben haben soll. Verstehst du das? Kinder! Kein Mann, kein Vater darf so was tun. Und du zweifelst nun an mir? Du stellst mich auf eine Stufe mit diesen Bestien, die sich an diesen unschuldigen Wesen vergehen. Das ... das hätte ich nicht geglaubt. Sieht das Joel etwa auch so? Bitte sag mir die Wahrheit. Ich werde es verkraften müssen.«

»Nein, nein, Kurt. Um Gottes willen. Du darfst an dem Jungen nicht zweifeln, wenn du es schon bei mir tust. Aber verstehe mich auch. Da sagen vier Mädchen aus, dass du dich ihnen auf besondere Weise genähert haben sollst. Vier Menschen behaupten das. Da dürfen doch Zweifel angebracht sein. Aber egal, was du auch immer getan haben magst – ich halte immer zu dir. Darauf kannst du dich verlassen. Wir haben uns einmal versprochen, dass wir immer zueinanderstehen, egal was passiert. Und dazu stehe ich auch noch heute.«

Stumm ruhten Kurts Augen auf der Frau, die ihm vor Sekunden deutlich vor Augen geführt hatte, wie weit ihr Vertrauen in ihn ging. Über seine Wangen liefen Tränen, die Sybille wegwischen wollte, was Kurt jedoch dadurch verhinderte, indem er mit seinem Stuhl zurückrückte. Wortlos erhob er sich und warf dem Beamten an der Tür einen bittenden Blick zu. Der verstand und begleitete Kurt Klammer vom Tisch zur Tür. Dort drehte er sich um und richtete seine Worte an die Frau, die jetzt ihr Gesicht in den Armen verborgen hielt. Durch ihr Schluchzen vernahm sie seine Bitte.

»Sage Joel, dass er niemals an seinem Vater zweifeln darf. Ich hoffe, dass ich zumindest ihm ein Vorbild war. Immer werden ihn meine Gedanken begleiten. Und dir möchte ich sagen, dass ich dir nicht böse bin. Ich verstehe dich sogar und weiß nicht, wie ich mich an deiner Stelle entschieden hätte. Ich liebe dich.«

Bevor Sybille antworten konnte, schloss sich die Tür hinter Kurt. Ein Beamter begleitete sie zurück zum Wartezimmer und händigte ihr die deponierten Gegenstände aus. Noch lange stand sie vor dem kalt wirkenden Gebäude und suchte die Zellenfenster ab, in der Hoffnung, einen Blick des Mannes zu erhaschen, den sie so maßlos enttäuscht hatte.

7

Der Schulhof strahlte etwas aus, was sich kaum mit Worten beschreiben ließ. Nicht nur, dass es ruhiger war und die Schüler in kleinen Gruppen herumstanden und sich fast flüsternd unterhielten. Auch die Lehreraufsichten unterhielten sich in gedämpftem Ton. Ein Schatten schien sich über die Menschen gelegt zu haben, der alles überdeckte. Kurt Klammer war in aller Munde und seine Abwesenheit, besser seine Verhaftung, wurde kontrovers diskutiert. Fast alle Schüler und Schülerinnen mieden die Gruppe von Mädchen, die dafür bekannt war, dass sie andere terrorisierten. Es hatte sich herumgesprochen, dass sie es waren, die behaupteten, vom grundsätzlich beliebten Hausmeister Klammer angemacht worden zu sein. Niemand sonst, konnte dem fürsorglichen Mann auch nur das Geringste nachsagen, von einer sexuellen Nötigung ganz zu schweigen. Die negative Stimmung hatte auch das Lehrpersonal erfasst, von denen nur wenige daran glaubten, dass die Behauptung dieser Mädchen der Wahrheit entsprach. In der Lehrerkonferenz war man sich einig, diese Mädchengruppe zu beobachten. Martina Haase, die heute Morgen die Hofaufsicht innehatte, warf der Krafzik-Gruppe einen Blick zu, der ihren gesamten Zweifel beinhaltete. Sie hatte schon in der Nacht ihr Tun tausendfach bereut, zumal sie Klammer schon viele Jahre kannte.

Emilia Krafzik konnte sich kaum auf den Beinen halten, als sie den Stoß in den Rücken spürte und gegen Ina Hollstein prallte. Die Jungengruppe, die sich hinter ihnen gebildet hatte, stand mit unbewegten Gesichtern in einer Reihe und wartete auf eine Reaktion der unbeliebten Schönheit. Selbst Martin Häffner, der unangefochtene Gigolo der Schule und scheinbare Freund Emilias, verfolgte die Szene, ohne sich zu rühren. Wie eine Katze warf sich Emilia herum und trat einen Schritt auf die Jungen zu.

»Was sollte die Scheiße? Glaubt ihr im Ernst, dass ich Angst vor euch habe?« Während ihre Hand in die Hosentasche fuhr und mit dem Messer spielte, funkelte sie den Größten aus der Gruppe an. »Du scheinst nicht zu wissen, mit wem du dich anlegst. Du wärst nicht der erste Bursche, dem ich Manieren beigebracht habe. Frage mal Holger Schenker, wer ihm fast das Ohr abgeschnitten hat.«

»Uhu – muss ich mich jetzt fürchten?«, erwiderte Karsten Schüller, der nicht einmal mit der Wimper zuckte. »Ich kann mich kaum beherrschen und muss gleich bestimmt die Hose wechseln. Deine Zeit hier an der Schule ist vorbei, du dreckige Zicke. Du hast die längste Zeit deine Mitschülerinnen terrorisiert. Wir werden dir jetzt Manieren beibringen. Und glaube nur nicht, dass dich deine stinkreichen Eltern davor bewahren können. Wir sind der Meinung, dass du den Bogen weit überspannt hast. Jetzt ist Schluss damit. Wir würden dir empfehlen, die Schule zu wechseln, denn hier hast du ausgespielt.«

Das Flackern in Emilias Augen hätte Karsten warnen müssen, denn Emilia Krafzik war für ihren plötzlich auftretenden Jähzorn bekannt. Bevor er reagieren konnte, zuckte ihre Hand vor, wobei die Klinge des Messers nur knapp den Arm des Jungen verfehlte. Sofort bildete sich ein Kreis von

Schülerinnen und Schülern um die beiden. Sie begannen laut zu johlen. Emilia versuchte, Karsten immer wieder durch Finten mit dem Messer zu foppen. Die Stimme von Martin Häffner ließ Emilia aufblicken. Sie erkannte ihren vermeintlichen Freund in der ersten Reihe. Vorsichtig näherte er sich Emilia mit ausgestreckter Hand.

»Emilia, gib mir das Messer. Sofort! Du machst alles nur noch schlimmer. Gib es mir, bevor noch jemand verletzt wird und Blut fließt.«

»Was soll ich schlimmer machen, Martin? Uns scheint hier keiner zu glauben. Alle sind plötzlich auf der Seite von diesem Mistkerl Klammer. Soll der etwa weiterhin uns Mädchen anfassen dürfen? Das ist ja unglaublich. Wenn es um euren Schwanz geht, haltet ihr Saukerle alle zusammen. Ich bin wohl die Einzige, die die Wahrheit rauslässt. Dieses Schwein soll nie wieder eine von uns anfassen dürfen. Hast du mich gehört? Nie wieder. Versuche, mir das Messer wegzunehmen – versuche es doch. Du wirst dich wundern, was passiert.«

»Emilia, lass das sofort fallen!«

Die Menge an Schülern teilte sich, als sich Frau Haase nach vorne drängte. Ihre Stimme wirkte noch unsicher, als sie ebenfalls die Hand nach dem Messer ausstreckte. Wie bei einem in die Enge getriebenen Tier irrten Emilias Augen zwischen den drei Personen hin und her, die sie von allen Seiten bedrohten. Immer wieder zuckte ihre Hand vor. Schließlich blieb ihr Blick an ihrer Clique hängen. Wut zeichnete sich ab, als sie mit sich überschlagender Stimme losschrie.

»Was steht ihr da nur so nutzlos rum? Warum hilft mir keine? Kneift ihr verdammten Tussis vor denen? Oh Gott, wo ist jetzt euer Schwur geblieben, immer zusammenzuhalten? Verpisst euch bloß, bevor ich auch euch aufschlitze.«

43

Es war nur ein kurzer Moment der Unaufmerksamkeit, als sich Martins kräftige Finger um Emilias Handgelenk legten und ihr das Messer aus der Faust drehten. Wie ein waidwundes Tier schrie sie ihm ihren gesamten Zorn entgegen und wünschte ihn in die tiefste Hölle. Es bildete sich ein erregter Haufen Schüler um Emilia, die alle auf sie einschlugen. Nur dem Einsatz von Martin und Frau Haase war es zu verdanken, dass sie nur kleinere Blessuren davontrug. Mit vereinten Kräften zogen sie die sich heftig wehrende Emilia aus dem Knäuel von Schülern und über den Schulhof. Rektorin Röchel war in ihrem Zimmer schon längst auf den Tumult aufmerksam geworden, der jetzt abebbte. Kurze Zeit später wurde ihre Tür aufgestoßen und Frau Haase zerrte Emilia Krafzik herein.

»Was hat das zu bedeuten, Kollegin Haase? Wieso blutet das Mädchen im Gesicht?«

Statt der angesprochenen Lehrerin antwortete Emilia mit schriller Stimme.

»Diese Frau hier«, Emilia wies auf Frau Haase, »hat zugelassen, dass mich eine Horde von Schülern angegriffen hat. Sie hat sie förmlich dazu aufgefordert. Wir standen nur so rum, als wir von einem Jungen aus der Nachbarklasse ...«

»Das ist doch wohl eine bodenlose Frechheit. Gemeinsam mit Martin Häffner haben wir diese Furie vor einer Tracht Prügel bewahrt.« Frau Haase hob die Hand mit dem Messer hoch und fuhr fort. »Hätte Martin ihr nicht das Messer entwenden können, wäre sie damit auf einen Mitschüler losgegangen. Das Mädchen ist wie von Sinnen. Wir sollten die Polizei hinzuziehen.«

Jetzt endlich erhob sich Rektorin Röchel und nahm Martina Haase zur Seite. Emilia wurde ermahnt, sich nicht von der Stelle zu bewegen, bis sie dazu aufgefordert würde. Beide Frauen verschwanden im Nebenraum.

»Hören Sie zu, Kollegin Haase. Ich bin ganz bei Ihnen, wenn es darum geht, dass wir das Verhalten von Emilia Krafzik aufs Schärfste verurteilen und möglicherweise sanktionieren müssen. Ihre Messerattacke muss Folgen haben. Doch bleiben wir bitte auf dem Boden der Tatsachen und betrachten das Geschehen pragmatisch. Niemand, außer Emilia selbst, wurde verletzt.«

»Aber Frau Röchel, sie hat ...«

»Lassen Sie mich erklären, Kollegin. Wie wir alle wissen, führt der Vater eine stadtbekannte Anwaltskanzlei und wird das Hinzuziehen der Polizei nicht kommentarlos hinnehmen. Gibt es nicht ausreichend Beweismaterial, wird er eine Anzeige einfach wegfegen. Was Sie nicht wissen können, Frau Haase. Herr Krafzik ist einer der größten Geldgeber für unser jährliches Schulfest. Verstehen Sie, was ich damit sagen will?«

»Natürlich verstehe ich Sie, Frau Röchel. Und wie ich das tue. An unserer Schule wird scheinbar mit zweierlei Maß gemessen. Darin liegt wohl auch der Grund, warum die Aussage von Emilia Krafzik, was Herrn Klammer betrifft, auch mehr Gewicht erhielt, als seine Unschuldsbeteuerungen. Ich will ehrlich Ihnen gegenüber sein. Ich glaube ihr kein einziges Wort.«

»Aber, Frau Haase«, wandt Viola Röchel ein, »da gibt es noch die Bestätigungen der anderen drei Mädchen.«

»Ach, hören Sie auf damit. Spielen Sie mir doch nicht vor, dass Sie diesen Vasallen auch nur ein einziges Wort glauben. Das sind Mitläufer und Speichellecker. Die würden alles bezeugen, wenn es nur ihrer Anführerin hilft. Ist Ihnen nie ein Zweifel gekommen? Warum bestätigt uns die Neue, sie heißt, so glaube ich, Ellen Makard nicht das Geschehen. Sie befand sich während der ganzen Zeit in der Toilette und muss das mitbekommen haben. Das ist alles erlogen., was die Clique um Krafzik dem armen Kerl andichtet. So wie ich mitbekam, wird die Makard sogar von der Gruppe unter Druck gesetzt und ständig gegängelt.«

Röchel und Haase blickten sich erstaunt um, als die Schulsekretärin die Tür aufstieß.

»Ich störe Sie ungerne, Frau Röchel, aber ich habe den Polizisten in der Leitung, der Herrn Klammer verhört hat. Kommen Sie?«

»Sie warten hier, Frau Haase, wir sind noch nicht fertig miteinander.«

Röchel verschwand in ihr Büro und ergriff den Hörer.

»Hier Röchel. Was kann ich für Sie tun? Bitte schnell, da ich in einer Besprechung bin.«

»Die Besprechung mag für Sie wichtig sein, Frau Röchel, mich interessiert sie aber nicht, da es um wichtige Dinge geht. Wir haben Herrn Klammer mit den Anschuldigungen konfrontiert und lange verhört. Da der Haftrichter eine Fluchtgefahr sah, erließ er Haftbefehl und die Unterbringung im Untersuchungsgefängnis. Von dort wurde ich vor wenigen Minuten angerufen. Es tut mir leid, Ihnen das mitteilen zu müssen. Herr Klammer wurde heute Morgen tot in seiner Zelle aufgefunden. Es war ihm gelungen, sich mit dem Laken zu erhängen. Die Untersuchungen, wie es ihm gelingen konnte, laufen noch. Und etwas möchte ich anfügen, Frau Röchel. Im Zuge der Vernehmung kamen wir alle, die zugegen waren, zu der Überzeugung, dass der Mann höchstwahrscheinlich zu Unrecht beschuldigt wurde. Wir werden uns nun mit den Personen zu beschäftigen haben, die falsche Aussagen gemacht haben und somit die Mitschuld tragen an dem Tod dieses Mannes. Ich wünsche Ihnen noch einen angenehmen Tag. Wir melden uns bei Ihnen.«

Wortlos legte Viola Röchel den Hörer in die Schale und starrte auf Emilia Krafzik, die frech grinsend, mit übereinandergeschlagenen Beinen auf einem Stuhl vor dem Schreibtisch saß. Sie hatte vom Inhalt des Gesprächs nichts mitbekommen. Erst als die Rektorin um den Schreibtisch herumkam und nur wenige Zentimeter vor ihr stehen blieb, spürte Emilia, dass sich etwas ereignet haben musste, was ihr schaden könnte. Sie zuckte zusammen, als Röchel sie anzischte.

»Hast du die Telefonnummer Deines Vaters im Kopf? Dann heraus damit. Und anschließend verschwinde – geh mir aus den Augen!«

8

Zurück in der Gegenwart

»Das Christkind ist wieder da. Lässt du mich herein, damit ich den Baum schmücken kann?«

Lange musste Thea Roloff nicht warten, bis Ellen die Tür einen Spalt öffnete. Mit der Schulter drückte Thea die Tür weiter auf, stellte die Taschen in der Diele ab und verschloss alles wieder. Ellen hatte sich längst wieder in die Küche verzogen, wo sie das Frühstücksgeschirr tief in das Spülbecken tauchte und auf das Gitter der Ablage legte. Thea stellte den Wocheneinkauf ab und eilte zum Fenster. Entschlossen zog sie die Vorhänge zur Seite und schaltete die Deckenbeleuchtung aus.

»Schätzchen, ich bitte dich. Es ist fast zwölf Uhr und draußen scheint die Sonne, als wollte sie alle Blumen zum Tanz auffordern. Du musst dich nicht verstecken. Ich bin jetzt bei dir und werde alle bösen Geister verjagen. Die werden sich hüten, mir im Wege zu stehen. Wie geht es dir heute?«

Thea wusste, dass Ellen sie verstanden hatte, obwohl sie den Anschein erweckte, völlig abwesend zu sein. Sie ließ ihr die nötige Zeit, um über eine Antwort nachzudenken. Währenddessen räumte sie sämtliche Lebensmittel auf den Küchentisch, um Ellen die Gelegenheit zu geben, alles selbst einräumen zu können. Ein Ritual, das sich allwöchentlich wiederholte. Aufmerksam beobachtete Thea die Freundin dabei, die diese Arbeit mit einer Ruhe ausführte, die manch andere Besucherin wohl in Rage versetzt hätte. Thea wusste um das Leiden Ellens und summte leise vor sich hin. Heute würden sie gemeinsam die Betten neu beziehen und die Wäsche bügeln, die Ellen im Schlafzimmer bereitgestellt hatte. Gerne half ihr Thea dabei, da sich Ellen vor Monaten an dem Dampf des Bügelautomaten verbrüht hatte. Seitdem vermied sie jede Berührung des Bügeleisens, fürchtete sich sogar davor. Thea legte ihren Trenchcoat über einen Bügel und tauschte ihn gegen einen geblümten Kittel, der schon an der Garderobe bereit hing. Als sie zurück in die Küche kam, blieb sie am Eingang stehen und beobachtete nachdenklich Ellen Fontana, die vor dem geöffneten Kühlschrank stand und scheinbar darüber nachdachte, wo sie die Schachtel mit dem Weichkäse ablegen sollte. Dass dies jedoch nicht der wahre Grund war, wusste Thea sehr gut. Ellen war wieder in ihre Welt abgetaucht, in der sie wiederholt Dinge sah, die ihre Psyche völlig verändert hatten.

»Schlägt sie dich wieder, Schätzchen?« Thea trat näher heran und nahm Ellen vorsichtig den Käse aus der Hand. Während sie das Päckchen in eine geruchsisolierende Schale legte, sprach sie weiter auf die Freundin ein. »Lass es dir nicht gefallen. Schlage endlich zurück oder lauf weg. Auch eine Mutter besitzt nicht das Recht, so was ihrem Kind anzutun. Sie versündigt sich. Ich habe es dir schon tausendmal gesagt, meine Liebe. Lass dieses Haus endlich hinter dir, denn du bist alt genug, ein eigenes Leben zu führen.«

Mit sanfter Gewalt drängte Thea die Wohnungsinhaberin zur Seite und verstaute das Essen in den Schränken. Mittlerweile hatte Ellen am Tisch Platz genommen und drehte ihre Tasse in einer Tour im Kreis.

»Kaffee, Schätzchen? Sollen wir uns vor dem Bettenbeziehen noch einen Kaffee gönnen? Aber natürlich tun wir das«, gab sich Thea selbst die Antwort und suchte die passenden Kapseln aus einer Dose. Während der Automat blubberte, kontrollierte Thea den Wasserstand und schob zufrieden den Deckel wieder drauf. Erst nachdem sie die Zuckerdose und das Milchfläschchen auf den Tisch gestellt hatte, entnahm sie der Maschine die fertig gefüllte Tasse. Ellen starrte weiter auf die Tischdecke und strich sie glatt.

»Was ist geschehen, Ellen? Warum hat sie dich heute geschlagen? Erzähle mir davon.«

Auch diese Gespräche zählten zum wöchentlichen Ritual, da Thea wusste, dass es Ellen half, Geschehenes zu verarbeiten. Allerdings tauchten immer wieder neue Grausamkeiten auf, die Thea stets aufs Neue erschauern ließen. Thea schob ihre Perücke zurecht, die den kompletten Verlust ihrer Haare vor der Öffentlichkeit verbergen sollte. Auch mit ihr hatte es das Schicksal nicht besonders gut gemeint, als eine Autoimmunkrankheit ihr Leben veränderte. Doch sie schätzte sich glücklich gegenüber dem, was Ellen durchmachen musste. Ihre Psyche hatte durch das Elternhaus und die Schule gelitten, was sich mit fortschreitendem Alter jedoch immer stärker zeigte. Thea fragte sich mittlerweile, ob es diese Frau nicht in den kommenden Jahren sogar in die Psychiatrie führen würde. Der Schaden, der bei dem Kind angerichtet worden war, musste immens sein. Ihre diesbezüglichen Gedanken wurden unterbrochen, als Ellen endlich die ersten Worte flüsterte.

»Sie hat Vater geschlagen. Sie hat ihm vorher den Schnaps über den Kopf geschüttet. Er hat doch nur dagelegen und geschlafen. Sie hat ihm immer wieder die Flasche auf den Bauch geschlagen – immer wieder.«

Ellens Augen zuckten, als würde sie gerade in diesem Augenblick das Geschehen beobachten. Sie hob schützend die Hände vor den Körper, so als würden die Schläge sie selbst treffen. Ohne dass die Absicht im Vorfeld erkennbar gewesen wäre, sprang Ellen auf und zog mit wilden Bewegungen die Vorhänge vor das Fenster. Thea ließ sie gewähren und legte ihre Arme um die Schultern der Freundin, führte sie zurück zum Stuhl.

»Was hat dein Vater getan, Ellen? Hat er sich wenigstens gewehrt? Hat er ihr die Flasche weggenommen?«

»Ich ... ich habe mich auf Papa geworfen, habe ihn beschützt. Mama schlug aber immer weiter und traf mich dabei. Es tat so fürchterlich weh.« Hier machte Ellen eine Pause und ließ die Hände sinken, die sie schon wieder vor das Gesicht gehalten hatte. Tränen liefen ihr über die Wangen. »Papa hat seine Arme um mich gelegt und ... er hat geschrien. Er schrie Mama an, dass sie endlich damit aufhören sollte. Doch sie hat die Flasche gegen den Tisch geschlagen, wo sie zerbrach.«

Thea stand auf und drückte Ellens Kopf gegen ihren Bauch. Sie wusste aus früheren Erzählungen, was danach geschah. Ellens Mutter wollte auf den Vater mit der abgebrochenen Flasche einstechen, traf jedoch Ellen und trennte ihr den Ringfinger der linken Hand ab. Immer wieder baute sich das Bild vor Thea auf, das sich auch in ihrem Kopf eingebrannt hatte. Blut, wo auch immer man hinsah. Ohne dass sie es wirklich beabsichtigt hatte, legte Thea die flache Hand über Ellens Mund, um zu verhindern, dass sie die Szene erneut beschreiben konnte. Lange standen die beiden Frauen still beieinander, bis Ellen es war, die sich aus der

Umklammerung befreite. Sie schaltete ohne Übergang in einen anderen Modus, wie Thea es immer beschrieb, und schob die Freundin zur Seite.

»Die Betten. Wir wollten doch die Betten beziehen. Hast du die Milch mitgebracht. Ich will doch Pudding kochen und Erdbeeren essen. Das habe ich Phil versprochen. Er müsste etwa um sechzehn Uhr kommen. Er isst doch so gerne Vanillepudding mit Obst.«

»Aber natürlich, Schätzchen, ich hole die frischen Laken und du ziehst in der Zeit die alten ab. Ist das so für dich in Ordnung? Dann mal ran an die Federn, wenn wir, bis Phil kommt, fertig sein wollen. Die Wäsche packen wir nach dem Waschen in den Trockner. Was ziehst du denn an, wenn er kommt? Das weiße Kleid mit den Blumen steht dir sehr gut und wird ihm gefallen.«

»Findest du? Er hat mir gesagt, dass er heute eine Über-raschung für mich hat. Ich bin so gespannt darauf. Er hat bestimmt den Job bei der Werbeagentur bekommen und wird es mir als Überraschung verkaufen. Egal, ich freue mich für ihn.«

»Könnte es sein«, unterbrach Thea die Freundin, »dass er dir einen Antrag macht? Du hast mir doch erzählt, dass er dich beim letzten Mal küssen wollte.«

»Das soll ich dir erzählt haben? Ich kann mich gar nicht erinnern. Da musst du dich verhört haben.«

Verträumt rieben ihre Finger über die ungeschminkten Lippen und ihr Blick erhielt einen ungewohnten Glanz von Glückseligkeit. Das hielt aber nicht lange an, da sie in das Schlafzimmer eilte und das Kopfkissen an sich riss. Eine Weile drückte sie es vor den Körper und tanzte damit durch den Raum. Theas Lächeln bemerkte Ellen nicht, als sie den Reißverschluss des Bezuges öffnete.

9

Noch ein letztes Mal kontrollierte Ellen den Sitz des Kleides im Flurspiegel, bevor sie durch den Spion blickte. Es war zwar das dreimalige Klingeln, was sie als Erkennungszeichen vereinbart hatten, doch traute sie niemandem mehr, seit vor Monaten eine Horde Jugendlicher plötzlich vor der Tür stand und ihr eine übel riechende Flüssigkeit durch den Türschlitz gespritzt hatte. Er war es. Draußen wartete ihr Traumprinz, der sie einmal in der Woche besuchte und das Leben in ihren trüben Wänden einkehren ließ. Viel zu lange drückte sie ihr Auge gegen den kleinen Türspion, spürte gar nicht, wie die Zeit verging und Phil schon ein weiteres Mal die Klingel drücken wollte. Eilig öffnete sie und trat einen Schritt zurück.

Dieser Duft. Ich muss ihn heute unbedingt fragen, welches Rasierwasser er benutzt. Noch nie habe ich einen solchen Duft an einem Mann gerochen wie bei Phil. Er passt perfekt zu ihm.

»Toll siehst du aus, Ellen. Hast du dich etwa nur für mich so schick gemacht? Das Kleid habe ich noch nie bei dir gesehen. Du solltest es öfter tragen, denn es steht dir wirklich gut. Hier, diese Blumen sind für dich. Du liebst doch Lilien, oder irre ich mich?«

»Oh ja, sie sind herrlich. Und dieses tolle Pink. Danke, Phil.«

Sie genoss die körperliche Nähe zu ihm, als sie Phil spontan umarmte und die Augen genießerisch schloss. Nur ungern trennte sie sich von ihm und wies ihm den Weg in die

Küche, wo sie stets ihren Kaffee tranken. Während er hinter Ellen herlief, gab er noch sein Wissen preis, das er sich erst kurz vor dem Kauf der Blumen angeeignet hatte. Die Blumenhändlerin hatte ihn darauf hingewiesen, während sie die Blumen zu einem Strauß band.

»Hast du schon gewusst, dass die Madonnen-Lilie im alten Griechenland die Blume der Hera war? Cassianus Bassus berichtet in seinen Geoponica, sie sei entstanden aus verschütteten Tropfen der Milch ihrer Brüste, als Herkules von diesen trank. Ich garantiere dir jedoch, dass deine Blumen noch nicht so alt sind.«

Beide lachten, als Ellen den Strauß an die Brust führte und sich einmal im Kreis drehte. Lange sah sie in Phils Augen und schien plötzlich zu träumen. Die aufsteigende Melancholie hielt jedoch nicht lange an.

»Danke für diesen wunderschönen Strauß. Ich kannte Lilien bisher nur als Blumen, die die Jungfräulichkeit darstellen. Egal. Womit habe ich das verdient? Der Geburtstag ist erst in vier Wochen. Setz dich bitte, Phil. Ich stell den Strauß ins Wasser, damit Heras Blumen nicht verdursten.«

Phil kannte sich in Ellens Küche bestens aus und suchte den Zuckertopf im Schrank, den sie vergessen hatte. Wie schon seit Jahren lag direkt daneben der goldene Ring, den sie nach dem schrecklichen Unfall ihres Mannes dort abgelegt hatte. Nachdenklich berührte er ihn und drehte ihn so, dass er den eingravierten Namen Luca erkennen konnte. Er bemerkte zu spät, dass Ellen längst wieder neben ihm stand und ihn schweigend beobachtete. Phil konnte nicht verhindern, dass sein Gesicht rot anlief und seine Hand zurückzuckte.

»Ich verwahre ihn immer noch auf, Phil. Luca war ein guter Mann und hatte es nicht verdient, so jung zu sterben.

Er besaß ein großes Herz. Seine Entscheidung hat zumindest einem anderen Menschen das Leben gerettet. Ich kann mir die Situation in der Steilwand bis heute nicht vorstellen. Wie handelt man, wenn du abrutschst und der beste Freund dein Seil mit letzter Kraft hält. Wahrscheinlich wären sie beide gestorben, wenn Luca das Seil nicht durchgeschnitten hätte.«

»Am Rosengarten in den Dolomiten ist das geschehen, wenn ich mich recht erinnere? Ich glaube, dass es eine sehr schwierige Entscheidung ist, sein Leben für das des anderen zu geben. Doch Luca wird die Aussichtslosigkeit der Lage richtig eingeschätzt haben. Sie wären dort wohl niemals beide lebend herausgekommen. Also war es die einzig verbleibende Lösung. Dafür gebührt ihm die entsprechende Hochachtung. Ich weiß nicht, ob ich dazu in der Lage gewesen wäre. Schließlich hängt man an seinem Leben – im wahrsten Sinne des Wortes, wenn man sich die Situation vor Augen führt. Ein großer Mann. Denkst du oft an ihn?«

Phil spürte, dass er in einer Wunde rührte, die immer noch offen war und bereute die Frage sofort, als er bemerkte, dass Ellen die Schultern zusammenzog und sich setzte.

»Sorry, ich wollte dir nicht wehtun, Ellen.«

»Das ist nicht schlimm. Natürlich denke ich oft an ihn. Er hatte mir schließlich einen Ort der Ruhe und der Liebe gegeben, wie ich es niemals zuvor erfahren durfte. Er wusste davon, wie ich von Mama gequält worden war.«

Als wäre sie wieder in Gedanken in der alten Zeit versunken, schob sie den Daumen durch die Lücke an ihrer Hand, die dadurch entstanden war, dass Mama ihr den Ringfinger abgeschnitten hatte. Wortlos beobachtete Phil sie und wartete darauf, dass Ellen fortfuhr.

»Luca konnte aber auch wütend werden. Er war ein typischer Italiener, kann ich dir versichern. Wenn mich jemand blöd anmachte, konnte er damit rechnen, dass Luca ihm den Arsch versohlte. Das passierte schon mal, weil er sehr eifersüchtig war. Der lebte wie Rudi Assauer, kann ich dir sagen: Angucken ja, aber nicht anfassen.«

Phil tat es gut, als er das glückliche Lächeln auf Ellens Gesicht bemerkte. Für ihn schien es der richtige Augenblick, um das Thema zu wechseln.

»Du hast dich zu Recht gefragt, warum schenkt mir der Mann Blumen. Das will ich dir beantworten.«

Phil machte hier eine Pause und beobachtete sorgenvoll Ellen, die sichtlich nervöser wurde und die Finger ihrer linken Hand fest umklammert hielt. Er war sich nicht mehr sicher, ob er weiterreden sollte.

»Die Blumen hätte ich dir auch so geschenkt, weil du es dir einfach verdient hast. Aber ich möchte etwas ganz anderes von dir. Es hat ein wenig mit deiner Angst, deiner Phobie zu tun.«

Phil bemerkte sofort Ellens Blässe, die ihr Gesicht wie ein Film überzog. Er kam näher heran und kniete sich auf den Holzboden. Er versuchte, ihren Blick wieder einzufangen, da ihre Augen durch den Raum irrten, als wollten sie dem, was sie möglicherweise erwartete, entfliehen. Phil gab nicht auf und nahm ihr Gesicht zärtlich zwischen seine Hände.

»Hör mir bitte zu, Ellen. Es kann nicht sein, dass du dich für den Rest deines Lebens hier in der Wohnung einsperrst. Du hast nur das eine Leben. Vergeude es bitte nicht. Da draußen ...« Phils Hände wiesen auf das Fenster, vor dem Ellen die Vorhänge zugezogen hatte. »... lauern nicht mehr Gefahren als hier zwischen deinen Wänden. Ich lebe dort draußen, atme die Luft und begegne den Menschen, vor denen du dich fürchtest. Sie tun mir nichts und werden auch dir nichts tun. Du weißt doch selbst aus früheren Jahren, wie schön die Natur ist und dass es nette Menschen dort gibt.«

»Nein, Phil«, unterbrach Ellen »das eben weiß ich nicht. Du hast niemals das erleben müssen, was ich durchgemacht habe. Glaubst du wirklich, dass ich nur von meiner Mama spreche, wenn ich böse Menschen meine? Nein, mein Lieber. Du hast nicht mitbekommen, was ich allein in der Schule durchstehen musste. Ich war immer die Neue, war immer die Hässliche und Dicke. Dir hat niemand auf dem Heimweg aufgelauert und die Schultasche ausgekippt. Niemand wird dich geschlagen oder dich als Monster beschimpft haben, nur weil dir ein Finger fehlte. Soll ich weitermachen? Das sind nur die harmlosen Dinge. Viel schlimmer waren die Beschimpfungen, die deine Seele, dein Selbstbewusstsein zerstören. Du kannst mir nicht mehr erzählen, dass die Welt da draußen ein Paradies ist. Ich bin durch die Hölle gegangen. Erst als ich Luca traf, hat sich mein Leben verändert. Er gab mir Halt, ließ mich spüren, dass ich eine richtige Frau war. Mit seinem Tod wurde auch mein Leben zerstört.«

Noch immer kniete Phil vor Ellen. Jedes ihrer Worte schlug bei ihm ein wie eine alles zerstörende Granate, nahmen ihm fast den Mut, fortzufahren. Eine Pause, in der Ellen ihre Tränen wegwischte, nutzte er, um seine Idee vorzutragen.

»Ich glaube dir, Ellen. Oft genug haben wir darüber diskutiert und ich habe dir immer zugehört. Doch habe ich auch überlegt, dass es nicht so enden muss, dass du dich in dieser Höhle einschließt. Ich will dir helfen, deine Angst zu überwinden. Sieh das einmal so. Hast du Höhenangst, musst du auf Berge steigen, um sie überwinden zu können. Die Angst vor dem Wasser beseitigst du nur, indem du Schwimmen lernst. Geh mit mir hinaus und ich werde deine Hand halten, damit du nicht fällst. Niemandem werde ich gestatten, dir wehzutun. Niemandem, glaube mir das. Ich möchte mit dir verreisen. Hörst du? Nur wir zwei. Ich möchte dich einladen, mit mir auf eine Insel zu fahren, auf der wir fast nur unter uns sind. Lass uns am Strand herumlaufen und abends am Feuer sitzen. Nur du und ich, das ist mir wichtig. Wir zwei gehen dort den ersten Schritt in eine neue Freiheit. Du musst verhindern, dass deine Seele einfriert, nur weil dir wenige Menschen wehtaten.«

Fast grob riss Ellen seine Hände von ihrem Gesicht und fauchte ihn an.

»Wenige Menschen, sagst du? Alle waren gegen mich – alle. Keiner hat mir geholfen, als sie mich quälten. Ja, sie haben mich wie ein Tier verfolgt, selbst wenn ich am Boden lag und um Hilfe bat. Als ich nach Hause kam und Zuwendungen hätte erwarten müssen, ging es weiter. Nur viel schlimmer noch. Mama hat es genossen, wenn ich ihr erzählen musste, was man mit mir gemacht hat. Sie hat sich für jeden Streich einen Schnaps gegönnt und sich dabei auf die fetten Schenkel geklopft. Ich habe sie dafür gehasst. Hörst du, Phil? Ich habe meine eigene Mutter gehasst.«

Mittlerweile hatte sich Phil erhoben und beide Hände von Ellen ergriffen. Er zog sie hoch, sodass ihre Gesichter nur noch wenige Zentimeter getrennt voneinander waren. Sein Parfum vernebelte fast ihre Sinne. Trotz der schlimmen Minuten zuvor, schloss Ellen die Augen und wartete darauf, dass das geschah, was sie sich am sehnlichsten wünschte.

»Darf ich dich um etwas bitten, Ellen? Für dich sicher ein großer Schritt, aber es muss einfach sein, damit ich dir etwas zeigen kann.«

»Was soll das sein?«, fragte sie verblüfft, da der ersehnte Kuss ausblieb.

»Komm mit mir zum Fenster. Ich muss dir etwas zeigen.«

»Nein, nicht das Fenster. Lass es bitte zu. Es macht mir Angst. Zeige mir es so oder beschreibe es mir einfach.«

»Das geht nicht, mein Schatz. Mein Auto steht genau unter dem Schlafzimmerfenster und du musst unbedingt einen Blick darauf werfen. Bitte, Ellen, es wird dich nicht umbringen.«

Enttäuscht wich Ellen zurück und versuchte ein Lächeln.

»Ein neues Auto? Und das soll ich mir ansehen? Sage mir einfach, wie es aussieht, beschreibe es mir.«

Phil bemühte sich, seine Enttäuschung und aufsteigende Zweifel an seinem Vorhaben zu bekämpfen.

»Es ist nicht mein Auto. Es ist noch immer der alte Renault, wie ich ihn schon seit Jahren fahre. Nur ein kleiner Blick, der für uns ein großer Schritt nach vorne sein kann. Ich hoffe sehr, dass ich alles richtig überlegt habe und dir gefällt, was sich dort unten befindet. Komm, mir zuliebe.«

Fast hätte Phil aufgegeben, als er bemerkte, dass sich Ellen tatsächlich ins Schlafzimmer ziehen ließ. Vor dem geschlossenen Fenster blieb sie stehen und schloss die Augen. Das Zittern ihres Körpers blieb Phil nicht verborgen. Trotzdem zog er die Vorhänge beiseite, sodass gedämpftes Licht ins Zimmer fallen konnte. Wegen der Nachmittags-stunden war der Sonneneinfall nur noch gering. Als er einen Fensterflügel öffnete, wollte Ellen einen Schritt nach hinten machen, wurde jedoch vom Bett aufgehalten. Hilfesuchend ergriff sie Phils ausgestreckte Hand, die sie nach vorne zog. Der Straßenlärm schlug ihnen entgegen. Fest legte er seine Arme um ihre Schultern und schob Ellen weiter an den Rand des Fensters.

»Du musst schon die Augen öffnen, sonst siehst du nicht, was ich dir zeigen will. Ich zähle jetzt rückwärts von fünf und du siehst bitte nach unten auf die Straße. Der grüne

Renault gehört mir. Sieh bitte genau hin und schließe nicht sofort wieder die Augen. Also, ich zähle jetzt. Als Phil bei eins ankam, öffnete Ellen tatsächlich die Augen und starrte auf die Straße. Sie wankte und klammerte sich hilfesuchend an Phil.«

»Sieh nur auf das grüne Auto unter uns und sage mir, was du siehst. Jetzt.«

Ellens Augen zuckten, als sie die Umrisse des Wagens erkannte und weiter darauf starrte. Endlich entdeckte sie die Bewegung an der Rückscheibe und stieß einen Laut der Verwunderung aus. Als sie das leise Kläffen hörte, fiel sie Phil um den Hals und küsste ihn mit einer solchen Inbrunst, dass er sich nach einigen Sekunden mit sanfter Gewalt befreien musste. Er blickte in tränenfeuchte Augen, die ihn zu verschlingen schienen.

»Ist ... ist der ... soll der Kleine bei mir leben? Ich kann es nicht fassen. Mein Gott, ist der süß. Hol ihn bitte rauf, Phil. Ich will ihn in den Arm nehmen. Bitte schnell.«

»Es freut mich, dass dir mein Geschenk gefällt. Aber es ist eine Sie, mein Liebes. Gib ihr einen Namen und ich hoffe, dass wir gemeinsam mit ihr Gassi gehen können.«

Was es für sie bedeutete, kam Ellen in diesem Moment des Glücks nicht in den Sinn.

»Beeil dich – ich möchte ihn, ich meine natürlich sie, knuddeln.«

Während Phil die Wohnungstür öffnete und mit Ellen hinunterstürmen wollte, drehte sie sich vor lauter Glück in der Diele im Kreis.

10

Die Tribüne war vollbesetzt mit lärmenden Kindern, die nur mit viel Mühe der begleitenden Eltern auf den Plätzen gehalten werden konnten. Ein buntes Durcheinander von Menschen, die voll großer Erwartungen waren, denn dem Puppentheater, das sie unterhalten sollte, war der gute Ruf vorausgeeilt. Schon seit gestern beobachtete Viola Röchel den Aufbau der Bühne, der erst vor wenigen Stunden beendet worden war. Bevor der erste Besucher eingetroffen war, führte man den Soundcheck durch und legte die Puppen bereit. Als Kind hatte Viola solche Aufführungen sehr gerne verfolgt. Sie bewunderte die Aktionskünstler, da sie in der Regel die Geschichten aus dem Stegreif vorführten und die Kinder mit in das Geschehen einbezogen. Jetzt, wo sie ihr Amt als Rektorin längst niedergelegt hatte, kamen bei solchen Gelegenheiten die Erinnerungen hoch. Sie schob die Gardinen wieder zusammen und nahm sich vor, alles vom Fenster aus zu beobachten. Da sich ihre Wohnung in der ersten Etage befand, würde sie einen perfekten Blick auf die Bühne und die Kinder haben. Zu diesem Anlass hatte sie sich sogar ihr bestes Kleid, das grüne mit den schmalen Spitzen am Ausschnitt, angezogen. Erklären konnte sie sich das nur dadurch, dass sie es schon seit mindestens acht Jahren nicht mehr getragen hatte. Die letzte Gelegenheit, so erinnerte sie sich schwach, war das vielversprechend klingende

Treffen mit Ralf, einem widerlichen Hochstapler, der sie zu einem Date eingeladen hatte. Das Ergebnis war, dass sie ihre Rechnung selbst beglich und das Restaurant fluchtartig verlassen hatte. Sie war sich sicher, dass an höchster Stelle festgelegt worden war, dass sie ihr Leben ohne festen Partner verbringen sollte. Damit hatte sich Viola abgefunden und fühlte sich sogar glücklich dabei, wenn sie nach wenigen intimen Abenteuern das Bett wieder gegen ihr eigenes tauschen konnte. Sie wusste, dass sie nicht für ein Leben in trauter Zweisamkeit geschaffen war. Jetzt, wo sie sich im fünfundsechzigsten Lebensjahr befand, war dieses Thema sowieso erledigt.

Weit war ihr Fenster geöffnet, sodass das Geschrei der Kinder und der Applaus ein Zeichen dafür war, dass sich der Vorhang bereits geöffnet hatte und sich die Künstler vorstellten. Durch die gewaltigen Boxen wurde die Stimme des Mannes verstärkt, der ein *Hallo, liebe Kinder. Seid ihr auch alle da?* Über die Tribünen hallen ließ. Die Antwort kam mit absoluter Begeisterung. Über Violas Gesicht legte sich ein Lächeln, das auch ihre Begeisterung ausdrückte. Das verstärkte sich noch, als ihr der Mann im Clownskostüm freundlich zuwinkte. Er hatte sie am Fenster als Zaungast erkannt und begrüßte sie, obwohl er wissen musste, dass sie keinen Eintritt entrichtet hatte. Lachend winkte sie zurück und nahm einen Schluck aus ihrer Tasse mit dampfendem Cappuccino. Ausnahmsweise hatte Viola Röchel heute auf den strengen Knoten am Hinterkopf verzichtet, was ihr ein komplett neues Aussehen verlieh. In Ansätzen zeigte diese Aufmachung, dass sich hinter dem unnahbaren Äußeren auch eine attraktive Frau verbarg, die in früheren Jahren sicherlich mit Leichtigkeit einen adäquaten Partner hätte finden können. Ihre Körpergröße und der strenge Knoten irritierten jedoch häufig mögliche Interessenten. Jetzt war es zu spät, um über diese Versäumnisse nachzudenken.

Über eineinhalb Stunden zog sich die Vorführung, die mehr als einmal dafür sorgte, dass Viola begeistert in die Hände klatschte. Das Publikum tobte auf der Tribüne und verließ rundum zufrieden den Platz vor Violas Haus. Es war an der Zeit, die Fensterbank abzuräumen und das Fenster zu schließen. Am Horizont zeigten sich erste Wolken, die ein Gewitter ankündigten. Erstaunt blickte sie zur Bühne und entdeckte dort wieder den Clown, der nun im Schneidersitz auf den Brettern saß und unentwegt hoch zu Violas Fenster blickte. Kaum wahrnehmbar hob er eine Hand und winkte ihr noch einmal zu. Sie versuchte, sich das Verhalten des Mannes zu erklären, der das von ihr geschätzte Alter von etwa Mitte dreißig erreicht haben dürfte. Krampfhaft suchte sie in ihren Erinnerungen, ob ihr dieses bemalte Gesicht jemals begegnet war. Sie konnte mit Stolz von sich behaupten, dass sie ein perfektes Personengedächtnis besaß, was bei Lehrpersonal sehr häufig vorkam. Nirgend passte dieses Gesicht hinein, zumal es durch Schminke und die rote Nase verändert worden war. Sie gab es auf, diesen Mann einem Namen zuordnen zu wollen, und winkte zurück. Als sie das Fenster geschlossen hatte und noch einen letzten Blick durch die Gardinen wagte, war er verschwunden. Auf der Bühne wuselten lediglich einige Helfer herum, die sich darum bemühten, alles regendicht zu bekommen, denn am folgenden Tag sollte es eine weitere Vorstellung geben.

Das war wunderschön. Ich denke, dass ich morgen noch mal zusehen werde. Vielleicht gibt es dann eine andere Geschichte. Tolle Menschen, die ihr Geld damit verdienen, indem sie Kindern Glücksmomente schenken.

Der Jogger war bequemer, den Viola Röchel jetzt gegen das edle Kleid getauscht hatte. Um auf der Couch herumzurutschen, war das die bessere Alternative. Mit Begeisterung verfolgte sie eine Tierreportage auf ihrem Lieblingssender Nat GeoWild, bei der aus dem Leben einer Leopardenfamilie berichtet wurde. Der gegen die Scheibe prasselnde Regen störte sie nicht. Allerdings reagierte sie ungehalten, als es an der Tür klopfte. Sie betätigte die Timeshift-Taste, um später genau an dieser Stelle weitersehen zu können. Mit wenigen Schritten war sie an der Tür und riss sie auf. Dieses verbindliche Lächeln kam ihr bekannt vor, ohne dass sie dieses Gesicht mit einem ihr bekannten Namen in Verbindung bringen konnte. Sie versuchte, ihren Ärger mit einer Frage zu überspielen.

»Sind Sie der ...?«

Statt einer Antwort nickte der Besucher nur und legte den Kopf schief.

»Darf ich für einen Moment eintreten, Frau Röchel? Ich sah Sie am Fenster und glaubte, in Ihnen ein bekanntes Gesicht erkannt zu haben. Ich werde Sie nicht lange aufhalten, das verspreche ich.«

Warum Viola einen Schritt zurücktrat und dem Unbekannten Einlass gewährte, konnte sie später nicht erklären. Es war etwas an ihm, was Vertrauen einflößte. Wortlos betrat er die Diele und wartete höflich, bis ihn die Hausherrin aufforderte, ihr zu folgen. Gerne nahm er ein Glas Wasser, nachdem auch Viola sich aus der Karaffe bedient hatte. Erwartungsvoll sah sie ihrem Besucher in die Augen und kam zu dem Ergebnis, es mit einem ehrlichen und höflichen Menschen zu tun zu haben. Der Fremde betrachtete ein Foto auf der Anrichte, das eine Gruppe von Personen zeigte.

»Ihre Familie? Das sind aber viele Personen. Darf ich mal sehen?«

»Bleiben Sie nur sitzen, ich hole es an den Tisch.«

Sekunden später setzte sich Viola wieder und wies auf das Foto.

»Meine Kolleginnen und Kollegen. Das wird Ihnen aber wenig sagen. Was führt Sie eigentlich zu mir? Ich bin mir sicher, dass wir uns noch niemals begegnet sind. Warum besuchen Sie also ausgerechnet mich? Übrigens war Ihre Vorstellung grandios. Sie verstehen es wirklich gut, mit Kindern umzugehen. Ich kann das beurteilen, da ich selbst fast ein ganzes Leben mit ihnen verbrachte. Doch das wird Sie nicht besonders interessieren. Ich möchte Sie auch nicht mit meinen Lebensgeschichten langweilen.«

»Das tun Sie nicht, Frau Röchel, wirklich nicht. Gerade Ihr Leben interessiert mich. Lassen Sie uns darauf trinken. Ich bin so glücklich darüber, dass ich Sie endlich gefunden habe.«

Obwohl sich Erstaunen auf Violas Gesicht abzeichnete, hob sie ihr Glas und prostete dem Fremden zu.

»Sie sagten gerade, dass Sie mich gesucht haben. Darf ich vielleicht den Grund erfahren? Waren Sie ein Schüler aus meiner Schule? Übrigens haben Sie mir bisher noch nicht Ihren Namen verraten. Wäre es möglich ...?«

Viola Röchel rieb mit der Hand über die Stirn, um den Schleier fortzuwischen, der sich urplötzlich vor ihre Augen legte. Das Gefühl des Unwohlseins und des Schwindels erfüllte ihren Körper und raste mit irrsinniger Geschwindigkeit durch ihren Geist. Nur Sekunden später kippte sie zur Seite und versank tief in der Welt des Vergessens. Niemand im Haus bemerkte Stunden später den Mann, der eine schwere Last durch die Dunkelheit zu einem Transporter trug, der in der Nebenstraße geparkt war. Der Wind peitschte den Regen weit in den jetzt offen stehenden Laderaum, durchnässte sogar den Teppich, auf den der Fremde Viola Röchel ablegte. Ein zufriedenes Grinsen umspielte sein hübsches Gesicht. Der schwarze Lieferwagen entfernte sich und tauchte in das Dunkel der stürmischen Nacht ein.

11

»Warten Sie, Frau Haase, Sie bekommen noch das Wechselgeld zurück. Hier, bitteschön. Und noch ein schönes Wochenende.«

Martina hatte ihre Lieblingsmetzgerei schon beinahe verlassen, als sie die Stimme der Verkäuferin vernahm. Nun konnte sie endlich sicher sein, alles für die abendliche Feier eingekauft zu haben. Schon lange hatten sie und ihre Studienfreundinnen dieses Treffen geplant, das zum ersten Mal in ihrer Wohnung stattfinden sollte. An beiden Armen hingen die vollbepackten Einkaufsbeutel, die sie nun noch in ihre Wohnung schleppen musste. Den Wein musste sie anschließend abholen, fiel ihr siedend heiß ein.

Das wäre eine schöne Blamage geworden, wenn ich das vergessen hätte. Doch zuerst werde ich die Beutel hochtragen und dann in aller Ruhe zur Weinhandlung gehen. Das Apfel-Weißwein-Dessert würde ohne die entscheidende Zutat auch nicht schmecken.

Noch außer Atem stellte Martina Haase den Einkauf auf dem Küchenboden ab und räumte zumindest die Frischeartikel in den Kühlschrank. Kurzerhand wechselte sie die halbhohen Schuhe gegen die bequemen Sneakers, da sie sich in den neuen Tretern eine kleine Blase gelaufen hatte. Noch ein kurzer Blick in den Spiegel, ein Richten der Frisur und ab ging es die Treppe hinunter, um den vorbestellten Wein abzuholen. Fast wäre es passiert. Im letzten Moment, nachdem sie die Haustür aufgerissen hatte, konnte sie stoppen und so den Zusammenprall mit dem verflucht gutaussehenden Mann vermeiden, der konzentriert die Klingelschilder studierte. Der wich mit einem schnellen Schritt aus und bewies Martina, wie sportlich und durchtrainiert er war.

»Sorry, das war sehr ungeschickt von mir. Ich bin so ein Tollpatsch, wenn ich es eilig habe. Aber es ist ja Gott sei Dank nichts passiert. Schönen Tag noch.«

Sekunden später eilte Martina davon, ohne die Antwort des Mannes abzuwarten. An der roten Fußgängerampel wartete sie und erwischte sich dabei, dass sie über ihr Leben nachdachte.

So was wie der gerade hätte mir damals ganz gut zu Gesicht gestanden, als ich noch fünfzehn Jahre jünger war. War ich zu zögerlich, zu kritisch? Warum blieb kein Kerl bei mir hängen? Nun ja, ich muss zugeben, dass mir meine Macke, immer alles korrigieren zu müssen, stets im Wege stand. Warum habe ich selbst beim Sprechen auf die Interpunktionsregeln achten müssen? Wenn es nach mir gegangen wäre, hätten die Menschen alle perfekt deutsch sprechen und schreiben müssen. Ich war dämlich – einfach nur dämlich.

Längst hatte sie die Grünphase verpasst und war im Begriff, die Straße trotz Rot zu überqueren. Nur dem Hupen des anfahrenden Autos hatte sie es zu verdanken, dass sie aufschreckte und den Schritt wieder zurücktrat. Die Stimme neben ihr beruhigte sie nur einen Moment, bevor sie bemerkte, wem sie gehörte.

Es kann nicht sein. Das grenzt an Zauberei.

»Das ist ja gerade noch einmal gutgegangen. Sie sind völlig verwirrt. Kann ich Ihnen helfen?«

»Nein, nein, danke. Ich ... ich war nur in Gedanken. Alles ist gut. Vielen Dank.«

Als hätte er sich in ihre Gedanken eingeklinkt, stand er vor ihr. Es war der Typ von der Haustür, der ein bezauberndes Lächeln auf seinen Lippen hatte und ihren Arm immer noch festhielt.

Hat er mich etwa zurückgezogen?

»Hören Sie«, lenkte er Martina von ihren Gedanken ab, »könnte es sein, dass Sie Frau Haase sind, die Lehrerin für Deutsch und Geschichte? Ich müsste mich schon sehr täuschen, aber Sie waren doch Lehrerin an meiner Schule.«

»Nicht waren, mein tapferer Held – das bin ich immer noch. Und Sie müssten dann einer meiner Schüler gewesen sein. Habe ich da richtig getippt?«

Wieder blickte Martina Haase fasziniert auf diese perfekte Zahnreihe, die ihr Retter lachend zeigte.

»Nicht so ganz richtig, Frau Haase. Ich hatte nie das Vergnügen, von Ihnen unterrichtet zu werden. Doch Ihr Gesicht hat sich bei mir eingeprägt. So viel weibliches Lehrpersonal gab es ja an der Schule nicht. Ich hatte leider nur Lehrer. Aber ich habe nicht ohne Grund bei Ihnen vor der Haustür gestanden.«

Nun hatte der Fremde die volle Aufmerksamkeit der Lehrerin. Höflich bat er sie zwei Schritte zur Seite, um den anderen Fußgängern nicht im Wege zu stehen.

»Was verschafft mir denn die Ehre Ihres Besuches? Ein Klassentreffen wird es dann wohl kaum sein.«

»So weit daneben liegen Sie nicht, Frau Haase. Mehrere Klassen des gleichen Jahrgangs haben sich zusammengeschlossen und planen ein Treffen, natürlich inklusive Lehrpersonal. Ahnen Sie etwas? Genau deshalb habe ich Sie aufsuchen wollen. Et voilà, da bin ich.«

»Man hätte mir niemand Besseren vorbeischicken können«, lachte Martina Haase und stupste den Fremden vor die Brust. »Das wird dann wohl was ganz Großes, nehme ich an. Immerhin dürften das ja sechs Klassen gewesen sein. Hören Sie. Ich muss noch den Wein da drüben abholen. Wenn Sie so nett wären, mir beim Tragen zu helfen, könnten Sie bei mir zu Hause mehr darüber erzählen. Haben Sie Zeit und Lust?«

»Aber sicher, Frau Haase, dann muss ich nicht noch mal herkommen. Lassen Sie uns gehen. Jetzt ist Grün.«

Absolut gelöst hakte sich Martina bei dem Mann ein, der ihr den heutigen Tag versüßt hatte.

»Stellen Sie die Flaschen einfach neben dem Tisch auf den Boden. Oh Gott, was müssen Sie von mir denken, fällt mir gerade ein. Sie müssen mich für eine Alkoholikerin halten.«

Wieder war es da, dieses ansteckende Lachen, in das Martina Haase sich mittlerweile fast verliebt hatte.

»Oh nein, Frau Haase. Sie hatten doch beim Weinhändler erwähnt, dass Sie heute Abend ein Treffen mit Ihren Studienkolleginnen haben. Alles klar. Und selbst wenn – ein guter Tropfen darf auch im Haus gelagert werden. Das würde ich übrigens nie von Ihnen denken, wo Sie immer so korrekt waren und sicher auch noch sind. Davon erzählte man mir. Ich finde das gut und denke, dass Korrektheit sehr wichtig im Leben ist.«

»Schön, dass Sie so denken, Herr ... Wie heißen Sie eigentlich? Ich kenne Ihren Namen bisher noch gar nicht. Darf ich Ihnen etwas anbieten? Wasser, Wein oder eine Limo?«

»Aber gerne. Ich nehme ein Mineralwasser. Das wäre schön. Sagen Sie einfach Leon zu mir. Und bitte lassen Sie das Sie weg. Schließlich war ich mal ein Schüler auf Ihrer Schule. Wo wir gerade bei der Schule sind, hätte ich eine Frage. Erinnern Sie sich noch an den Hausmeister Klammer? Der soll doch damals wegen sexueller Verfehlungen verhaftet worden sein. Was ist eigentlich daraus geworden? Wurde er damals überhaupt verurteilt?«

Es waren nur Sekunden, die Martina Haase erstarrte. Schließlich setzte sie das Wasserglas vor Leon ab und drehte sich wieder um, um sich selbst ein Glas Wein einzuschenken. Mit dem Gesicht zur Wand suchte sie nach den richtigen Worten, um die Situation zu beschreiben, wie sie sich allen damals dargestellt hatte.

»Das war eine hässliche Geschichte, Leon. Wie soll ich das beschreiben? Ich habe das alles hautnah miterleben müssen und brachte den Stein eigentlich ins Rollen. Aber grundsätzlich – und das ist meine ganz persönliche Meinung – halte ich ihn noch immer für unschuldig.«

»Entschuldigen Sie, wenn ich noch mal nachhake. Wurde seine Schuld überhaupt zweifelsfrei bewiesen? Ich habe mich damals nicht so recht damit befasst, da ich es ihm eh nicht zugetraut hätte. Wie viele Jahre hat man ihm aufgedrückt? Schließlich hat man ihn nicht mehr wiedergesehen.«

Martina hantierte plötzlich im Oberschrank herum und sortierte die Gewürze. Wieder wusste sie nicht, wie sie es Leon erklären sollte. Sie selbst glaubte, es längst überwunden zu haben. Nun jedoch brachen alle Wunden wieder auf, die sie als geheilt angesehen hatte. Es war mehr ein Stottern, als sie mit der Wahrheit herauskam.

»Er ... man hat ihn in der Zelle gefunden. Er hat sich das Leben genommen. Seine Schuld wurde nur auf Aussage einiger Mädchen begründet. Es kam nie zu einem Prozess und einer klaren Beweisaufnahme. Ob er es tatsächlich tat, bleibt sein Geheimnis, das er mit ins Grab genommen hat.«

»Oh, das hört sich schrecklich an, Frau Haase. Sind die Mädchen denn nie zur Sache verhört worden?«

»Leider nein. Und das, Leon, habe ich stets angeprangert. Man muss dazu wissen, dass der Vater eines der Mädchen ein bekannter Anwalt ist und das zu verhindern wusste. Er führte immer wieder an, dass es für die Mädchen zu einer traumatischen Belastung werden könnte und dass es nun sowieso nichts mehr bringen würde. Der Beschuldigte hätte ja mit seiner Selbsttötung hinreichend seine Schuld zugegeben. Mantel des Schweigens drüber und niemand rührte mehr an der Sache. Mich würde interessieren, was aus der Familie Klammer wurde.«

»Da haben Sie recht. Das müsste man mal herausfinden. Doch das soll nicht unsere Sache sein. Prost, Frau Haase. Ich freue mich darauf, Sie bald in unserer Runde begrüßen zu dürfen. Das wird bestimmt interessant.«

Die Studienkolleginnen wunderten sich am Abend darüber, dass auf ihr Klingeln niemand öffnete und Martina auch nicht ans Telefon ging. Missmutig wechselte man schließlich in das nächste Restaurant und diskutierte dieses Vorkommnis ausgiebig mit dem Ergebnis, dass die Polizei benachrichtigt würde, sollte Martina am Folgetag noch immer unauffindbar bleiben.

12

»Was soll das heißen, dass Emilia noch nicht von der Tagung zurück ist? Wann hast du sie denn erwartet?«

Ulf Krafzik wechselte das Telefon in die andere Hand und legte die Akten, die er bisher studiert hatte, neben sich auf den Beistelltisch. Der Anruf seines zukünftigen Schwiegersohnes Michael brachte ihn nur in geringem Umfang aus der Fassung. Tage zuvor war Ulf darüber in Kenntnis gesetzt worden, dass Emilia als Rednerin zu einer Tagung der Beautyfachleute geladen worden war. Als Fachärztin für neuartige kosmetische Operationsmethoden bereicherte sie häufig solche Treffen mit ihren Vorträgen.

»Sie hatte noch gestern in der Mittagszeit mit mir telefoniert und ihr Kommen für die Nacht angekündigt«, antwortete Michael und ergänzte: »Am Telefon kann ich sie auch nicht erreichen. Es wurde abgeschaltet. Ich verstehe das einfach nicht. Ich dachte nur, dass sie eventuell euch eine Nachricht hinterlassen hat. Ich war gestern Abend nicht erreichbar.«

»Was soll das heißen, Michael? Du warst nicht erreichbar. Wieso stellst du dein Telefon ab, wenn Emilia ihr Kommen andeutet? Sollte sich herausstellen, dass du wieder einmal Abschied von dieser Hure Melanie gefeiert hast, wirst du mich kennenlernen. Du hast uns und Emilia versprochen, dass es endgültig vorbei ist.«

73

»Ist es auch, Ulf. Wir hatten eine Pokerparty, bei der die klare Regel besteht, dass niemand durch Anrufe gestört werden darf. Ab vier Uhr habe ich wieder umgestellt. Verdammt, ich mach mir Sorgen um Emilia. Sie ist mit dem Porsche unterwegs und du weißt genau, wie gerne sie den prügelt.«

Rechtsanwalt Ulf Krafzik betrachtete das Bild, das auf der Anrichte stand und Emilia neben Michael zeigte, den sie nur wenige Wochen zuvor auf einer Feier kennengelernt hatte. Über eine lange Zeit beschäftigte die beiden das Problem, dass seine ehemalige Freundin nicht so ohne Weiteres von ihm lassen wollte und sogar eine Schwangerschaft vortäuschte, um ihn zurückzuholen. Erst als sich Ulf einschaltete und mit einer Klage drohte, trat endlich Ruhe ein. Doch noch immer traute er Michael nicht über den Weg, da man ihn noch vor kurzer Zeit in Gesellschaft dieses Weibsbildes sah. Doch Emilias Verspätung bereitete dem Anwalt nun doch leichte Sorgen. Michael hatte recht, wenn er ihr ständiges Rasen ins Spiel brachte. Es wurde immer schwieriger, die vielen Bußgeldbescheide zu ignorieren, die zwangsläufig schon längst zu einem Führerscheinentzug geführt hätten. Nur seinem Einfluss ist zu verdanken, dass es noch nicht geschehen war.

»Hast du mal in den Krankenhäusern und bei den Rettungsdiensten angefragt, ob jemand mit ihrem Aussehen eingeliefert wurde? Vielleicht hat sie auch nur was in der Nacht getrunken und schläft ihren Rausch aus. Wie sieht es mit dem Hotel aus, in dem sie eingecheckt hat? Sie muss sich doch dort abgemeldet haben. Verdammt – muss ich dir erst sagen, was man in einem solchen Fall tut? Beweg deinen verfluchten Hintern und suche nach ihr. Ich will noch heute mit meiner Tochter sprechen. Ist das klar, Michael?«

Die Pause am Ende der Leitung zog sich dermaßen lang hin, dass Ulf ungeduldig in den Hörer schrie: »Ob das klar ist, habe ich dich gefragt. Beweg dich endlich, sonst mache ich dir Feuer unterm Hintern!«

Wütend warf Ulf Krafzik das Telefon auf den Tisch und suchte in seinem Notizbuch nach einer Nummer. Als er endlich die Stimme des angewählten Teilnehmers vernahm, war seine Stimme wieder etwas beherrschter.

»Hören Sie mir gut zu Kolmar. Ich will, dass Sie herausfinden, warum meine Tochter heute Nacht nicht nach Hause kam. Sie war auf einer Tagung und wollte noch in der Nacht bei ihrem Freund auftauchen. Sie kennen das Arschloch von Ihrer Recherche. Finden Sie raus, ob ihr was passiert ist.«

Einen Moment stoppte er und hörte konzentriert zu, bevor er losbrüllte.

»Es interessiert mich nicht, ob Sie an einem anderen Auftrag arbeiten. Suchen Sie Emilia oder es war Ihr letzter Auftrag von mir. Haben wir uns verstanden? Und kommen Sie mir nicht mit irgendwelchen Phrasen – ich will noch heute Ergebnisse. Dieser Versager Michael wird Ihnen das Hotel nennen können, in dem sie abgestiegen ist.«

Ohne eine Antwort abzuwarten, unterbrach er die Leitung, da er die sich nähernden Schritte von Monika hörte.

»Warum regst du dich so auf, Ulf? Ist was passiert?«

»Nichts – gar nichts, Moni. Ein Klient nervt mich nur. Wo willst du hin? Du hast dich ausgehfein gemacht.«

»Heute ist doch unser Rommétag mit den Mädels. Hast du das vergessen? Erster Mittwoch im Monat. Du wirst alt, mein Lieber. Bis später dann.«

Erleichtert verfolgte Ulf die letzten Vorbereitungen von Monika, bevor sie ihm einen Kuss auf die glattrasierte Wange drückte und die Villa verließ. Zornig biss er die

Zähne aufeinander, als er draußen das hässliche Geräusch durchdrehender Reifen vernahm. Der Gärtner musste nun wieder die tiefen Furchen im Kies beseitigen. Diese Unart, die übrigens auch Emilia beherrschte, hasste er wie die Pest. Fast verzweifelt strich er sich über das perfekt geschnittene, schon leicht ergraute Haar.

»Herr Krafzik, der Herr Kolmar ist in der Leitung. Soll ich den durchstellen oder ihn vertrösten, bis Sie aus der Besprechung zurück sind?«

»Stellen Sie durch, Frau Wiesner. Das ist wichtig.«

Ulf Krafzik legte die Unterlagen wieder ab und setzte sich auf die Schreibtischkante.

»Was haben Sie rausgefunden? Es wurde auch Zeit, dass Sie endlich anrufen. Es ist bereits Mittag. Also?«

»Kurze Zusammenfassung. Emilia hat das Hotel gestern am späten Nachmittag verlassen, das heißt, sie hat völlig normal ausgecheckt. Der Hotelmanager, von dem sie sich noch verabschiedet hat, meinte, dass sie sich in Begleitung eines gut aussehenden Mannes befand. Beide sind in den Porsche eingestiegen und weggefahren. Er meinte, dass sich die beiden sehr nett und angeregt unterhalten haben. Ich habe versucht, herauszufinden, ob jemand den Kerl kannte. Fehlanzeige. Seitdem fehlt von ihr jede Spur. Sollten Sie nicht besser eine Vermisstenanzeige bei der Polizei erstatten?«

»Sind Sie wahnsinnig, Kolmar? Die wird sich einen richtigen Kerl angelacht haben und die Nacht mit ihm verbracht haben. Wundert Sie das bei dem Waschlappen, der um ihre Hand anhält? Gönnen wir ihr das kleine Vergnügen. Sie wird den Beschäler nach Hause fahren und bald hier auftauchen. Sie hat sich auch mal eine kleine Abwechslung im Bett verdient. Mit Michael an ihrer Seite hat sie sowieso nicht das ganz große Los gezogen. Alles ist gut, Kolmar. Schicken Sie mir die Rechnung und kein Wort zu irgendwem. Haben wir uns verstanden?«

»Alles klar, Herr Krafzik. Sollte ich weiter der Sache nachgehen müssen – Anruf genügt.«

Genau in dem Moment, als sich Ulf Krafzik auf den Weg machen wollte, erschien wieder der Kopf von Frau Wiesner in der Türöffnung.

»Tut mir leid, Chef. Jetzt habe ich die Polizei in der Leitung. Man möchte unbedingt mit Ihnen sprechen. Soll ich durchstellen?«

»Krafzik. Was möchte denn die Polizei von mir? Ich bin auf dem Weg in eine Besprechung. Bitte fassen Sie sich kurz.«

»Kein Problem, Herr Krafzik. Wir haben den Wagen Ihrer Tochter auf einer Landstraße gefunden. Sie muss wohl von der Fahrbahn abgekommen sein und hat einen Baum leicht gestreift. Wir verstehen nur nicht, warum sie das Fahrzeug verließ und weglief, obwohl der Wagen fahrtüchtig war. Könnte es sein, dass sie bei einer Feier ...?«

»Meine Tochter trinkt nichts, wenn sie weiß, dass sie noch fahren muss. Lassen Sie solche Anspielungen.«

Unbeeindruckt fuhr der Beamte fort.

»Hat sie sich inzwischen bei Ihnen gemeldet, denn wir haben dazu ein paar Fragen? Oder können Sie uns sagen, wie und wo wir sie erreichen können? Übrigens scheint sie sich nicht verletzt zu haben, da wir keine Blutspuren gefunden haben.«

Einen kurzen Moment wirkte Krafzik wie gelähmt. Er bemerkte das Zittern in seiner Hand und versuchte, das zu unterbinden, indem er den Hörer mit beiden Händen festhielt.

»Nein ... Emilia hat sich noch nicht ... Wo steht der Wagen? Könnte noch jemand bei ihr gewesen sein? Ich meine, gab es noch einen Beifahrer?«

»Das können wir im Moment noch nicht sagen. Befürchten Sie etwa eine Entführung? Sie sollten es uns jetzt sagen. Dann schicken wir die Spurensicherung raus, bevor wir den Wagen abschleppen und sicherstellen.«

»Ich weiß es nicht«, schrie Krafzik in den Hörer. »Lassen Sie bitte sofort nach ihr suchen. Ich habe ein ungutes Gefühl.«

Mittlerweile war seine Stimme fast ins Weinerliche verfallen, denn wenn Emilia etwas zugestoßen sein sollte, wäre es das Schrecklichste, was überhaupt sein Leben hätte durcheinanderbringen können.

»Suchen Sie meine Tochter. Bitte. Ich will sie gesund wiedersehen. Und halten Sie mich bitte auf dem Laufenden.«

Alle Mitarbeiter der Kanzlei verfolgten den Chef erstaunt mit Blicken. Zum ersten Mal schien ihm die gewohnte Selbstsicherheit, manche nannten es auch Selbstverliebtheit, abhandengekommen zu sein. Seine Schultern waren gebeugt.

13

Die Industriebrache war längst zu einem der Lost Places verkommen, wie sie immer wieder gerne von Abenteurern aufgesucht wurden, die sich dadurch ein schaurig schönes Erlebnis erhofften. Ein Bereich war jedoch aus gutem Grund mit einem stabilen Zaun umgeben worden, um genau solche Besucher abzuhalten. Alte Maschinen und gefährliche Abbrüche in Decken und Böden schufen Gefahren, die Unbefugten, die sich unerlaubt Zutritt verschafften, zum Verhängnis werden konnten. Und der Stadt würde man Nachlässigkeit vorwerfen. Die gewaltige Gewitterfront war abgezogen und hatte ergiebige Regenmassen über dem Komplex abgelassen. Aus jedem Winkel war das Tröpfeln zu vernehmen. Nachdem der Abendhimmel aufgeklart war, schob sich der fast volle Mond über den Horizont und schuf bizarre Schattenlandschaften, in denen sich jetzt auch wieder die nachtaktiven Tiere bemerkbar machten. Das Fiepen der Ratten, lediglich unterbrochen von ihrem Geschrei, wenn ihnen eine wildernde Katze auf den feuchtglänzenden Pelz rückte, schuf beängstigende Bilder. In dieser schaurig-schönen Parallelwelt war der Tod stets präsent und suchte sich seine Opfer. Die Nahrungskette bestimmte den Ablauf.

Der Schatten eines Mannes war trotz der schwachen Beleuchtung durch den Mond erkennbar. Er trug eine Gestalt über seiner Schulter und leuchtete den Boden vor seinen

Füßen aus, während er sich gezielt auf eine massive Stahltür zubewegte. Lange Sperrhebel wurden entriegelt, sodass er sie mit der freien Hand öffnen konnte. Die scheinbar gut geölten Scharniere verursachten keinerlei Geräusch, als die Tür aufschwang. Ein langer Flur, der von verstaubtem Gerümpel gesäumt war, tat sich vor seinen Augen auf und hätte auf jeden anderen Besucher abschreckend gewirkt – nicht auf diesen Mann. Mit sicheren Schritten umkurvte er jedes Hindernis, um schließlich vor einer weiteren Stahltür anzuhalten. Diese war durch ein Schloss gesichert, zu dem nur er den Schlüssel besaß. Ein letztes Mal atmete er tief durch und schob danach entschlossen den Schlüssel hinein. Was ihn erwartete, überraschte ihn keineswegs.

Ein Stimmengewirr schlug ihm entgegen, das von Fragen und Beschimpfungen geprägt wurde. Ohne sich darum zu kümmern, steuerte er eine Zelle innerhalb des Raumes an, die von einem breiten Stahlgitter verschlossen wurde. Innerhalb dieses kleinen Raumes waren im sehr schwachen Licht einer Deckenlampe nur eine Pritsche, ein Hocker und ein Nachttopf zu erkennen. Der Blick in die anderen Nachbarzellen war frei. Jede der anwesenden Personen hatte freien Blick auf die Personen im Keller. Mittlerweile hatten sich dort vier Personen eingefunden, die wild gestikulierend ihre Hände durch die Gitterstäbe schoben. Alle vier erkannten noch nicht, dass sie nun auch noch Emilia Krafzik in ihrem Kreis aufgenommen hatten. Nachdem auch ihre Zelle mit einem Riegel verschlossen worden war, blickte sich der Mann in dem großen Raum um, ignorierte dabei das Geschrei der eingesperrten Frauen. Mit ruhigen Schritten näherte er sich einer großen Tafel, die gut und gerne an der Frontwand einer 50er-Jahre-Klasse gehangen haben könnte. Mit großen Buchstaben waren dort etliche Namen mit

Kreide aufgemalt, wobei nun ein Haken hinter dem Namen Emilia Krafzik gemacht wurde. Dieser Haken fehlte noch hinter dem Namen von Ulf Krafzik und Lea Pape. Plötzlich schnellte er herum und schrie mit lauter Stimme in das Gezeter um sich herum.

»Haltet endlich die Klappe. Eure Stimmen werdet ihr noch brauchen, das garantiere ich. In wenigen Tagen dürft ihr alles herauslassen, wenn es gilt, Fragen zu beantworten. Bis dahin werdet ihr alle warten müssen. Genießt die Untersuchungshaft. Lasst die Zeit auf euch wirken, bevor wir die Verhandlung endlich eröffnen können. Es fehlen immer noch zwei Personen, wie ihr unschwer erkennen könnt.«

»Wir haben Hunger«, meldete sich Viola Röchel trotz des emotionalen Ausbruchs des Entführers. »Bekommen wir wenigstens etwas zu essen? Das Wasser reicht auch nicht mehr lange. Warum sperren Sie uns unter derart unwürdigen Bedingungen hier ein? Das ist menschenverachtend, wenn man nicht einmal seine Notdurft unbeobachtet verrichten kann.«

»Dass Sie dieses Wort *menschenverachtend* in den Mund nehmen können, verwundert mich, Frau Röchel. Das dürfte doch für Sie ein Fremdwort sein. Doch das werden wir zu einem späteren Zeitpunkt diskutieren können. Ich muss mich nun um gewisse Besorgungen kümmern. Schließlich ist das Team noch nicht vollständig. Aber jede von ihnen erhält jetzt von mir zwei Flaschen Wasser und ein Paket, das diverse Lebensmittel enthält. Teilen Sie sich diese bitte ein und hoffen Sie alle darauf, dass mir da draußen in der feindlichen Welt nichts zustößt. Niemand weiß davon, dass Sie alle hier unten auf Gerechtigkeit warten. Mein Tod ist euer Tod. Eine Gleichung, die mir sogar gefallen könnte, würde damit nicht der gesamte Plan zerstört.«

»Ich will hier raus«, erklang Miriam Schobers Stimme plötzlich, die wie eine Wilde an den Stäben rüttelte. »Ich halte das nicht länger aus.«

»Halt deinen verdammten Mund, habe ich doch vorhin erst gesagt. Glaubst du wirklich, dass ich mir die Mühe mache, dich hierher zu schleppen, um dann in Mitleid zu verfallen, weil du Heimweh bekommst? Du wirst noch gebraucht. Hörst du? Ich will deine Stimme noch zu einem späteren Zeitpunkt hören. Sobald ich weg bin, dürft ihr so viel schreien, wie ihr könnt. Nur der Satan, euer Beichtvater, wird zuhören. Er wird es vielleicht auch sein, der ein Urteil fällen wird. Schrei nur weiter und ich werde dich fesseln und knebeln. Möchtest du das? Dann sag es mir jetzt.«

Miriam zog die Schultern zusammen und beobachtete den Fremden, wie er von einem großen Tisch mehrere Pakete und Wasserflaschen nahm. Vor jeder besetzten Zelle stellte er das angekündigte Kontingent ab. Ungewöhnlich besonnen griff Martina Haase nach der Verpflegung und setzte sich damit auf die Pritsche. Nachdenklich verfolgte sie jede Bewegung des Mannes und setzte die Wasserflasche an den Mund. Sie blickte erstaunt auf, als sich ihr der Mann, dem sie auf Anhieb vertraut hatte und der sich Leon nannte, näherte. Vor ihrer Gittertür blieb er stehen. Er schien sich seine Wut vom Leib geredet zu haben, als er absolut ruhig das Wort an sie richtete.

»Es tut mir leid, Frau Haase, dass es so weit gekommen ist. Das Schicksal bestimmte, dass Sie in diese Geschichte hineingezogen wurden. Wir werden abwarten müssen, ob auch Sie eine Schuld trifft.«

»Woran, Leon? Wovon reden Sie nur? Keiner hier versteht bisher, was Sie mit allem bezwecken wollen. Klären Sie uns auf und es könnte schnell vorbei sein. Sie zerren uns in eine Hölle, in die wir nicht gehören. Bitte denken Sie nach und hören Sie auf damit. Man wird uns alle suchen – und finden. Dann ist es zu spät.«

»Ja, man wird Sie alle irgendwann suchen. Doch niemand wird euch hier finden. Glauben Sie mir, Frau Haase. Ich verspreche, dass keinem Unrecht geschieht, der ohne Schuld ist. Mehr kann ich jetzt nicht sagen. Ich habe eine wichtige Verabredung. Sie müssen mich nun entschuldigen«, sagte Leon zynisch.

Fast geräuschlos drehte sich der Schlüssel von außen im Schloss der Stahltür. Noch etliche Sekunden herrschte Ruhe, bis endlich Emilia Krafzik erwachte. Ihr Schrei drang durch das gesamte Kellergewölbe, holte ihn noch im Gang ein. Es zauberte ein gemeines Lächeln auf die Lippen des Fremden, der den Weg über das umherliegende Geröll suchte.

14

Die Morgensonne hüllte die Weizenfelder in ein geheimnisvolles goldfarbenes Licht, das Lea so liebte. Auch der Hengst Shadow, ihr Lieblingspferd, fühlte sich sichtlich wohl, was sicherlich auch zum Teil daran lag, dass er die Mittagshitze nicht mochte. Lea gab die Zügel frei, was Shadow sofort in eine schnellere Gangart versetzte. Der Wind zog durch ihr langes blondes Haar und blähte es auf. Entgegen dem Rat aller Freunde zog sie es vor, bei langsamer Gangart den Schutzhelm abzusetzen und den leichten Wind zu genießen. Der gestrige Regen hatte den Boden aufgeweicht und Pfützen auf dem Feldweg hinterlassen, die Shadows Hufe aufwühlte. Während eine Hand Leas auf der engansitzenden Reithose lag, hielt sie die Zügel locker und ließ den Blick über die weite Landschaft gleiten. Dabei entdeckte sie das Wagendach, das über die Spitzen der Weizenhalme deutlich erkennbar war. Dass die Motorhaube hochstand, ließ sie ahnen, dass dort jemand eine Panne hatte. In dieser Gegend war das nicht so günstig, da sich hierher nur wenig Menschen verliefen. Leas Neugier und Hilfsbereitschaft waren geweckt. Sie lenkte Shadow in die Richtung des havarierten Fahrzeugs und staunte nicht schlecht, als sich ihr ein knackiger Hintern, fest eingepackt in eine Jeans, entgegenstreckte. Der Rest des Mannes wurde komplett von der Motorhaube verdeckt.

»Gar nicht übel«, konnte sie sich nicht verkneifen und bedauerte diese Bemerkung sofort, als sich der Autobesitzer nach ihr umsah.

»Ich meinte, dass Sie ein tolles Auto fahren, wenn es denn fährt«, korrigierte sie sich mit rotem Gesicht.

»Da haben Sie sicher recht. Das ist jetzt auch schon das zweite Mal innerhalb eines Monats, dass dieses verdammte Vehikel streikt. Die können sich in der Werkstatt auf was gefasst machen. Aber ich bin so froh, dass Sie vorbeikommen, denn das Auto ist nicht das Einzige, was streikt. Ich habe vor der Fahrt vergessen, das Smartphone aufzuladen. Nun kann ich nicht einmal den Pannendienst anrufen. Haben Sie zufällig ein Telefon dabei?«

Endlich hatte Lea Gelegenheit, sich den Fahrer des SUV genauer anzusehen. Was sie sah, gefiel ihr gut, denn der Mittdreißiger besaß dieses gewinnende Lächeln mit den Grübchen neben den Lippen, die ihr auf Anhieb gefielen. An der sportlichen Figur schien sich kein Gramm überflüssiges Fett zu befinden, was seine Attraktivität zusätzlich steigerte.

»Da können wir ja nur von einem glücklichen Zufall sprechen. Soll ich für Sie, oder wollen Sie selbst anrufen? Hier nehmen Sie, dann brauche ich die Handschuhe nicht auszuziehen.«

Beim dritten Versuch hatte es Lea endlich geschafft, das Smartphone aus ihrer engen Tasche zu ziehen. Der Fremde trat näher an Shadow heran, was den nervös zur Seite tänzeln ließ. Mit einem schnellen Griff in die Zügel beruhigte Lea den Hengst und reichte das Telefon hinunter.

»Wo befinden wir uns hier eigentlich«, wollte der Mann mit einer angenehm dunklen Stimme wissen und ließ seine Hand wie zufällig auf Leas linkem Stiefel ruhen.

»Oh, das kann ich gar nicht so genau sagen. Diese Namen der Feldwege kann ich mir einfach nicht merken. Ich glaube aber, dass sich Kartenmaterial auf dem Telefon befindet. Wählen Sie einfach die App und dann zeigt Ihnen das Gerät, wo wir uns gerade befinden.«

»Oh, das ist mir jetzt aber peinlich. Darauf hätte ich auch selbst kommen können. Danke für den Hinweis. Ich rufe dann sofort an.«

Lea warf mit einer eingeübten Bewegung ihr langes Haar nach hinten und lachte auf. Sie sah eine Chance, aus der Situation mehr herauszuholen und diesen Fang den anderen Mädels vorzuführen.

»Hören Sie, ich mache Ihnen einen Vorschlag. Nicht weit von hier befindet sich der Reiterhof. Dort wird man Ihnen bestimmt besser Auskunft geben können. Außerdem wird man uns einen Cappuccino servieren, da wir dort auch ein kleines Café eingerichtet haben. Wenn Sie Zeit und Lust haben, laufen Sie einfach neben mir her und ich bringe Sie anschließend, wenn Sie die Daten haben, wieder mit meinem Auto zurück. Na, wie wäre es damit?«

Nach kurzem Zögern reichte der Mann Lea das Telefon zurück und deutete eine leichte Verbeugung an.

»Das Angebot nehme ich doch gerne an. Aber nur unter einer Bedingung. Ich komme mit, wenn ich Sie danach zu einem Mittagessen einladen darf. Haben wir einen Deal?«

»Man könnte fast den Verdacht haben, dass Sie diese Panne nur vorgetäuscht haben, um unschuldige Frauen zu verführen. Eine Masche, die mir aber gefällt. Deal. Kommen Sie, ich steige ab. Shadow kann dann später auf der Weide grasen.«

Der Gedanke, bei einem Heißgetränk entspannen zu können, schien dem Fremden zu gefallen. Er beeilte sich, die

Haube einrasten zu lassen und das Fahrzeug zu verschließen. Seine Tasche hängte er sich um die Schulter und folgte Lea Richtung Reiterhof. Mit einer gewissen Enttäuschung musste sie feststellen, dass sich außer dem fast blinden Stallburschen Martin niemand dort herumtrieb. Erst jetzt fiel ihr ein, dass man sich für heute Morgen zu einem gemeinsamen Ausritt zu dem Nachbarhof entschieden hatte, an dem sie jedoch nicht teilnehmen wollte. Jeder durfte sich an dem Kaffeeautomaten bedienen, der nun bemüht wurde, um zwei Cappuccinos zuzubereiten. Vom rustikalen Holztisch aus genossen sie die weite Sicht über die Landschaft und nippten an dem dampfenden Getränk.

»Ich mag mich auch täuschen und Sie könnten das als abgedroschene Anmache abtun, aber irgendwo haben wir uns schon einmal getroffen. Ihr Gesicht, Frau ... ich kenne noch gar nicht Ihren Namen, fällt mir auf. Ich meine, dass mir Ihr Gesicht bekannt vorkommt. Mich dürfen Sie übrigens einfach Leon nennen. Täusche ich mich?«

Leon, wie er sich nannte, betrachtete die neue Bekanntschaft, während Lea die Annäherung des Mannes sichtlich genoss.

»Ein schöner Name. Leon, das hört sich so nach Abenteurer, einfach sehr modern an. Mich darf man Lea nennen. Wir dürften uns nach meiner Einschätzung im gleichen Alter befinden. Kennen wir uns vielleicht von der Uni oder sogar noch aus der Schule? Ich muss zugeben, dass mir Ihr Gesicht auf Anhieb nichts sagt. Hätten Sie eine Idee?«

»Eigentlich bleibt da nur die Schule, da ich in Leipzig studiert habe. Sagt Ihnen der Name Haase was? Oder vielleicht der Name Röchel?«

Leas befreites Lachen erklang über den Vorplatz der Stallungen.

»Jetzt sagen Sie nicht, dass Sie auch auf der Scholl-Schule waren. Frau Haase war meine Klassenlehrerin und die Röchel war die Rektorin. Wir nannten sie immer Bohnenstange, weil sie so lang und dürr war. In welcher Klasse waren Sie? In meiner Klasse können Sie jedenfalls nicht gewesen sein.«

Nun zeigte auch Leons Gesicht echte Freude, bevor er Lea antwortete.

»Nein, nein, ich war auf der Berta-Krupp-Schule. Aber einige Freunde und Freundinnen waren auf Ihrer Schule. Man erzählte mir immer, was da so abging. Bei Ihnen war ja des Öfteren Aufruhr, hörte ich immer mal wieder. Es soll dort sogar eine Mädchengang gegeben haben, vor der selbst die Jungs Schiss hatten. Ist da wirklich was dran?«

Lea senkte den Blick, da es sie wie ein Hammerschlag traf. Kam die Sprache von irgendeiner Seite auf diese Zeit, reagierte sie ausgesprochen ablehnend. Sie wollte vergessen, was damals geschah. Auf nichts, von dem, was sie taten, war sie heute noch stolz. Mit stockender Stimme klärte sie Leon auf, verschwieg jedoch Einzelheiten.

»Ich muss zugeben, dass ich nicht besonders stolz auf das bin, was wir damals so anstellten, aber ich war ein Teil dieser Gang, wie Sie die nannten. Wir spielten den Mitschülern häufig Streiche, die meiner Meinung nach des Öfteren über ein gewisses Maß hinausgingen. Vieles davon lief aus dem Ruder und ich habe mich deshalb mit den anderen angelegt. Aber letztendlich habe ich doch mitgemacht. Es war einfach scheiße. Oh, sorry. Das wollte ich nicht sagen.«

»Kein Problem, Lea. Jeder macht als Kind oder Jugendlicher mal Mist. Man darf nur die Grenzen nicht zu weit übertreten. Ich war auch kein Engel. Man erzählte sich auf unserer Schule, dass es auf Ihrer sogar einen Todesfall gab. Das ist doch nur erfunden, oder?«

Wieder senkte Lea den Blick und drehte nervös geworden ihre Tasse. Leon sah ihr abwartend ins Gesicht. Er musste sich einen Moment gedulden, bis Lea antwortete.

»Sie sprechen bestimmt von unserem Hausmeister Klammer. Der Todesfall war nicht an der Schule, sondern im Gefängnis. Aber darüber möchte ich heute nicht sprechen. Wir haben uns geschworen, niemals mehr darüber zu reden. Und daran werde ich mich halten. Sie haben noch gar nicht den Pannendienst benachrichtigt. Wenn der nicht bald kommt, werden wir das gemeinsame Mittagessen wohl auf den Abend verlegen müssen. Aber jetzt erst mal Prost. Wir haben noch gar nichts getrunken.«

Leon spürte, dass es Lea ernst war mit der Weigerung, darüber sprechen zu müssen. Er hob seine Tasse und blickte tief in Leas Augen, die ihm deutlich zeigten, dass sie sich auf das gemeinsame Essen freute. Seine Gedanken jedoch waren schon weit entfernt. Seine Augen suchten den roten Golf, den Lea als ihr Auto erwähnt hatte. Der Stallbursche war weit und breit nicht zu sehen. Somit konnte später auch niemand aussagen, dass Leas Kopf plötzlich auf die Tischplatte sank und ein großer Mann sie auf den Beifahrersitz setzte. Der rote Golf wurde Stunden später verlassen neben einem Weizenfeld gesichtet. Von der Fahrerin keine Spur. Die zurückkehrenden Reiter wunderten sich außerdem darüber, dass Shadow noch immer gesattelt auf dem Gelände stand. Eine Vermisstenanzeige bei der Polizei sollte Klarheit bringen, darüber waren sich alle einig.

15

»Natürlich nehme ich auch Fälle aus dem Finanzsektor an,
Herr von Kluge. Es besteht die Möglichkeit, einen Kollegen
aus meiner Kanzlei hinzuzunehmen, der sich darauf spezia-
lisiert hat. Es findet sich immer ein Weg, Ihre Transaktionen
zu legalisieren. Den werden wir auch in Ihrem Fall entdecken. Wie gehen wir vor? Möchten Sie mich aufsuchen
oder treffen wir uns bei Ihnen?«

Ulf Krafzik musste nicht lange auf eine Antwort warten.
Sein neuer Klient senkte etwas die Stimme, als er ihm seinen
Plan verriet.

»Ich bin mir nicht mehr sicher, ob ich unter Beobachtung
der Finanzbehörden stehe. Deshalb rufe ich Sie auch über
mein Prepaid-Handy mit unterdrückter Nummer an. Man
kann nicht wissen, ob ich bereits abgehört werde. Wäre es
möglich, sich außerhalb in irgendeinem Restaurant zu
besprechen? Ich finde einen Weg, unerkannt dorthin zu
gelangen.«

»Da scheint es um größere Summen zu gehen, Herr von
Kluge, wenn Sie dermaßen vorsichtig sind. Aber Sie sind der
Auftraggeber und bestimmen das Geschehen. Schicken Sie
mir die Adresse und den Zeitpunkt mit Alternativtermin und
ich sehe zu, dass es klappt. Was halten Sie von meinem Vorschlag mit dem Kollegen? Den könnten wir sofort mit hinzuziehen.«

»Das können wir dann immer noch besprechen. Vorerst nur wir zwei. Sie sollten sich zuerst mit meinem Problem und der Sachlage vertraut machen. Wäre ja möglich, dass Sie ablehnen werden.«

»Darüber machen Sie sich bitte keine Sorgen, Herr von Kluge. Es ist mein Job und auch mein Ehrgeiz, jeden auch noch so komplizierten Fall zu übernehmen. Meine Erfolgsquote dürfte Ihnen bereits bekannt sein, sonst hätten Sie mich bestimmt nicht kontaktiert. Ich erwarte also den Termin. Über mein Honorar werden wir uns bestimmt einig.«

Das ist mein Tag. Ich wusste es. Heute wird Geld ins Haus geholt. Der Geldsack hat eine Menge Dreck am Stecken. Wenn ich diesen Fall gewinne, und die Presse spielt mit, spiele ich in der ersten Liga mit.

Krafzik googelte den Namen seines Klienten, wurde aber nicht fündig. Es gab zumindest in Deutschland keinen Marco von Kluge.

Der hat dermaßen die Hosen voll, dass er sogar seinen richtigen Namen verschwiegen hat. Da wird es um sehr viel Geld gehen, das er am Fiskus vorbeigeschleust hat. Tut mir leid, Herr Unbekannt. Das wird sich für dich ungünstig auf das Honorar auswirken.

Mit einem zufriedenen Grinsen auf den Lippen griff er nach der Zigarrenkiste, die er nur öffnete, wenn ihn Glücksgefühle überfielen oder er einen großen Fall erfolgreich abgewickelt hatte. Heute war solch ein Tag.

Erst am Morgen hatte Ulf Krafzik den Anruf erhalten, dass man sich in einem abgelegenen Gasthaus am Essener Ruhrufer treffen könnte. Mit Absicht traf er fünf Minuten später ein, als verabredet war. Eine Taktik, um dem Klienten zu zeigen, unter welch gravierendem Termindruck er sich befand. Da das Wetter günstig, also trocken war, fand er seinen Kunden an einem der hinteren Tische vor, der schlecht von der Straße einsehbar war. Wieder zeigte sich dieses herablassende Grinsen kurzzeitig auf Krafziks Gesicht, das jedoch Augenblicke später wieder die Maske des weltgewandten Anwalts zeigte. Das Magazin, an dem man sich erkennen konnte, lag auf dem Tisch direkt neben einem Gedeck, das aus einem Milchkaffee und einem Butterhörnchen bestand.

»Der Herr bevorzugt das italienische Frühstück, wie ich sehe. Darf ich mich setzen?«

Krafzik wartete erst gar nicht die einladende Geste des Tischnachbarn ab und belegte den Stuhl, der ihm direkt gegenüberstand. Seine schmale Tasche platzierte er auf dem Nachbarstuhl.

»Sie sind zu spät, Herr Krafzik. Sollte ich daraus Rückschlüsse über ein gewisses Phlegma in der Verhandlungsführung ableiten? Das wäre nicht gut. Ich lege sehr großen Wert auf Zuverlässigkeit. Doch bevor Sie sich jetzt echauffieren, möchte ich etwas loswerden. Sie werden sicherlich Nachforschungen angestellt haben, mit wem Sie es zu tun haben. Dabei wird dem gewieften Anwalt sofort aufgefallen sein, dass der von mir gewählte Name nicht existiert. Das Verschleiern ist pure Absicht.«

»Und was treibt Sie dazu? Es dient sicherlich nicht dazu, ad hoc eine Vertrauensbasis zu schaffen«, unterbrach Krafzik den Klienten in spe.

»Eine gute Frage, die ich Ihnen beantworten werde. Dann sollten wir jedoch mit der Konversation Schluss machen und zum Kern unseres Treffens kommen. Solange ich mit Ihnen keine Vereinbarung getroffen habe, werden Sie weiter mit

Marco von Kluge zu tun haben. Mein Name spielt vorher keine Rolle. Hören Sie sich an, worum es geht, und dann dürfen Sie zustimmen oder das Mandat ablehnen. Einverstanden?«

Statt einer Antwort nickte Krafzik lediglich und winkte den Kellner heran, der den neuen Gast schon bemerkt hatte und sich in gebührender Entfernung aufhielt. Nach der Bestellung eines Espressos entfernte er sich und ließ zwei Männer zurück, die keinen Hehl daraus machten, dass man nicht beabsichtigte, eine Freundschaft fürs Leben zu knüpfen. Ein dubioses Geschäft war die einzige Basis, die sie überhaupt miteinander sprechen ließ.

»Wo also drückt der Schuh und wie kann ich Ihnen helfen?«

In Ulf Krafzik breitete sich das Gefühl aus, als der Fremde ihn schweigend musterte, als wollte er tief in seine Seele blicken. Ihm war nicht wohl bei der Sache, er konnte jedoch den Grund dafür nicht finden. Ein Gefühl – mehr nicht. Er wartete ab und erwiderte den forschenden Blick. Endlich überzog das hübsche Gesicht des Mannes ein verbindliches Lächeln und er legte los.

»Sie werden, so denke ich, sehr schnell erkennen, worum es im Grunde geht, da Sie selbst zu der Gruppe Menschen gehören, die über gewisse Geldmittel verfügen, von denen Sie sich ungern trennen. Der Fiskus streckt sofort seine gierigen Hände aus, wenn er Steuereinnahmen wittert. In meinem Fall konnte ich in den letzten Jahren diverse Gewinne erzielen, die in der Regel bar ausgezahlt werden. Ich denke, Sie verstehen, was ich damit meine?«

»Drogen? Glücksspiel, Prostitution?«

»Es schmeichelt mir nicht, dass Sie mir solche Geschäfte unterstellen. Doch es kratzt mich auch nicht. Egal, woher das Geld stammt – es musste gewaschen werden. Es blieb am Ende so viel hängen, dass man es nicht einfach auf einem deutschen Bankkonto parken kann, ohne dass die Finanzbehörden davon erfahren und die Krallen ausfahren.«

Der Fremde legte hier eine Pause ein und tunkte sein Hörnchen in den Milchkaffee. Provozierend langsam biss er hinein und beobachtete Krafzik, der sich beim Kellner für den Espresso bedankte.

»Sie haben Ihr Geld also illegal ins Ausland geschafft und fürchten nun, dass man Ihnen auf die Schliche kommt. War Ihr Name etwa auf einer der CDs, die dem Finanzministerium vor Tagen zugespielt wurden? Das wäre nicht so gut, aber ich denke, dass wir auch dafür eine Lösung finden würden.«

»So, so, mein Herr Anwalt hat prompt eine Lösung bereit. Ich höre.«

»Sie werden aus dieser Nummer nicht herauskommen, ohne Federn zu lassen. Das dürfte klar sein. Bieten Sie dem Fiskus etwas an. Offenbaren Sie sich, bevor das Verfahren, oder die Ermittlungen gegen Sie laufen. Noch ist Zeit und der Staat hat diese Option einer Selbstanzeige geschaffen.«

Der Fremde schluckte den Bissen hinunter und steuerte erneut den Milchkaffee an, um das Resthörnchen einzutauchen. Sein Gesicht hatte ungewöhnlich harte Züge angenommen, als er bemerkte: »Ich möchte Ihnen nicht zu nahe treten, Herr Staranwalt, aber auf diese Lösung hätte ich auch selbst kommen können. Dafür benötige ich keinen Rechtsbeistand, der mir dafür eine gepfefferte Rechnung präsentiert. Ich werde das Gefühl nicht los, dass wir aneinander vorbeireden.«

Der Mann beugte sich vor und versuchte, Krafziks Blick einzufangen, der ihm jedoch auswich.

»Hören Sie gut zu, Krafzik. Ich trenne mich genauso schwer von meinem Geld, wie Sie es tun. Ich habe Sie nicht angesprochen, um eine Nullachtfünfzehn-Lösung zu erhalten, sondern einen Ausweg zu finden. Schaffen Sie das oder muss ich mir einen wirklichen Fachmann suchen? Ich brauche jetzt und hier eine Antwort, da mir die Zeit wegläuft. Kriegen Sie das hin?«

»Ich will ehrlich zu Ihnen sein. Das ist nicht einfach. Wie ich eingangs schon erwähnte ...«

Hier wurde Krafzik mit einem Einwand unterbrochen, der ihn kurzzeitig wütend machte und fast dazu gebracht hätte, den Tisch zu verlassen.

»Sie wollen ehrlich sein, Herr Anwalt? Genau das möchte ich nicht. Das wären Züge an Ihnen, die ich zumindest in unserem Fall nicht einfordere. Wir sprechen über ein Verbrechen, wie es das Gesetz nun einmal bezeichnet. Um da rauszukommen, benötige ich keinen Erzengel, sondern jemanden, der in dem Geschäft gewieft ist. Also wiederhole ich die Frage: Schaffen Sie das?«

»Hätten Sie mich ausreden lassen, wäre Ihr Einwand noch überflüssiger geworden, als er so schon ist. Ich hätte da jemanden, der sich darauf versteht, Geld unsichtbar zu machen, sodass nur der es noch sieht, der eingeweiht ist. Sie müssen sich aber auch darauf einlassen.«

Erneut traf Krafzik dieser unergründliche Blick, der ihm eine Gänsehaut verschaffte. Seine Gedanken jagten sich und suchten nach Gründen, warum er jetzt nicht einfach aufstand und ging.

Was denkst du jetzt, du geldgieriger Hund? Lässt du dich auf das Abenteuer ein, oder ziehst du deinen mickrigen Schwanz ein? Wir können dein Blutgeld unsichtbar machen. Aber du wirst dich wundern, was wir dafür verlangen werden.

»Es wird mir wohl nichts anderes übrig bleiben, Krafzik. Aber lassen Sie mich eines ganz deutlich machen. Dieses Geld – und wir sprechen über sehr große Summen – ist aus Quellen, mit denen Sie es sich nicht verscherzen sollten. Versuchen Sie auch nur, mich und meine Partner zu bescheißen, wird es das Letzte sein, was Sie auf dieser Erde an Betrügereien veranstaltet haben. Meine Partner und ich verstehen in diesem Punkt keinen Spaß. Ich hoffe, dass Sie das richtig einordnen können. Und jetzt lassen Sie uns auf das Geschäft anstoßen.«

Der Mann winkte den Kellner herbei und bestellte zwei Cognac. Es dauerte nur wenige Minuten, bis die Bestellung auf dem Tisch stand. In dem Augenblick, als Krafzik dem Kellner nachsah, ergoss sich das Schlafmittel in sein Getränk.

»Auf eine gute Zusammenarbeit, Herr Krafzik. Übrigens dürfen Sie mich Leon nennen. Das tun all meine Freunde. Ich hätte noch eine Bitte an Sie. Ich spiele mit dem Gedanken, mir ebenfalls einen Porsche zuzulegen, und habe mich mit dem Taxi hierherbringen lassen. Darf ich ausnahmsweise einmal Ihren Wagen steuern, während wir zum nächsten Taxistand fahren?«

»Wenn es mehr nicht ist, Leon. Das dürfte kein Problem darstellen. Übrigens eine hervorragende Wahl.«

Die Fahrt dauerte lediglich etwa fünf Minuten, bis Krafzik auf der Beifahrerseite zusammensank. Zufrieden steuerte Leon den Sportwagen über den groben Schotter der Industriebrache, bis er den Unterstand erreicht hatte, der den Sportwagen komplett abdeckte.

16

»Oh Gott, du bist jetzt auch hier?«

Der Schrei des Entsetzens hallte durch den halbdunklen Keller. Emilia hatte den Mann schnell erkannt, den der Fremde über der Schulter trug und in die letzte freie Zelle legte. Alle anderen Frauen schienen viel zu erschöpft, um sich gegen das Unvermeidliche zur Wehr zu setzen. Frau Röchel und Martina Haase saßen mit im Schoß gefalteten Händen auf ihrer Pritsche und beobachten stumm das Geschehen. Lediglich Ina Hollstein Lea Pape und Miriam Schober umklammerten die Stäbe des Gitters und verfolgten staunend, was vor ihren Augen geschah. Emilia Krafzik kreischte wie eine Furie und zerrte an den Stäben. Ihre Stimme überschlug sich häufig, während Tränen der Wut und der Verzweiflung über ihr ebenmäßig geschnittenes Gesicht liefen.

»Was hast du vor, du verdammte Bestie? Willst du uns beweisen, wie mächtig du bist? Du bist und du bleibst ewig ein Versager, wer auch immer du bist. Es wird nicht lange dauern und man wird uns hier finden. Dann wirst du dir wünschen, nie geboren worden zu sein. Du weißt nicht, mit wem du dich einlässt.«

Ohne jede Hektik verschloss Leon die Zelle, in der jetzt Ulf Krafzik langsam das Bewusstsein zurückerlangte. Vorher hatte er noch eine Wasserflasche neben die Pritsche gestellt.

Krafziks Tochter war in der gegenüberliegenden Zelle untergebracht und lief wie ein eingesperrtes Wildtier hin und her. Leon näherte sich dem Gitter und wich geschickt Emilias Händen aus, die nach ihm greifen wollten.

»Ich habe dir deinen Wunsch erfüllt, mit dem Vater vereint zu sein. Sagtest du nicht, dass er dir helfen würde, hier rauszukommen? Nun darfst du ihn um Hilfe bitten. Er wird dir zuhören und mir sicherlich bald Aufklärung darüber geben, mit welchem Strafmaß ich zu rechnen habe, sollte ich nicht alle wieder sofort freilassen. Er wird mir vorschlagen, dass er sich für ein mildes Urteil einsetzen wird, sollte ich seiner Aufforderung zeitnah folgen. Ist es nicht so, Herr Staranwalt?«

Blitzschnell drehte sich Leon um und ging langsam wieder auf Krafziks Zelle zu. Noch leicht benommen, würdigte der Vater den Entführer keines Blickes, als er vor sich hinmurmelte: »Machen Sie sich nur lustig darüber, Sie Mistkerl. Sie werden sich genau diesen Vorschlag noch sehnlichst herbeiwünschen. Glauben Sie im Ernst, dass Sie mit Ihrem Theater hier irgendetwas bewegen können, zumal ich bisher keinen Schimmer habe, worauf Sie es anlegen? Das hier ist eine Farce. Haben Sie sich die SAW-Filme vor Tagen reingezogen? Sind Sie ein perverser Horrorfan? Nein, dafür sind Sie zu clever. Was steckt hinter diesem Theater, über das keine der hier Anwesenden lachen kann?«

Leon steckte die Arme durch die Gitter und betrachtete den Anwalt, der Mühe hatte, sein Gleichgewicht zu halten, als er es endlich geschafft hatte, auf die Beine zu kommen. Mit halbgeschlossenen Augen torkelte er auf seinen Entführer zu. Der jedoch stand milde lächelnd an dem Gitter und wartete ab. Genüsslich nahm er die Drohungen auf, die Krafzik jetzt noch konkretisierte.

»Sie fühlen sich so unendlich sicher, Sie schmieriger Saukerl. Doch das Grinsen wird Ihnen bald vergehen. Es ist eine Angewohnheit von mir, die Adresse zu hinterlassen, an der ich mich mit neuen Klienten treffe. Ich habe es oft genug mit Menschen zu tun, gegen die Sie ein Waisenknabe, ein Nichts sind. Wer sich mit dem Abschaum beschäftigen muss, lernt, Sicherungen einzubauen. Man wird mich dort suchen und den Kellner befragen. Der wird Sie sehr gut beschreiben können. Haben wir Ihr Gesicht, dauert es nicht lange, bis wir Sie auch bei den Eiern haben.«

»Sind Sie fertig, Krafzik? Muss ich mich jetzt fürchten?«

»Ja, Sie Anfänger. Sie sollten sich wirklich fürchten. Denn es wird nicht die Polizei sein, die Ihnen auf den Pelz rückt. Das wäre für mich kein wahrer Triumph. Nein, es werden sich Leute um Sie kümmern, die mir einen Gefallen schuldig sind. Wenn Sie sich mit meinem Leben beschäftigt haben, müssten Sie wissen, dass ich auch Mafiagruppen vertreten habe. Können Sie sich auch nur im Entferntesten ausmalen, was mit Ihnen passieren wird, wenn Sie in deren Hände geraten? Wenn ich hier freikomme, werde ich Sie suchen lassen. Egal, wo Sie Ihren elenden Kadaver auch verstecken werden, man wird Sie finden und zu mir bringen.«

Nur wenige Zentimeter trennten die Gesichter der beiden Männer voneinander, als Leon antwortete.

»Sie fragten mich vorhin, ob ich die SAW-Filme gesehen hätte. Doch ja, die kenne ich tatsächlich. Ganz so schlimm wird es für Sie alle nicht werden. Ich bin von Natur aus ein gutmütiger Mensch. Doch vermute ich, dass Sie sich zu viel in der Filmszene herumtreiben. Mir fehlt an dieser Stelle noch ein markanter Spruch des Paten Vito Corleone. ›Ich werde ihm ein Angebot machen, das er nicht ablehnen kann‹. Sie sind ein Träumer, Krafzik. Verlassen Sie sich besser nicht auf Menschen, denen das Leben anderer nichts bedeutet.«

Tatsächlich zeichnete sich eine gewisse Unsicherheit auf dem Gesicht des Anwalts ab. Bevor er sich jedoch dazu äußern konnte, fuhr Leon fort.

»Wir sind momentan so gut im Fluss, Anwalt Krafzik. Deshalb kann ich Sie mit einem weiteren Spruch aus der Pate-Trilogie unterhalten, was meine Zukunft betreffen könnte. ›Ich war niemals unvorsichtig. Frauen und Kinder dürfen unvorsichtig sein, Männer nicht‹. Sollten Sie vermuten, dass es ein Leichtes sein wird, mich aufzuspüren, kann ich Sie beruhigen. Von mir existiert nicht einmal ein Bußgeldbescheid, weil ich in einer Fußgängerzone zu schnell war. Ich war bisher ein Geist, und ich werde es auch für alle hier bleiben. Warten Sie lieber ab, was noch passieren wird. Dann werden Sie keinen Gedanken mehr daran verschwenden, mich bestrafen zu wollen. Seien Sie froh, wenn Sie diesen Raum hier lebend verlassen können. Das ist kein Spiel eines Verrückten. Das ist tödlicher Ernst. Das verspreche ich Ihnen.«

Endlich hatte es Leon geschafft, dass absolute Stille eintrat. Selbst die zuvor herumzappelnde Emilia stand zitternd hinter den Gitterstäben und schien die letzten Bemerkungen Leons sacken zu lassen. Mit einem letzten Blick auf das blasse Gesicht Krafziks wandte sich Leon ab. Er war sich nun sicher, dass dieser Drecksanwalt die Botschaft geschluckt hatte und eine Weile mit der Verdauung beschäftigt war.

»Ich werde Sie alle jetzt allein lassen. Morgen komme ich vorbei und werde Sie aufklären, warum Sie hierher verschleppt wurden. Schlafen Sie sich aus, denn Sie werden all Ihre Kraft und Ihr Erinnerungsmögen benötigen, wenn die Verhandlung beginnt. Gute Nacht zusammen.«

17

Als hätte Petrus vom Vorhaben gewusst, öffnete er sämtliche Schleusen, um das Land mit Riesenmengen an Regen zu überschütten. Leon fuhr den Lieferwagen, so nah es das Gelände zuließ, an den Eingang der Halle heran. Niemandem war bisher aufgefallen, dass er einen Teil des Begrenzungszauns zur Seite heben konnte, sodass sein Fahrzeug ungehindert durchfahren konnte. An diesem Tag würde er sowieso niemanden vom Wachpersonal, das nur sporadisch auftauchte, hier antreffen. Irgendwie schaffte er es, die Stühle und den Holztisch auszuladen, die er für seinen großen Moment organisiert hatte. Es sollte schon Eindruck machen, was er sich für die Menschen im Keller ausgedacht hatte. Alle anderen Vorbereitungen hatte er bereits Tage zuvor getroffen. Nichts sollte schieflaufen.

Er näherte sich der letzten Stahltür, als er Stimmen vernahm. Heftiger Streit schien ausgebrochen zu sein, was ihm zunehmend Freude bereitete. Immer wieder war dazwischen die Stimme des Anwalts zu hören, der um Ruhe und Vernunft bat. Als Leon die letzten Möbelstücke vor der Tür abgestellt hatte, schob er den Schlüssel in das Schloss und genoss die augenblicklich eintretende Ruhe. Die hielt sogar an, während er die Stühle und den Tisch in einer bestimmten Anordnung aufstellte. Alle Anwesenden verfolgten wortlos sein Tun. Erst als er den Tisch noch ein letztes Mal zurechtrückte, meldete sich Emilia, die ihre Neugierde wieder einmal nicht beherrschen konnte.

»Was soll dieses Theater mit den Stühlen? Bekommen die Tiere aus den dreckigen Stallungen etwas Auslauf oder spielen wir Mensch ärgere dich nicht? Wie weit treiben Sie das Ganze noch, Sie Hirni?«

»Sei bitte still, Emilia«, ermahnte sie ihr Vater und schlug wie zur Bekräftigung seiner Bitte mit der Faust gegen die Gitter. »Du machst es damit nicht besser, indem du den Mann beschimpfst. Er wird uns beizeiten aufklären. Lass ihn werkeln. Er wird sich was dabei gedacht haben.«

»Meinst du wirklich, dass er dazu fähig ist? Siehst du nicht, dass er lediglich seine Macht über uns demonstrieren möchte? Ich bin der Größte unter der Sonne und befehle hier. Seine narzisstischen Neigungen möchte er an uns austoben. Da hast du dich aber schwer in den Finger geschnitten, du Psychopath. Keiner hier wird nach deiner Pfeife tanzen – keiner. Wir haben uns abgesprochen, dass wir einfach schweigen werden, bis du keine Lust mehr hast. Hast du mich verstanden? Das Spiel ist beendet, bevor es überhaupt begonnen hat.«

»Dann halte auch du endlich deine verdammte Schnauze«, schaltete sich Lea ein, die schon die ganze Zeit ihre Augen verdreht hatte. »Fällt es dir noch immer schwer, dich unterzuordnen? Mittlerweile schaffst du es nicht einmal, deinem eigenen Vorschlag zu folgen. Sei einfach still und warte ab.«

Viola Röchel war es, die Ulf Krafzik zuvorkam, der schon kurz vor einer Wutattacke stand und bereits den Mund geöffnet hatte.

»Warum zerstreitet ihr euch schon jetzt? Merkt ihr nicht, dass er genau das beabsichtigt? Der Mann will uns gegeneinander ausspielen. Er wird uns bestimmt gleich aufklären, welcher Sinn hinter dem ganzen Manöver steckt. Noch kann ich mir keinen Reim darauf machen, aber es muss mit unserer Schule zu tun haben. Das scheint sicher. Warten wir doch einfach ab.«

»Ein kluger Vorschlag«, ergänzte nun Ulf Krafzik, der sich ein wenig abgeregt hatte. Er hatte sich vorgenommen, auf Aktionen zu reagieren, da ihm, was ihm gar nicht behagte, das Instrument des Agierens aus der Hand genommen wurde. Es gab nur wenige Momente, in denen er vom Geschehen überrollt wurde. In der Regel war er es, der den Ablauf bestimmte. Demonstrativ bewegte er sich zurück und setzte sich auf seine Liege. Nichts von dem, was dieser Leon tat, entging ihm. Er studierte den Mann, um seine Schwachstelle finden zu können. Eine Waffe, die immer wieder zum Sieg für ihn führte. Geduld ist stets die Stärke des Klügeren, war seine Strategie. Zum ersten Mal mischte sich Ina Hollstein ein, indem sie ihre These vorstellte.

»Hat schon einmal jemand daran gedacht, dass uns der Kerl umbringen will? Eine nach der anderen? Vielleicht verschafft ihm das einen Orgasmus, wenn er uns dabei zusehen lässt. Habe mal so was aus den USA gehört. Vielleicht ist das ein total Kranker, der das nicht zum ersten Mal macht. Diese Zellen hier sehen nicht danach aus, dass sie neu erstellt wurden. Wenn er das vorhat, soll er am besten mit dir anfangen, Emilia, damit wir alle was davon mitkriegen. Du hättest es bestimmt verdient.«

»Seien Sie endlich ruhig«, platzte es aus Krafzik heraus, der seinen Blick auf Emilia gerichtet hielt, deren Mund sich ungläubig öffnete. »Wenn ich mich recht erinnere, waren Sie mal eine Freundin meiner Tochter.«

»Eine Freundin? Habe ich das richtig gehört? Glauben Sie ernsthaft daran, dass dieses Miststück jemals eine wirkliche

Freundin hatte? Ich gebe zu, dass ich früher mit ihr rumhing. Wir waren jung und unerfahren. Erst später haben wir alle erkannt, welch schmutziges Spiel dieses Aas mit uns spielte. Ihr Leben bestand daraus, andere zu unterdrücken, sie zu mobben. Sie schaffte es nur, weil sie sich hinter dem Einfluss ihrer Familie und deren Vermögen verstecken konnte. Sie, Herr Krafzik, haben nicht mitbekommen, was Emilia ihren Mitschülern antat – besser, Sie wollten es nicht wahrhaben und deckten alles, was sie anstellte.«

»Halt endlich deine Schnauze, Ina!« Emilias Hände umklammerten die Gitterstäbe, als wollte sie diese herausreißen. »Du hast dich doch nur allzu gerne in unseren Kreis gedrängt. Es war widerlich, wie du dich uns angebiedert hast. Warum hast du damals nicht dein Maul aufgerissen und dich über das beschwert, was wir gemeinsam angestellt haben? Nein, meine Liebe, du hast dein Fähnlein immer in den Wind gedreht, dich angepasst. Heute reißt du dein Maul weit auf, wo wir erwachsen sind. Wenn eine von uns den Tod verdient hat, bist du das. Du besitzt keinen Wert für die Allgemeinheit. Was hast du bis jetzt auf die Beine gebracht? Nichts. Hätte ich damals nicht die Hand über dich gehalten, wärst du auf dem Schulhof in der Ecke der Versager versauert.«

Emilias Stimme besaß nun einen schrillen unangenehmen Unterton, während sie an den Stäben rüttelte. Leon saß vor dem Tisch und genoss das Rededuell sichtlich. Ulf Krafzik war zwischenzeitlich wieder aufgestanden und verfolgte ungläubig die Hassreden der beiden Frauen. Irgendwann wurde es ihm zu viel und er schrie durch den Kellerraum.

»Was geht hier eigentlich ab? Seid ihr wahnsinnig geworden? Ich verbiete euch, so zu reden. Sie sprechen so nicht weiter mit meiner Tochter, Frau Hollstein. So ist doch

Ihr Name, wenn ich mich recht erinnere? War es nicht Ihr Vater, den ich vor Jahren in einem Betrugsprozess vor einer langen Haftstrafe bewahrt habe? Mit welchem Recht erlauben Sie sich also, auf solch infame Art und Weise meine Tochter anzugreifen? Haben Sie denn gar kein Ehrgefühl? Sie müssten ihr, aber auch mir dankbar dafür sein, dass sie Ihnen Schutz bot. Stattdessen beschimpfen Sie sie aufs Schlimmste. Schämen Sie sich.«

Alle in dem Kellerraum schreckten zusammen, als Frau Haase die Finger in den Mund steckte und ein schriller Pfiff den Raum erfüllte.

»Darf ich für einen Moment um Aufmerksamkeit bitten? Das ist ja nicht auszuhalten, was sich hier gerade abspielt. Man zerfleischt sich, als würde das Leben davon abhängen, wer am lautesten schreit. Ich bin mir nicht sicher, ob das hier dafür geeignet ist, um alte Wunden aufzureißen oder den lange gehegten und verborgenen Hass herauszulassen. Dieser Mann dort am Tisch genießt eure Aggressionen sichtlich. Erkennt das keiner von euch? Ich gebe zu, dass ich auch noch keinen Schimmer davon habe, was er mit seinen Entführungen wirklich bezweckt. Aber wir sollten vernünftig werden und abwarten. Wenn es sein Spiel ist, soll er auch den ersten Zug machen.«

Frau Röchel war es, die leise Applaus spendete und Martina Haases Appell ergänzte.

»Genau das würde ich ebenfalls vorschlagen. Tragen Sie Ihre Streitigkeiten besser an anderer Stelle aus. Hier ist das eher kontraproduktiv. Ich muss zugeben, dass ich es sogar abstoßend finde. Das kann doch wohl nicht das Ergebnis unserer schulischen Erziehung sein. Ich persönlich halte das für asozial und unserer Schule nicht würdig. Warten Sie ab und handeln Sie wie vernünftige Menschen.«

Leon zog die Beine wieder an, die er zwischenzeitlich weit unter den Tisch ausgestreckt hatte. Sein Lächeln verstärkte sich noch, als er aufstand und nun ebenfalls in die Hände klatschte. Er machte zwei Schritte auf Frau Röchel zu und drehte sich wieder um. Nun zeigte sein Gesicht eine ungewohnte Härte, die jede der anwesenden Frauen zurückweichen ließ. Lediglich Ulf Krafzik sah dem Entführer unbeeindruckt entgegen. Leons Stimme hatte einen gefährlichen Unterton bekommen, der niemandem entging und für höchste Aufmerksamkeit sorgte.

»Ich muss zugeben, dass ich die vorangegangene Diskussion genossen habe. Sie hätte noch weiter gehen dürfen. Sie schuf ein Bild von allen beteiligten Personen und rundete meinen ersten Eindruck von Ihnen allen in vielen Punkten ab. Schade. Aber es sollte jetzt der Augenblick gekommen sein, in dem Sie erfahren werden, warum Sie in diesen Keller verfrachtet wurden.«

»Das wird aber auch Zeit«, meinte Emilia einwerfen zu müssen, erntete jedoch nur einen strafenden Blick ihres Vaters.

»Sie alle kennen sich gut und haben die Lage zumindest in einem Punkt richtig eingeschätzt. Es geht um Ihre Schule, besser gesagt, um das, was dort geschah. Sie alle erinnern sich sicher gut an einen Vorfall vor etwa zwanzig Jahren, bei dem es zu einem Todesfall kam.«

»Sie sprechen sicherlich von dem Hausmeister Klammer, oder irre ich mich«, kam es aus Röchels Zelle. Ohne sich nach ihr umzudrehen, fuhr Leon fort.

»Soweit es mir bekannt ist, gab es nur den einen Todesfall. Lassen Sie uns deshalb diesen Fall Klammer aufgreifen und näher beleuchten. Als sich Kurt Klammer das Leben nahm, wurden alle Untersuchungen zu den Anschuldigungen eingestellt. Immerhin hieß es doch, er hätte sich Schülerinnen in schamverletzender Weise genähert. Ist das so korrekt, Herr Krafzik? Sie müssten das doch besser erklären können, da Sie es waren, der die Untersuchungen schon von Anbeginn verhinderte.«

Die Überraschung konnte der angesprochene Anwalt nicht verbergen. Kaum jemand verstand ihn, als er damit begann, seine Sicht der Dinge zu beschreiben.

»Lassen Sie mich nachdenken. Das liegt schließlich zwanzig Jahre zurück und ich wurde ja niemals mit der Verteidigung irgendeiner Person betraut. Natürlich hätte ich den Angeklagten jederzeit vertreten. Doch der Angeklagte kam dem Verfahren ja mit seinem Suizid zuvor. Für die ermittelnden Behörden und der Justiz, kam das einem Schuldeingeständnis gleich.«

»Hört, hört. Laut Ihrer Meinung gesteht jeder seine Schuld ein, der sich dem Verfahren durch eine Selbsttötung entzieht?«

»Drehen Sie mir bitte nicht das Wort im Munde um. Das war nicht meine Meinung. Für mich endet alles mit einem Urteilsspruch. Ich sprach lediglich davon, dass man es seitens der Ermittlungsbehörden nicht für nötig erachtete, das Verfahren gegen einen Verstorbenen einzuleiten, zumal dazu jugendliche Zeugen hätten aussagen müssen.«

»... was Sie natürlich zu verhindern wussten, meinen Sie sicherlich damit, Herr Krafzik. Wäre es überhaupt möglich gewesen, dass Sie den Herrn Klammer hätten verteidigen dürfen. Ihre eigene Tochter wäre doch im Zeugenstand gewesen.«

»Wer behauptet das? Wieso hätte Emilia in diesem Fall aussagen sollen? Bis heute wurden keine Aussagen öffentlich gemacht, auch nicht, wer zu den Betroffenen gehörte. Hören Sie also endlich damit auf, meine Tochter zu diffamieren.«

»Moment, Herr Krafzik«, schaltete sich Frau Röchel in die Diskussion, wurde jedoch durch eine Handbewegung Leons zurückgehalten.

»Lassen Sie an dieser Stelle eine Erklärung von mir zu. Zuvor kam ja die Frage auf, warum Sie alle hier sind und ob es sich um ein Spiel handeln würde. Ja, meine Damen und Herren, es ist ein Spiel. Doch ich garantiere Ihnen, dass es ein sehr ernst zu nehmendes Spiel ist. Der Gewinn wird Ihr Leben sein.«

Augenblicklich trat atemlose Stille ein. Leon blickte in Gesichter, die Entsetzen zeigten. Selbst die vorlaute Emilia wich einen Schritt vom Gitter zurück und versuchte, in Leons Augen zu ergründen, wie ernst es ihm mit dieser Aussage war. Ihre Angst konnte sie nicht vollständig verbergen.

»Das bedeutet jedoch im Umkehrschluss, dass es auch Verlierer geben wird. Es ist nun einmal ein Spiel. Ich überlasse es nun Ihrer Fantasie, herauszufinden, was den Verlierern blühen wird. Eines möchte ich vorausschicken, werte Teilnehmer. Es steht nicht fest, wie viele Sieger und wie viele Verlierer es geben wird. Ich maße mir auch nicht an, den Richterspruch zu fällen. Das wird an anderer Stelle entschieden. Doch zuvor werden wir in eine Verhandlung eintreten, in der ich die Anklageschrift verlesen werde. Das geschieht erst morgen. Danach folgt die Beweisführung. Nach dem Urteilsspruch wird diese Tür am Ende des Raumes eine große Rolle für Sie spielen. Ich wünsche Ihnen noch eine angenehme Restnacht. Wir sehen uns morgen in diesem Gerichtssaal wieder.«

Leon drehte sich um und betrachtete genüsslich seine Zeugen, die allesamt den Blick nicht von der Holztür abwenden konnten, die bisher noch nie in ihrem Beisein geöffnet worden war. Fast lautlos fiel hinter Leon die Eingangstür ins Schloss.

18

Obwohl kaum jemand in den Kellerräumen geschlafen hatte, waren alle hellwach, als erste Geräusche von außen durch den Zellengang drangen. Erschwerend kam hinzu, dass den Gefangenen jegliches Zeitgefühl abhandengekommen war, da es in den Tiefen des Gewölbes keinen Wechsel zwischen Licht und dem Dunkel der Nacht gab. Lediglich die Uhren an den Handgelenken zeigten ihnen die jeweilige Stunde an. Zumindest Ulf Krafzik fragte sich, ob es zur psychologischen Kampfführung des Entführers gehörte, dass er sie nicht wie verabredet nach wenigen Stunden, sondern erst nach fast zwei Tagen aufsuchte. Der Wasservorrat neigte sich dem Ende zu, vom Hunger ganz zu schweigen. Emilia zeigte sich bereits kampfbereit an den Gitterstäben. Mit gewisser Sorge bemerkte das auch ihr Vater, der ihr eine Warnung zuflüsterte: »Halte dich bitte zurück, da du alles nur noch schlimmer für uns machen könntest. Lass ihn reden und warte ab, was passiert. Er wird dich sonst von vorneherein zu den Verlierern zählen.«

»Das hat er doch schon längst getan. Merkst du nicht, dass dies nur eine Farce ist, in der er mich und die Mädels in einem Showprozess bloßstellen will? Dieses Schwein hat sein Urteil doch längst gefällt. Ich kann nichts mehr verlieren, nur noch mit Würde untergehen. Du übrigens auch.«

Im Gesicht seiner Tochter konnte Krafzik ablesen, dass es ihr ernst war mit der These. Er selbst hatte schon gleiche Gedanken, wusste jedoch aus vielen Verhandlungen, dass es immer eine Chance gab. Und danach wollte er suchen. Aufgeben war für ihn keine Option.

»Lass mich reden, Emilia. Bitte halte dich zurück.«

Wie gewohnt schwang die schwere Stahltür auf und erlaubte den Blick auf den eintretenden Entführer. Sein Lächeln blieb heute aus, mit dem er sich bisher immer zeigte. Er wirkte sehr konzentriert und ernst, als er den Kellerraum betrat. Die beiden Wasserkästen stellte er ab und verschwand wieder im Gang. Es dauerte nur wenige Minuten, bis er mit einer großen Kiste erschien, die an die Transportboxen des Pizzalieferdienstes erinnerte.

»Ihr sollt mir nicht verhungern. Niemand soll mir irgendwann nachsagen können, dass ich meine Gäste misshandelt habe. Ich hoffe, dass ich für jeden etwas Passendes eingepackt habe. Leider müssen Sie mit Sandwiches vorliebnehmen, da mir der Hummer ausgegangen ist. Sie werden es hoffentlich überleben, obwohl diese Bezeichnung in Ihrer Lage fast sarkastisch klingt. Ich werde jetzt an jeder Zelle vorbeigehen, damit Sie sich etwas herausnehmen können. Keine falsche Scham, denn es wird heute nichts anderes für Sie geben.«

Jede der Gefangenen nahm sich vorsichtig ein Lunchpaket heraus. Gleichzeitig stellte Leon eine Flasche Wasser dazu. Als er den Behälter vor Emilias Zelle abstellte, kam es zum ersten Eklat. Wild schoss ihr Bein durch das Gitter und verfehlte die Wasserflasche nur um Haaresbreite. Einen Moment war Leon abgelenkt, sodass er zu spät reagierte, als die Fingernägel ihrer rechten Hand über seine Wange glitten und blutige Streifen hinterließen. Mit der anderen Hand griff sie in seinen Haarschopf und versuchte, seinen Kopf gegen die Gitterstäbe zu pressen. Das jedoch konnte Leon mit einer ruckartigen Bewegung verhindern. Seine Hand klammerte sich unerbittlich um das Handgelenk der Angreiferin. Es war eine kurze, aber schmerzhafte Erfahrung, die Emilia erfuhr, als Leon kräftig an ihrem Handgelenk zog und damit erreichte, dass es nun ihr Kopf war, der gegen den Stahl donnerte. Es war dieses hässliche Klatschen von weichem Gewebe gegen hartes Metall, das alle Bewegungen der Anwesenden lähmte. Jeder, der in einer der gegenüberliegenden Zellen auf Essen und Trinken wartete, konnte verfolgen, wie Emilias Körper erschlaffte und auf den Zellenboden sank.

»Was haben Sie getan, Sie Schwein? Sie haben meine Tochter umgebracht. Ich werde Sie ...«

»Seien Sie ruhig, Krafzik«, unterbrach Leon das Geschrei des Anwalts. »Dieses Miststück, das Sie Tochter nennen, ist nur ohnmächtig. Sie wird in kurzer Zeit wieder die gleiche Luft atmen wie wir alle. Allerdings wird sie für den Rest des Tages auf Verpflegung verzichten müssen. Sollten Sie Ähnliches beabsichtigen wie Ihre Tochter, sagen Sie es mir vorher, damit Sie sich Schmerzen ersparen können. Was ist – kann ich an Ihre Zelle treten?«

»Sollten Sie Emilia ernsthaft verletzt haben, wird das übel für Sie ausgehen. Das verspreche ich Ihnen.«

Fast mitleidig betrachtete Leon den Mann, der ihm trotz seiner misslichen Lage immer wieder drohte.

»Hören Sie Krafzik. Dauert es bei Ihnen immer so lange, bis Sie begreifen, dass Sie sich nicht in der Position befinden, anderen zu drohen? Sie scheinen nicht verstanden zu haben, was ich Ihnen bei meinem letzten Besuch anvertraute. Ich kann die Spielregeln aber gerne noch einmal wiederholen. Es ist scheinbar bezeichnend für Leute wie Sie, nur das durch den Filter zu lassen, was in Ihren Kram passt. Wirkliche Gefahren blenden Sie einfach aus, da sie für so große Geister, wie Sie glauben, darstellen zu können, gar nicht existieren. Ihre Borniertheit umgibt Sie wie ein enges Korsett. Sie kotzen mich an. Und jetzt entscheiden Sie sich endlich, ob Sie ein unwürdiges Sandwich in Ihren Kadaver schieben oder hungrig den Tag verbringen wollen.« Leon stieß sich gegen die Stirn und korrigierte sich. »Was sage ich da? Es ist bereits Nacht. Anständige Menschen, zu denen ich mich immer noch zähle, müssen am Tage arbeiten. Wie Sie sehen, Herr Anwalt, springe ich abends nicht in meinen Swimmingpool und empfange Geschäftsfreunde zum Essen. Ich opfere meine wenige Freizeit der Wahrheitsfindung.«

Die Unterredung zweier komplett unterschiedlicher Männer wurde vom leisen Stöhnen Emilias gestört, die sich mühsam hochrappelte und sich den Kopf hielt. Als sie mit der Hand über das Gesicht rieb, verteilte sich das ausgetretene Blut darauf. Das Ergebnis ließ Martina Haase aufschreien.

»Tun Sie was, Sie Unmensch. Die Frau verblutet doch. Sie müssen sie verbinden, oder lassen Sie mich zu ihr. Geben Sie mir Verbandszeug – bitte.«

»Das können Sie vergessen, Frau Haase. Sie wissen doch, wie es heißt. Es gibt kein schlimmer Leid als das, was sich der Mensch selbst zufügt. Und kaum trifft es eher zu als in diesem Fall. Ich werde ihr später ein Pflaster auf die Wunde kleben. Es sieht schlimmer aus, als es in Wirklichkeit ist. Ich werde jetzt noch die letzten Zellen versorgen, einige Minuten für die Mahlzeit lassen und dann das Spiel einläuten. Beeilen Sie sich also, damit Ihnen später nicht der Appetit vergeht.«

Immer lauter wurde Emilias Stöhnen, während sie wie betrunken durch ihre Zelle wankte. Der Versuch, mit ihren Händen Halt zu finden, ging des Öfteren daneben, sodass sie gegen die Wände stieß. Frau Haase ließ nicht locker.

»Sehen Sie nicht, was Sie mit Ihrer Grobheit angerichtet haben. Emilia hat mit Sicherheit eine Gehirnerschütterung. Sie muss in ein Krankenhaus. Lassen Sie mich bitte zu ihr. Ich habe früher als Krankenschwester gearbeitet.«

Plötzlich war es wieder Ina Hollstein, die ihren Beitrag zur Diskussion schuf.

»Lass dieses Biest doch krepieren. Dann hätte dieser Tag doch einen kleinen Erfolg zu verzeichnen. Verdient hat sie das allemal, denn sie hat so viel Böses angerichtet.«

»Was sagen Sie da, Frau Hollstein?«, meldete sich nun nach langer Phase des Zuhörens und des Schweigens die ehemalige Rektorin, Viola Röchel. »Wenn Sie so etwas sagen, stellen Sie sich selbst auf die gleiche Stufe. Ich bin entsetzt darüber, welch ein böser Geist sich in den Köpfen einiger hier eingepflanzt hat. War unsere ganze Arbeit umsonst? Wir haben uns stets bemüht, euch nicht nur Rechnen und Schreiben beizubringen. Doch was ich derzeit erlebe, erschüttert mich bis ins Mark. Und Sie, mein Herr ...«, Röchel wandt sich direkt an Leon, »... sollten Erbarmen zeigen. Sie geben vor, hier und heute über Gerechtigkeit zu verhandeln, treten aber gleichzeitig die Humanität mit Füßen. Seien Sie gnädig und gestatten Sie meiner Kollegin, erste Hilfe zu leisten.«

»Steckt euch die erste Hilfe und euer Mitleid in die fetten Ärsche. Ich brauche keine von euch. Wenn das hier vorbei ist, werde ich dafür sorgen, dass sich meine wirklichen Freunde darum kümmern, dass dieser Dreckskerl seine verdiente Strafe erhält. Niemand macht so was ungestraft mit mir.«

»Seht ihr?«, mischte sich Ina Hollstein wieder ein und schlug vor Vergnügen gegen die Stäbe ihrer Zelle. »Das Miststück zeigt sich nun von seiner wahren Seite. Verrecken soll sie, diese eingebildete Schlampe und ihr reicher Daddy ebenfalls. Ich stimme sofort dafür, dass die beiden Verlierer sind.«

Lähmende Stille breitete sich aus, bei der nur das schnelle Atmen der Anwesenden zu hören war. Leon blickte sich schweigend um, sah jedem in die Augen, wobei er zum ersten Mal so etwas wie Angst bei Ulf Krafzik bemerkte. Dessen Gesichtsmuskeln zuckten rhythmisch, die Augen hatten sich unnatürlich geweitet. Seine Worte erreichten nicht nur Leon.

»Das ... das werden Sie doch wohl nicht ernst nehmen, was diese Frau da gerade von sich gegeben hat, oder? Sie befindet sich in einem Ausnahmezustand, der vom Stress befeuert wurde. Auch das, was meine Tochter da eben ... ich meine, das war nicht ernst gemeint. Das Ganze hier ist völlig irreal und fordert solche Reaktionen ja förmlich heraus.«

»Davon gehen wir alle aus, Herr Krafzik. Leon, wie er sich nennt, wird die Situation zu bewerten wissen. Hätte er vorgehabt, jemanden von uns zu töten, hätte er es schon längst tun können. Ich glaube, dass zwar Vergeltung sein Anliegen ist, aber auch die Suche nach der Wahrheit. Um was es sich auch immer handelt.«

Dankbare Blicke hefteten sich auf Frau Röchel, die wieder einmal versuchte, Druck aus dem Kessel zu nehmen. Lediglich Emilia fauchte weiter wütend und hatte es endlich geschafft, einen sicheren Halt an der Zellentür zu finden. Das gemeine Grinsen in Inas Gesicht schien sich dagegen festgefressen zu haben. Sie funkelte ihre Gegnerin mit bösen Blicken an. Niemand wusste einzuschätzen, wie sich Leon entscheiden würde. Schließlich verschwand er für kurze Zeit und erschien wieder, um ein Erste-Hilfe-Päckchen in Emilias Zelle zu werfen.

»Wollen Sie, dass Frau Haase Ihnen hilft? Oder halten Sie Ihre Schmerzen aus, bis das hier vorbei ist?«

»Geh zum Teufel, du Scheißkerl! Keiner rührt mich an.«

19

»Ich verlese jetzt die Anklageschrift. Unser Herr Anwalt wird entschuldigen müssen, wenn dabei die gewohnte juristisch korrekte Form von mir nicht eingehalten wird. Mir war es im Leben nicht vergönnt, dass meine Eltern für mein Jurastudium aufkamen. Dafür habe ich alles allgemeinverständlich, ohne Fachlatein formuliert.«

Leon hatte allen Anwesenden ausreichend Zeit gegeben, um sich zu versorgen. Jetzt standen die meisten an der Zellentür, außer Emilia, die sich demonstrativ auf die Pritsche gelegt hatte. Im Halbdunkel war ihr Kopfverband gut zu erkennen, den sie sich selbst sehr dilettantisch um die Stirn gewickelt hatte. Das ausgetretene Blut bedeckte noch immer ihr Gesicht und verlieh diesem den Ausdruck einer teuflischen Maske.

»Es wird Anklage gegen folgende Personen erhoben, da die Schuld bisher nicht zweifelsfrei einer einzelnen Person zugeordnet werden kann. Beschuldigt werden im Einzelnen folgende Personen: Frau Emilia Krafzik, Frau Ina Hollstein, Frau Lea Pape, Frau Miriam Schober, Herr Ulf Krafzik, Frau Viola Röchel und Frau Martina Haase. Alle Angeklagten sind in diesem Raum anwesend.«

An dieser Stelle legte Leon eine Pause ein und blickte in gespannte Gesichter. Er wusste, dass jeder auf den Grund der Anklage wartete. Krafzik meldete sich mit einer Bemerkung.

»Wer in Gottes Namen erhebt diese Anklage?«

»Die Menschlichkeit, Herr Rechtsanwalt ... es ist die Menschlichkeit, die prüfen wird, wie viel Schuld Sie alle auf sich geladen haben. Nun zur Sache. Angeklagt werden die vorab genannten Personen, am Tod des Hausmeisters Kurt Klammer schuldig zu sein. Es gilt in dieser Verhandlung festzustellen, ob ein Vergehen des Verstorbenen zweifelsfrei bestätigt werden kann. Vorgeworfen wird ihm, sich in der Absicht diversen Schülerinnen genähert zu haben, um sich an ihnen zu vergehen. In der heutigen Verhandlung sollen dazu Zeugen gehört werden, die genau das unter Eid aussagen sollen. Anschließend wird das Gericht zu befinden haben, ob die Vorwürfe dadurch bekräftigt wurden. Ein Urteil ergeht ohne die Möglichkeit der Revision und wird unweigerlich vollzogen.«

Obwohl man sich einig war, dass es nur um den Klammer-Fall hatte gehen können, waren sich die Anwesenden der Tragweite dieser Verhandlung noch nicht ganz bewusst. Von Unverständnis bis zu tiefsitzender Angst war jede Reaktion in den Gesichtern ablesbar. Natürlich war es Krafzik, der sich wieder einmal zum Sprecher aller auserkoren fühlte.

»Bei allem Respekt für Ihr Anliegen muss ich ein weiteres Mal betonen, dass es sich hier nur um einen schlechten Scherz handeln kann. Mit welchem Recht glauben Sie, sich zum Richter erheben zu können? Abgesehen davon, dass Sie momentan die gesamte Rechtsprechung ins Lächerliche ziehen, spielen Sie mit dem Feuer. Es erwartet Sie nicht nur eine Anklage wegen Entführung und Misshandlung, sondern auch wegen Amtsanmaßung. Das, was Sie bisher als Spiel bezeichneten, entwickelt sich zu einer äußerst gefährlichen Farce. Niemand aus diesem Raum ist dazu verpflichtet, eine

Aussage zur Sache zu machen. Sie sind ein Fantast, der daran glaubt, mit unlauteren Mitteln einer Wahrheit näher zu kommen, die keiner hören will.«

»Das stimmt so nicht ganz, Herr Krafzik«, unterbrach Frau Röchel das Statement des Anwalts. »Auch mir ist bisher noch unklar, warum dieser Mann unbedingt diesen unsäglichen Fall aufrollen, warum er die Wahrheit herausfinden möchte. Doch gebe ich zu, dass mich das Ergebnis schon interessiert. Sie haben damals übrigens nicht nur mir gegenüber darauf gedrängt, dass die Aussagen nicht gehört werden sollten. Das setzten Sie auch bei den Behörden durch, die sich anschickten, Aufklärung zu betreiben. Wie Sie das schafften, möchte ich gar nicht wissen. Aber schon vor der Zeit, als Sie sich darum bemühten, Gras über die Sache wachsen zu lassen, kamen bei mir erste Zweifel auf. Hätten Sie mir damals nicht damit gedroht, mich wegen Rufschädigung anzuzeigen, wäre ich jederzeit bereit gewesen, zumindest schulintern die Sache voranzutreiben. Heute schäme ich mich dessen, dass der Ruf eines womöglich unbescholtenen Mannes beschmutzt und nach seinem Ableben nicht wiederhergestellt wurde.«

»Sind Sie jetzt fertig, Frau Röchel?« Krafzik sog hörbar die Luft ein und schnaufte verärgert. »Mit welchem Recht plustern Sie sich dermaßen auf? Glauben Sie wirklich, sich damit jegliche Schuld abstreifen zu können? Sie waren es doch, die den Stein ins Rollen brachte. Haben Sie auch nur die leisesten Zweifel angemeldet, als Sie über die Vorfälle des Herrn Klammer unterrichtet wurden? Haben Sie ihn mit den Vorwürfen konfrontiert, bevor Sie alles zur Anzeige brachten? Nein, das haben Sie nicht. Und warum nicht? Ich sage es Ihnen, Frau Rektorin. Für Sie gab es keinen Grund, an der Anschuldigung Zweifel zu hegen.

Diese kamen von unbescholtenen Mädchen Ihrer so anständigen Schule.«

Martina Haase konnte kaum ihre Erregung verbergen, als sie für ihre Rektorin in die Bresche sprang.

»Wollen Sie damit andeuten, dass die Gruppe, die sich um die Anführerin Emilia Krafzik geschart hatte und die die gesamte Schule terrorisierte, als unbescholten gilt? Frau Röchels Fantasie reichte damals wohl nicht aus, um sich vorzustellen, dass es Jugendliche fertigbringen, derartige Lügengespinste zu verbreiten. Ich muss zugeben, dass es auch mir schwerfiel, das zu glauben. Ich kannte diesen Mann sehr gut und war geschockt davon, was ihm vorgeworfen wurde. Mir stellt sich bis heute die Frage, was diese grundverdorbenen Kinder dazu trieb, den Mann fertigmachen zu müssen. Hat er sie beim Rauchen erwischt und ermahnt? Oder ist er womöglich auf eindeutige Angebote dieser Biester nicht eingegangen? Ich vermute einen harmlosen Grund dahinter. Doch lassen wir sie sprechen. Die Mädels sind alle hier und können endlich die Last loswerden.«

»Das werden sie nicht, Frau Haase. Das hier ist keine gesetzeskonforme Gerichtsverhandlung. Niemand kann dazu gezwungen werden, eine Aussage zu machen, die ihn oder sie selbst belasten könnte.«

Krafziks Stimme hatte einen schrillen Unterton, der Leon nicht entging und ihn animierte, einzuschreiten.

»Sie gestatten mir die Frage, warum Sie dagegen kämpfen, dass die Wahrheit ans Licht kommen könnte. Wenn Kurt Klammer tatsächlich übergriffig wurde, sollte das ans Licht kommen. Es ist zu vermuten, dass Ihre Tochter hier eine wichtige Rolle spielte. Liege ich richtig mit der Annahme, dass sie es sogar war, die den entscheidenden Anruf ins

Rektorat tätigte? Wenn es so ist, darf sie ihre Aussage jetzt wiederholen.«

»Einen Scheiß werde ich, du Teufel. Mein Vater hat es dir bereits erläutert. Reicht dein bisschen Verstand nicht aus, um zu begreifen, dass du hier im Dunklen rumstocherst und Gefahr läufst, dass man dir anschließend gehörig den Arsch aufreißt?«

Nichts anderes hatte Leon von Emilia erwartet. Er zeigte sich auch nicht überrascht darüber, wie Ulf Krafzik reagierte.

»Zähm deine Zunge, Emilia. Du machst es nicht besser, wenn du in der Fäkaliensprache argumentierst. Wir haben dich nicht auf teure Schulen geschickt, um ein solches Ergebnis zu erhalten. Du hast jederzeit das Recht, die Aussage zu verweigern. Das kann ich nur wiederholen und von nun an schweigst du. Hast du mich verstanden?«

Anstatt einer Antwort drehte sich Emilia zur Seite und starrte die nackte Wand an. Die Beine zog sie wie eine Pubertierende bis in Brusthöhe und schmollte.

»Gut, wenn die Hauptzeugin die Aussage verweigert, bietet sich jetzt die Gelegenheit, dass weitere Zeugen sich zur Sache äußern. Ich rufe dazu Frau Ina Hollstein auf. Ich mache im Vorfeld darauf aufmerksam, dass Aussagen, die sich später als unrichtig herausstellen, unweigerlich dazu führen, in die Gruppe der Verlierer eingestuft zu werden. Sie erinnern sich? Es ist ein Spiel, bei dem es Gewinner und Verlierer geben wird. Möchten Sie sich äußern, Frau Hollstein?«

Alle Augen, sofern es der Blickwinkel zuließ, richteten sich auf die Zelle, in der Ina Hollstein zusammengezuckt war und zur Decke blickte, als könne sie von dort Hilfe erwarten.

»Sie müssen nichts sagen, Frau Hollstein. Ich wiederhole das noch mal.«

»Und ich sage Ihnen das jetzt nur einmal, dass Sie die Verhandlung nicht weiter stören sollen. Geschieht das ein weiteres Mal, behalte ich mir vor, Sie schon frühzeitig durch diese Tür zu schicken. Für Sie ist damit das Spiel beendet Herr Krafzik. Ich hoffe, dass diese Warnung von allen Anwesenden verstanden wurde. Ich werde es nicht weiter dulden, dass der Ablauf gestört wird. Falls es noch immer unklar sein sollte, erkläre ich zum letzten Mal: Es geht für Sie darum, ob es für jeden Einzelnen eine Zukunft gibt oder hier alles endet. Jetzt dürfte auch dem Letzten klar sein, dass ich keinen Spaß verstehe. Und zum besseren Verständnis für den letzten Zweifler: Könnten Sie sich vorstellen, dass sich jemand die Mühe macht, sieben Personen zu entführen, sie tagelang unterzubringen, sie zu versorgen, weil es ihm einfach nur Spaß bereitet? Es müsste selbst dem Dümmsten klar sein, dass dies einem Plan folgt, der ernste Konsequenzen für die Schuldigen nach sich zieht. Ich werde kein zweites Mal darauf hinweisen und im Fall der Fälle entsprechend handeln. Ich bin es leid, nicht ernst genommen zu werden. Nun zurück zu Ihnen, Frau Hollstein. Was möchten Sie zu den Anschuldigungen gegen Herrn Klammer ausführen? Alle hier hören Ihnen gerne zu.«

Mittlerweile hatten sich Tränen in Inas Augen angesammelt, die über die Wangen liefen. Ihre Lippen bewegten sich zwar, aber ohne dass auch nur ein Wort ihren Mund verließ. Die Angst schnürte ihr die Kehle zu und verhinderte jedes Wort.

»Wir verstehen Sie nicht, Frau Hollstein. Könnten Sie das noch mal wiederholen?«

Leon blieb absolut ruhig und tat, als würde er in seinen Unterlagen lesen. Endlich kam der erste Laut über ihre Lippen.

»Ich habe Angst.«

»Warum sollten Sie Angst haben. Das verstehe ich nicht. Vor der Wahrheit muss sich niemand fürchten, außer dem, der Unrecht tat. Also, legen Sie los.«

»Sie werden mich auf jeden Fall töten – egal, was ich aussage.«

»Das verstehe ich nicht«, äußerte sich Leon und sah von seinem Zettel auf.

Zum ersten Mal meldete sich Miriam Schober zögerlich und knipste sogar mit den Fingern, als wäre sie im Schulunterricht.

»Darf ich dazu etwas sagen?«

»Natürlich, wenn es zur Klärung beiträgt. Bitte Frau Schober. Wir alle sind gespannt darauf, was Sie zu sagen haben.«

»Ich glaube zu wissen, was Ina meint, wenn sie sagt, dass sie sowieso sterben muss. Bestätigt sie, dass Kurt Klammer uns angegrabscht hat, wird sie für schuldig befunden. Widerruft sie heute ihre Aussage, macht sie sich ebenfalls schuldig am Tod dieses Mannes. Folglich ist es doch irrelevant, was auch immer sie von sich gibt. Sehe ich das richtig?«

»Was treibt Sie zu der Annahme, dass Ihre Freundin stirbt, wenn sie die Verfehlungen des Hausmeisters bestätigt? Halten Sie mich für einen irren Rächer, der nur euer aller Tod wünscht? Dann hätte ich mir diese Verhandlung doch sparen können. In dem Fall wären Sie schon längst tot und begraben.«

»Na ja, hätte sein können. Wir alle tippen darauf, dass Sie ein Verwandter sind und unbedingt Rache üben wollen.«

Miriams Gesicht hellte sich minimal auf, sofern man dies im Halbdunkel der mickrigen Deckenleuchte ausmachen konnte. Ina dagegen wirkte fast glücklich, als sie diese Aussage hörte.

»Wer ich bin, wird eines der Geheimnisse bleiben, selbst wenn Sie diesen Ort wieder verlassen können. Niemals werden Sie mich wiedersehen. Lassen Sie nach mir suchen, werden Sie mich auf keinen Fall finden. Das geht besonders an den Herrn Anwalt und seine Tochter, die mir ewige Rache geschworen haben. Meine Identität spielt auch keinerlei Rolle, wenn es darum geht, mögliches Unrecht zu offenbaren. Ein Mann nahm sich das Leben, weil er mit der Schande und dem verbleibenden schlechten Ruf nicht weiterleben wollte. Vielleicht wollte er auch weiteres Leid von seiner Familie fernhalten. Eine Entscheidung, die man respektieren sollte, selbst wenn er für die Taten verantwortlich wäre, für die man ihn anklagen wollte.«

Alle im Raum hatten interessiert zugehört, selbst Emilia, die plötzlich wieder am Gitter stand. Leon fuhr fort.

»Das war eine lange Rede von mir. Lassen Sie uns nun wieder zur Beweisaufnahme zurückkehren. Frau Hollstein, bitte. Ich glaube, Sie waren noch nicht fertig.«

Noch immer etwas unsicher richtete sie den Blick wieder zur Decke, bevor es aus ihr heraussprudelte.

»Dieses verwöhnte Miststück dort hat uns dazu überredet, dem Hausmeister was ans Zeug zu flicken. Sie ist an allem schuld. Sie allein ist für seinen Tod verantwortlich und hat als Einzige den Tod verdient.«

20

Niemand im Raum hatte mit einer solch klaren Beschuldigung gerechnet. Atemlose Stille erfüllte den Keller, der zum Gerichtssaal umfunktioniert worden war. In Leons Gesicht war nicht abzulesen, wie er das Gesagte bewertete. Selbst beide Krafziks schienen mit der Aussage Ina Hollsteins überfahren worden zu sein. Einmal mehr war es Frau Röchel, die als Erste reagierte.

»Wir haben gerade eine Aussage gehört, die zwar eindeutig war, aber mehr Fragen aufwirft, als sie beantwortet. Das ist zumindest meine Meinung. Sie alle mögen es anders sehen – ich nicht. Um nur eine Frage an Sie, Frau Hollstein zu richten: Waren Sie es nicht, die sich diesem äußerst makabren Spiel ohne ein schlechtes Gefühl angeschlossen haben? Warum legten Sie nicht schon damals ein Veto ein? Verstehen Sie mich nicht falsch, ich gebe Ihnen nicht die Hauptschuld, falls es sich genauso zutrug, wie Sie es darstellen. Aber erwarten Sie von uns hier keine Absolution. Etwas mehr Zivilcourage hätte ich von einem vierzehnjährigen Mädchen aber schon erwartet.«

Das anfängliche Triumphgefühl bei Ina Hollstein schlug blitzartig in Betroffenheit um. Es war ihr deutlich anzumerken, dass sie langsam begriff, eine Beteiligung zugegeben zu haben. Nun blieb die Frage offen, wie es vom Richter bewertet wurde. Die anfängliche Angst überfiel sie wieder, was sich noch verstärkte, als sie in Emilias Augen sah. Noch nie zuvor war ihr dermaßen viel Hass entgegengeschlagen, obwohl sich ein gemeines Lächeln auf deren Lippen zeigte. Augenblicklich überfiel sie ein Zittern, das ihren gesamten Körper erfasste.

»Gut, ich habe Ihre Aussage vernommen, Frau Hollstein, in der Sie zumindest eingestehen, dass Sie in das Vorhaben eingeweiht waren. Beruhigen Sie sich bitte. Später werde ich bestimmt noch die eine oder andere Frage an Sie haben. Lassen Sie uns zur nächsten Zeugin kommen. Ich rufe auf Frau Lea Pape. Was haben Sie zur Aufklärung beizutragen?«

Lea hatte insgeheim gehofft, aus dieser Nummer ungeschoren herauszukommen, da Ina bereits deutlich gemacht hatte, dass allein Emilia die Schuld trug. Die Frage war nun, womit sie besser fuhr. Sollte sie ebenfalls zugeben, eingeweiht gewesen zu sein, oder sollte sie besser die Unwissende spielen? Ohne lange zu überlegen, entdeckte sie für sich einen Mittelweg, der ihr möglicherweise den Hals retten könnte.

»Ich will ganz zu Anfang feststellen, dass ich die Idee sofort doof und sehr gemein fand. So was macht man nicht mit einem Menschen, der immer nett zu uns war. Aber es war schon zu spät, als man mich in den Plan einweihte. Diese Zicke da drüben erzählte mir erst später davon, weil sie sich sicher sein konnte, dass ich dabei niemals mitgemacht hätte. Emilia hatte des Öfteren so kranke Ideen, was mir gewaltig auf den Nerv ging. Aber was hätte es gebracht, wenn ich die Wahrheit gesagt hätte? Da war Klammer schon tot.«

Mit Sorge beobachtete Ulf Krafzik, dass sich das Gesicht seiner Tochter dunkelrot färbte, was ein untrügliches Zeichen dafür war, dass gleich eine Bombe platzen würde. Lange musste er nicht darauf warten.

»Du bist das hinterlistigste und gemeinste Miststück auf dieser Welt. Du scheinst völlig zu vergessen, wer die Idee mit Klammer zuerst hatte. Miriam wird das bestätigen können, denn sie war dabei, als du mir in den Ohren hingst, dem was anzuflicken. Deine beschissene Rache, nur weil er dich beim Knutschen erwischte und euch aus der Toilette scheuchte. Ich glaube das einfach nicht. Erzähl, wie es wirklich abgelaufen ist, bevor ich dir dein Herz rausreiße.«

»Also, meine Damen, ein bisschen weniger martialisch, wenn ich bitten darf. Niemand wird hier und heute wegen seiner Aussage angegriffen. Das ist eine Beweisaufnahme, die alle Umstände lückenlos aufklären soll. Ich frage Sie deshalb noch mal, Frau Pape: Wussten Sie im Vorfeld von dem Vorhaben? Wie sich abzeichnet, hat ja Frau Krafzik das Telefonat geführt. Das Bild rundet sich allerdings erst vollständig ab, wenn wir wissen, ob es eine einsame Entscheidung von ihr war oder mehrere Personen diesen infamen Plan schmiedeten. Ich gebe Ihnen nun ein letztes Mal die Möglichkeit, Ihre Aussage zu korrigieren oder zu bestätigen.«

Gefährlich leise hatte Leon Lea diese Chance eingeräumt. Im Inneren tobte jedoch Zorn, da sich Lea möglicherweise mit Hilfe einer Lüge aus der in ihren Augen gefährlichen Lage befreien wollte. Eine Methode, die er abgrundtief hasste. Dann akzeptierte er schon eher die Offenheit Emilias.

»Ich gebe ja zu, dass ich sauer auf den Kerl war. Wir haben schließlich nur geknutscht und er wollte uns bei der Rektorin anscheißen.«

»Hat er?«, unterbrach Leon.

»Nein, er hatte es wohl vergessen. Aber scheiße war es trotzdem. Ich bestätige ja auch, dass ich zu Emilia sagte, dass wir ihm eins auswischen sollten, aber ich habe nicht vorgeschlagen, das mit dem Grabschen ... Sie wissen schon, was ich meine. Das war die Idee von den anderen.«

»Bist du dir darüber im Klaren, was du da gerade tust?«, meldete sich Miriam zu Wort. »Du stellst dich als Unschuldslamm dar, weil du Angst davor hast, die Wahrheit einzugestehen. Ich kann mich noch genau an den Abend erinnern. Wir saßen alle vier auf der Mauer vor dem Wäldchen, wo wir immer rumhingen. Du hast noch Zigaretten mitgebracht, die du deinem Alten geklaut hast. Irgendwann kamen wir auf Klammer zu sprechen, der eigentlich nie was gegen uns unternommen hatte, obwohl wir ihm oft einen Grund lieferten. Du hast doch vorgemacht, wie er dich am Arsch packte. Gut, das war nur gespielt, aber vielleicht war es auch Wunschdenken bei dir. Emilia hat dich sogar noch gefragt, ob er dich hat abblitzen lassen, als du ihm den Arsch entgegenstrecktest. Möglich wäre es gewesen, so geil, wie du schon damals warst.«

»Halt, halt, meine Damen«, stoppte Leon die jetzt ins Unappetitliche abgleitende Diskussion. »Ich bin nicht besonders versessen darauf, über Ihre sexuellen Neigungen aufgeklärt zu werden. Wo liegt jetzt die Wahrheit? Wussten Sie es oder erfuhren Sie erst später davon.«

Die Antwort kam fast wie aus einem Mund. Alle drei ehemaligen Freundinnen schrien die Antwort gleichzeitig in den Kellerraum: »Sie wusste es. Ja, sie hat uns sogar angestiftet.«

Verzweifelt rüttelte Lea an den Stäben und schlug die Stirn immer wieder dagegen. Erste Blutstreifen zeigten sich auf ihrem Gesicht. Es hatte den Anschein, als hätte Lea den Verstand verloren.

»Seid endlich still und benehmt euch wie erwachsene Menschen!«

Martina Haase rief die Ermahnung, so laut es ging, und blickte verzweifelt zu ihrer ehemaligen Kollegin, die ebenfalls um Ruhe bat. Beide Lehrerinnen hatte momentan einiges ihrer Souveränität eingebüßt, die sie bisher auszeichnete. Die einzigen Ruhepole fanden sich in Leon und Ulf Krafzik, der sich gehorsam aus dem Dilemma heraushielt. Er wusste ganz genau, dass sich die Frauen um Kopf und Kragen redeten. Allerdings wurde ihm klar, dass das seine Tochter mit einbezog. Seine Angst wuchs bei dem Gedanken, was der Mann in der Mitte des Raumes letztendlich planen könnte. Noch immer wühlte die Wut in ihm darüber, wie ihn dieser Kerl als Marco von Kluge aufs Kreuz gelegt hatte. Ihn, der immer den Ton angab und jede Situation im Griff hatte. Krafzik wurde aus seinen Gedanken gerissen, als er die Schreie der Frauen hörten, die nun auf Leas Zelle wiesen.

»Helfen Sie ihr doch. Lea verblutet sonst.«

Haases verzweifelte Bitte richtete sich an Leon, der mittlerweile auch bemerkt hatte, was in Leas Zelle passierte. Die lange Haarklammer, die zuvor das Haar auf einer Seite bändigte, steckte im Handgelenk, wobei sich Lea bemühte, die Ader zu zerfetzen. Ein breiter Blutstrahl, der pulsierend aus der Wunde austrat, ergoss sich über das verzerrte Gesicht der Frau und lief über ihre Kleidung. Immer wieder riss Lea die Haarklammer heraus und stach erneut zu. Martina Haase presste die Hände vor das Gesicht, erneuerte jedoch ihre Bitte.

»Lassen Sie mich zu ihr. Sie verblutet sonst. Ich muss sie abbinden. Leon, Sie sind doch kein Mörder. Das haben Sie selbst gesagt. Beweisen Sie es jetzt und lassen mich zu ihr.«

Während das Blut unaufhaltsam den Körper der Frau verließ, kämpfte Leon mit sich.

Diese Frau hat den Tod verdient. Sie ist schuldig. Was sie tut, ist ihre eigene Entscheidung und geschieht im Sinne der Gerechtigkeit. Wie würde Kurt Klammer jetzt handeln, den sie mit ihren irren Gedanken getötet hat? Rette ich sie, werde ich vor allen hier unglaubwürdig.

Helle Freude überzog Haases Gesicht, als sie beobachtete, wie sich Leon erhob und nach dem Schlüssel suchte. Sekunden später stand sie vor Leas Tür und wartete darauf, dass sie endlich hineingelassen wurde. Die Verletzte saß vor der Zellenwand und verfolgte mit einer erschreckenden Gleichgültigkeit jeden einzelnen Strahl, der ihren immer schwächer werdenden Körper verließ. Lea versuchte, Martina Haase mit der unverletzten Hand wegzuhalten. Das gelang ihr nur so lange, bis Leon hart zugriff. Als Martina endlich an Lea herankonnte, riss sie entschlossen ihren Hosengürtel aus den Schlaufen und band ihn um Leas Oberarm. Leas animalisches Kreischen begleitete das Bemühen der Lehrerin, den Blutfluss zu stoppen. Obwohl sich Lea mit Händen und Füßen dagegen wehrte, gelang es Martina Haase letztendlich doch durch einen Pressverband.

»Sie muss sofort in ein Krankenhaus. Zögern Sie nicht lange und bringen Sie die Frau in die Notaufnahme. Der Arm kann nicht ewig abgebunden bleiben. Es eilt.«

»Das kann ich nicht tun. Es gefährdet das gesamte Unternehmen. Sie muss durchhalten.«

Es war beeindruckend, mit welcher Ruhe Frau Haase auf Leon einredete und versuchte, ihn zur Vernunft zu bringen.

»Leon, hören Sie mir zu. Tun Sie es nicht, sind Sie nicht mehr wert als die, denen Sie eine Schuld am Tod von Kurt Klammer nachweisen wollen. Dann sind Sie selbst ein Mörder. Sie sind sogar schlimmer als die Frauen. Die konnten eigentlich nicht wissen, welche Folgen ihr Tun haben würde. Sie wissen es bereits und töten bewusst ein junges Leben. Denken Sie nach und helfen Sie.«

Fest waren Martina Haases Augen auf Leon gerichtet, registrierten jedes Zucken seiner Muskeln. Dankbar legte sie ihre Hand auf seine Wange, als sie sich sicher war, dass er einsichtig war.

»Ich werde Sie mitnehmen müssen, Frau Haase, um Lea festzuhalten. Doch verstehen Sie mich, wenn ich Ihnen und Lea die Augen verbinden muss. Wir werden Lea lediglich vor der Notaufnahme absetzen und dort Bescheid geben. Dann werden Sie mich wieder zurückbegleiten. Habe ich darauf Ihr Wort? Werden Sie nicht versuchen, Alarm zu schlagen oder zu fliehen? Ich brauche Ihr Ehrenwort.«

»Das haben Sie. Nur lassen Sie uns bitte schnell fahren. Sie verliert bald das Bewusstsein. Binden Sie ihr die freie Hand fest, damit sie nicht um sich schlagen kann. Dann können wir losfahren. Sie sind im Grunde doch ein guter Mensch, Leon. Danke.«

Kurz bevor sie die Tür erreichten und Lea auf den Flur drängen wollten, schallte der Ruf durch den Keller, der Lea trotz ihrer Schwäche erstarren ließ.

»Schmeißt die Verräterin unterwegs aus dem Wagen. Verrecken soll das Miststück!«

Leon war sich sicher, Emilias Stimme erkannt zu haben. Das bestätigte sich sofort, als er die mahnenden Worte ihres Vaters vernahm, der sie um Mäßigung bat.

»Wir sind gleich da, Frau Haase. Sobald ich Lea vor dem Portal abgesetzt habe, wähle ich die Nummer der Notaufnahme. Das Telefon wird meine Nummer unterdrücken. Sie sprechen. Kein Wort zu viel, oder Sie werden es auf der Stelle bereuen.«

»Sie müssen mir nicht ständig drohen, Leon, da ich mich an mein Wort gebunden fühle. Achten Sie lieber auf die Straße vor Ihnen. Wir wollen schließlich nur eine Verletzte zurücklassen. Was ist nun? Warum zögern Sie?«

»Weil gerade ein Arzt vom Parkplatz kommt, der uns nicht unbedingt beobachten soll. Warten wir noch einen Moment.«

»Verdammt, ich muss den Gürtel lösen, sonst verliert sie ihren Arm. Beeilen Sie sich jetzt. Der Arzt muss uns noch gar nicht gesehen haben.«

»Und dabei soll es auch bleiben. Ich zähle bis drei, dann hole ich Lea raus. Ich setze sie neben der Schiebetür ab, damit ich schnell wieder reinspringen kann. Los geht`s.«

Nur Sekunden später, nachdem der Mediziner verschwunden war, stoppte Leon den Lieferwagen neben dem Portal und sah Frau Haase ein letztes Mal prüfend an. In kürzester Zeit gelang es ihm, Lea vor das Glas der Tür zu platzieren und sofort wieder im Führerhaus zu verschwinden. Im Rückspiegel konnte Leon erkennen, wie sie versuchte, sich aufzurichten.

»Was ist? Sie müssen telefonieren. Tun Sie es, bevor Lea verschwunden ist.«

Immer wieder wechselte sein Blick zwischen Rückspiegel und dem Telefon, auf dem er die Kürzel für die Nummernunterdrückung und anschließend die Nummer der Notaufnahme eingab.

»Vor Ihrer Tür befindet sich eine Person, die lebensgefährliche Verletzungen hat und dringend versorgt werden muss.«

»Mit wem spreche ...?«

Leon drückte kurzentschlossen die rote Taste, bevor es Frau Haase tun konnte, und atmete kräftig durch. Sie dagegen wurde von Gedanken gequält.

Oh Gott, was tue ich gerade? Warum bin ich nicht einfach rausgesprungen und wäre frei gewesen? Hoffentlich bereue ich diesen Schritt nicht irgendwann und mache mich mitschuldig am möglichen Tod der Mädchen.

»Machen Sie sich darüber keine Gedanken, Frau Haase. Es war richtig, was Sie taten.«

Entsetzt wich Martina zurück und blickte Leon fragend an.

»Woher wissen Sie, was ich ...?«

»Intuition, Frau Haase, reine Intuition. Ich hätte mich das ebenfalls gefragt, wäre ich an Ihrer Stelle. Sie müssen sich keine Sorgen machen. Sie haben sich nichts zuschulden kommen lassen und werden lediglich als Zeugin benötigt. In wenigen Stunden können Sie wieder auf Ihrer Couch sitzen und im Fernsehen das Weltgeschehen beobachten.«

»Das ist ja ungemein beruhigend, während Sie das Leben von Menschen auslöschen wollen, die in jungen Jahren eine Dummheit begangen haben. Wunderschöne Aussichten.«

»Eine Dummheit nennen Sie das, wenn ein Mensch aus Sorge um seine Familie sich das Leben nimmt? Sein Tod darf nicht ungesühnt bleiben. Haben Sie einmal über die Familie nachgedacht, die seitdem ohne Ernährer, ohne Vater dasteht? Deren Leiden ist nicht endend. Sie haben es verdient, dass eine solche Dummheit, wie Sie es nennen, nicht ungesühnt bleibt. Blut muss mit Blut vergolten werden. Kein Mensch hat es verdient, aus einem solchen Grund sterben zu müssen.«

Leons Blick war starr auf die Straße vor sich gerichtet. Seine Gesichtszüge hatten sich wieder verhärtet. Martina war sich gar nicht sicher, ob sie mit Ihrer Antwort überhaupt zu ihm durchdrang.

»Beziehen Sie den Grund auf Klammer oder auf die drei Frauen? Für Sie scheint der Grund ausreichend zu sein, um dafür sterben zu müssen? Was ist das denn? Glauben Sie wirklich, wenn Sie Gleiches mit Gleichem vergelten, ist der Gerechtigkeit Genüge getan? Da irren Sie sich gewaltig. Man nennt so was Rache. Haben Sie noch nie von dem weisen Spruch der mexikanischen Indios gehört? Dort behauptet man zu Recht, dass im Rausch der Rache auch der gute Mensch zur Bestie wird. Ich sehe darin eine große Portion Wahrheit. Denken Sie darüber nach, bevor Sie etwas tun, was Sie für den Rest Ihres Lebens bereuen werden. Schon Shakespeare sagte, dass in Vergebung mehr Würde steckt als in Rache.«

Minutenlang fuhren sie schweigend durch die Nacht und hingen ihren Gedanken nach. Als Leon mit dem Wagen über das Geröll holperte, stoppte er plötzlich abrupt.

»Möchten Sie aussteigen und gehen? Ich würde Sie freilassen.«

»Nein, Leon, das können Sie nicht von mir erwarten. Ich bleibe und werde darauf hoffen, dass alles gut ausgeht. Fahren Sie weiter. Die warten sicher auf uns.«

21

Gespannte Ruhe empfing die beiden im Keller. Alle, mit Ausnahme von Emilia, standen an den Gittern und blickten erwartungsvoll auf die Ankömmlinge. Martina Haase begab sich wortlos in ihre Zelle und warte darauf, dass die Tür wieder verschlossen wurde. Leon jedoch setzte sich auf die Tischkante und wartete noch einen Moment ab, um die Spannung zu erhöhen.

»Ich weiß, dass es nicht jeden von euch freuen wird. Aber ich glaube sagen zu können, dass Lea es wohl schaffen wird. Zu verdanken hat sie es Frau Haase, ohne deren Fürsprache ich diese Fahrt nicht unternommen hätte. Eine großartige Frau, der ich meinen größten Respekt zolle. Doch zurück zu Ihnen. Wir haben nun die Aussagen von Ina Hollstein und Lea Pape gehört. Frau Krafzik sperrt sich noch. Das kann sicherlich als Schuldanerkenntnis gewertet werden. Doch warten wir ab, was Frau Schober zum Thema beizutragen hat. Bitte, Miriam, Sie haben das Wort.«

Die Furcht, die Miriam mit einem Mal erfüllte, war greifbar. Möglicherweise hatte sie damit gerechnet, nicht mehr gehört zu werden, da die Hauptschuld mittlerweile auf Emilias Schultern abgelagert schien. Der Schweißfilm auf ihrer Stirn hatte sich in Sekundenschnelle gebildet. Sie begann, ihre Hände zu kneten, ohne dass ein Wort ihre

Lippen verließ. Geduldig wartete Leon ab. Martina Haase ermunterte sie, endlich zu sprechen.

»Ob es klug ist, zu schweigen, meine Liebe, wage ich zu bezweifeln. Nach meiner Auffassung sollten Sie die Gelegenheit nutzen und als Erste und Einzige die Wahrheit aussprechen. Es wird nicht besser dadurch, dass Sie alle nach Ausreden, nach Ausflüchten suchen. Ich denke, dass sich jede von uns ein Bild machen konnte von dem, was damals wirklich geschah. Eine weitere Lügengeschichte würde sowieso auffallen. Lassen Sie es raus. Was einst geschah, kann keiner von uns ungeschehen machen, indem die Wahrheit verdreht wird.«

Frau Haase gönnte Leon einen bösen Blick, als dieser applaudierte und sie damit unterbrach.

»Eure ehemalige Lehrerin hat damit absolut recht. Unsere Schuld reduziert sich nicht dadurch, dass wir sie einem anderen zuweisen. Sie bleibt an uns haften und zersetzt im schlimmsten Fall die Seele. Der innere Frieden bleibt auf Dauer gestört und verfolgt uns im Traum. Wie krank muss derjenige sein, der die Schuld am Tod eines Menschen ohne Schaden überstehen kann. Wir hören, was Sie zu sagen haben. Machen Sie sich endlich frei von dem Druck, der Sie quält.«

»Lass dich von dem Kerl und der verrückten Alten nicht fertigmachen, Miriam. Sage denen, was der geile Klammer mit uns versucht hat. Tust du es nicht, hast du dein Urteil selbst gefällt. Merkst du nicht, was die beiden damit bezwecken? Die Haase spielt sein Spiel jetzt mit.« Emilia holte noch einmal tief Luft, bevor sie weiter giftete. »Die haben sich zusammengetan und wollen uns fertigmachen. Die haben unseren Tod bereits beschlossen. Das Ganze war von Anfang an so abgesprochen. Ich wette, dass die Röchel da auch noch mit drinsteckt.«

»Ruhe, verdammt noch mal!« Außer Leon zuckten alle zusammen, als Krafzik sein Schweigen brach und mit Zorn, den seine Augen deutlich ausdrückten, seine Tochter anschrie. »Halte jetzt endlich deinen verdammten Mund. Ich kann es nicht glauben, was du da tust und was du sagst. Was in Gottes Namen haben wir uns großgezogen? Erst jetzt erkenne ich, welche Fehler wir gemacht haben, als wir dir alles durchgehen ließen. In dir ruht der Satan. Hast du jegliches Gefühl für Ehre, Freundschaft, Wahrheitsliebe verloren? Ist es dir wirklich so egal, ob durch deine Schuld ein Menschenleben ausgelöscht wurde? Ja, ich glaube mittlerweile auch – nein, ich bin davon überzeugt, dass dieser Mann sein Leben gab, obwohl er unschuldig war. Schämen müssen wir uns alle dafür, dass wir an seinem Tod die Schuld mittragen. Ich werde Gott um Vergebung bitten, weil ich ein Kind gezeugt habe, dass Satan Einlass in seine Seele gewährt. Du bist nicht mehr meine Tochter. Du bist mir fremd geworden.«

Noch hallten die Worte nach, als sich das Entsetzen in den Augen derjenigen zeigte, die dieses Statement mitanhören mussten. Selbst Emilias Augen weiteten sich und ließen Tränen fließen. Wie in Zeitlupe sank sie auf die Knie und verbarg ihren Kopf zwischen den Händen. Ein verhaltenes Schluchzen war das Einzige, was die Stille störte. Als kämen die leisen und mit Bedacht gewählten Worte aus einer fremden Welt, sprach Frau Röchel das aus, was die meisten dachten.

»Ich bemühe mich schon seit Stunden, die Beweggründe der Mädchen zu verstehen. Zugegeben, ich tue mich schwer damit, dieses damalige Spiel, denn mehr war es für die vier nicht, zu begreifen. Doch glaube ich nicht, dass auch nur eine von ihnen tatsächlich begriff, welche Spirale sie da in

Bewegung setzten. Selbst Emilia, auf die sich alles zu konzentrieren scheint, hat nicht in der Absicht gehandelt, diesen Mann zu töten. Ja, sie wollte ihm schaden, so wie alle anderen auch. Doch weder sie noch wir vom Lehrkörper, hätten uns die Konsequenzen in dieser schrecklichen Form vorstellen können.« Einen Moment blickte sich Viola Röchel um. Sie wartete ab, ob sich jemand dazu äußern wollte. Als nichts geschah, fuhr sie unbeirrt fort. »Bevor Miriam Schober ihre Schilderung abliefert, muss ich eingestehen, dass auch wir Lehrerinnen, die wir mehr Lebenserfahrung besaßen, hätten intern nachforschen müssen, bevor wir den Mann der Öffentlichkeit zum Fraß vorwarfen. Eine Anhörung im engen Kreis hätte vermutlich einem Menschen das Leben gerettet. Ich verneige mich voller Demut vor der Familie Klammer, die dermaßen viel Leid ertragen musste und entschuldige mich im Namen der Schule. Und jetzt, liebe Miriam, möchte ich Sie bitten, dass auch Sie endlich Ihr Herz befreien.«

In dem Moment, als Miriam Schober beginnen wollte, unterbrach Frau Haase.

»Wenn wir schon einmal beim Seelenstriptease sind, möchte ich sagen, dass ich mich zu einhundert Prozent der Meinung meiner Kollegin Röchel anschließe. Es beschämt mich sehr, dass ich bisher geschwiegen habe. Aber ich wollte einfach nicht daran glauben, dass es schon in solch jungen Jahren derartige Niedertracht gibt. Dieses Treffen und die Diskussionen heute haben mich einiges gelehrt: Zeit vergeht – die Schuld niemals. Auch ich bekenne mich dazu und bin bereit zu sühnen. Aber lasst mich noch ein Wort zu dem Statement des Vaters sagen. Dieses gesamte gestelzte Gequatsche von Ihnen klingt so unehrlich und derart berechnend, dass es mich anwidert. Das ist so durchsichtig und erscheint mir wie das Abschlussplädoyer eines Angeklagten. Glauben Sie wirklich, dass Sie sich damit freikaufen können? Das ist eines Vaters nicht würdig, der sein Kind eigentlich vor Schaden bewahren sollte. Ich weiß nicht, ob Sie sich dem Inhalt Ihrer Worte überhaupt bewusst waren, als Sie sich von Ihrer Tochter lossagten. Ich glaube, dass es nichts Schlimmeres für ein Kind auf dieser Welt gibt, als dass ihm die Liebe der Eltern entzogen wird. Mag Emilia auch im Laufe dieses Treffens so manche Bösartigkeit von sich gegeben haben. Sie ist und bleibt immer Ihr schützenswertes Kind, dem gegenüber Sie eine Verantwortung haben – für immer, Herr Krafzik. Man lässt ein Kind nicht einfach fallen, wenn es nicht exakt nach Ihren Regeln lebt, die Sie selbst ihm übrigens vorgegeben haben. Verstoßen Sie Emilia nicht, denn das wäre eine nicht wiedergutzumachende Sünde. Sie tun ihr damit Gewalt an. Entschuldigen Sie bitte die Unterbrechung, aber das musste ich einfach loswerden.«

Nur zögerlich erklang aus den einzelnen Zellen das Klopfen an den Stangen. Das Zucken von Emilias Schultern verschwand nach einer Weile und ihr Blick suchte den ihres Vaters. Der hatte sich umgedreht und Platz auf der Liege gefunden. Er starrte auf den Boden. Kein Zucken in seinem Gesicht ließ eine seriöse Einschätzung seiner momentanen Gefühle zu. Er wirkte, als wäre jede Regung in ihm abgeschaltet worden. Selbst als Miriam zu sprechen begann, änderte sich das nicht.

»Ja, ich will es endlich loswerden. Ich würde lügen, wenn ich behaupten würde, dass mich Klammers Tod nicht berührt, ja sogar geschockt hätte. Doch keine von uns wollte bisher eingestehen, dass wir Mist gebaut hatten. Damals war das Thema tabu, wurde einfach ignoriert, da sich keine vor den anderen outen wollte. Ich gebe zu, dass ich von dieser abstrusen Idee, dem Mann was anzuhängen, anfangs sogar begeistert war. Die Tage liefen uns weg, ohne dass irgendwas passierte. Es war stinkend langweilig. Da kam uns die Vorstellung gerade recht, jemanden vorzuführen.«

Niemand unterbrach Miriam, was sie eigentlich erwartet hatte.

»Zuerst hatten wir ja die Neue, diese Ellen, ins Visier genommen. Doch die hatten wir uns erst für später aufgehoben, wenn die Schule zu Ende war. Irgendwie kam uns Klammer dazwischen, weil er so plötzlich auf der Toilette auftauchte. Da kam eben eins zum anderen und es geschah. Ellen haben wir vorerst verschont, da sie bei der Befragung im Rektorat dichtgehalten hatte. Aber auch sie war später ein Ziel. Verdammt, mir tut das richtig leid, was passierte. Doch jetzt ist es zu spät. Es ist passiert. Ich würde alles dafür tun, wenn ich das ungeschehen machen könnte. Die Familie tut mir so leid.«

Nachdem Miriams Geständnis von allen verstanden worden war, meldete sich nach langer Zeit wieder einmal Leon mit einer Frage an Miriam.

»Du erwähntest gerade, dass du alles dafür tun würdest. Ungeschehen machen – ist nicht möglich. Das versteht jede von euch. Hat überhaupt mal jemand darüber nachgedacht, auf Frau Klammer zuzugehen und Klarheit zu schaffen? Ihr müsst doch daran denken, dass bei der Frau bis heute Zweifel daran bestehen könnten, ob ihr Mann nicht doch ... Ihr wisst, was ich meine. Auch der Sohn könnte ein völlig falsches Bild seines Vaters behalten haben. Es sind zwanzig Jahre, die diese Ungewissheit bisher tief in ihnen schwelt. Das stelle ich mir schrecklich vor. Doch zurück zu deiner Äußerung, Miriam. Wie weit würdest du wirklich gehen, um das ungeschehen machen zu können. Stellen wir uns vor, alles wäre möglich. Wärst du bereit, dein Leben für das von Kurt Klammer zu geben?«

Wieder einmal überzog lähmende Stille wie Nebel den Kellerraum. Niemand wagte, dem Nebenmann in die Augen zu sehen. Da Miriam angesprochen worden war, sah sie darin den Zwang, zu antworten.

»Was würde es nützen? Er wird dadurch nicht wieder lebendig.«

»Ich sagte ja auch deshalb: Wenn alles möglich wäre und der Herrgott würde dir diese Chance bieten. Wärest du bereit, zu sterben und dein Leben für seins zu opfern. Ja oder nein? Um deine Fantasie zu beflügeln, eine Anregung. Stell dir vor, du würdest durch diese Tür dort gehen und dieser Wunsch würde dir erfüllt. Würdest du es tun? Jetzt und hier? Diese Frage stelle ich gleichzeitig an alle anderen im Raum. Und ich erwarte Antworten. Von jedem von Ihnen. Sie haben eine Stunde Zeit, in der ich den Raum verlasse, damit Sie sich ungestört austauschen können. Die Zeit läuft. Danach will ich etwas hören.«

Beängstigend langsam erhob sich Leon und verschwand schließlich hinter der Stahltür. Er legte das Ohr an das Metall und lauschte. Nichts. Kein Laut drang durch zu ihm.

22

»Was meint der Kerl damit?«, eröffnete Ina Hollstein die Diskussion. »Der sprach schon vorher davon, dass die Verlierer des Spiels durch die Tür gehen müssen. Was ist dahinter? Und wer zum Teufel sind die Verlierer unter uns? Ich glaube so allmählich, dass er uns ausgetrickst hat und nur die Geständnisse von allen haben wollte. Ich werde einen Teufel tun und durch diese verdammte Tür gehen. Der will uns alle tot sehen. Glaubt mir.«

»Nun werde nicht gleich hysterisch. Er sprach ja vorhin nur davon, dass es rein fiktiv wäre. Es ist unmöglich, etwas rückgängig zu machen, was bereits geschah. Der Tod ist nicht umkehrbar. Tot ist und bleibt tot. Hörst du? Da wird auch der Herrgott nicht dran rütteln. Die Bibel spricht nur von einem einzigen Fall. Und dabei ging es um seinen eigenen Sohn. Allerdings betone ich, dass ich an den Scheiß nicht glaube. Alles nur Erfindungen der Kirche.«

Emilia hatte sich erstaunlicherweise schnell wieder von ihrem Schock erholt und versuchte, mit ihrem Verständnis von Logik Klarheit zu schaffen. Eine Klarheit, wie sie allein in ihren Augen bestand. Frau Röchel allerdings brachte ihre Argumente ein.

»Ich denke, Ihr macht es euch ein wenig zu einfach. Unterschätzt diesen Mann nicht. Ich glaube nicht an einen Bluff. Er sagte das ja schon selbst, dass er sich nicht aus

Spaß die Mühe gemacht hat, um uns zusammenzuholen. Ein Schuss, ein Messerstich und alles wäre für ihn erledigt gewesen. Nein, er lässt uns allen die Chance offen, das, was geschah, zu sühnen. Ich bin überfragt, wenn ich schildern sollte, was genau er sich darunter vorstellt. Doch eines ist mir sonnenklar. Mit falschen Behauptungen und Ausflüchten werdet Ihr den nicht überlisten oder abspeisen können. Mir ist der Mann ein wenig unheimlich, da er vieles von dem, was wir sagen oder sogar denken im Voraus kennt. Haltet ihn also nicht für dumm, da sich das auf schlimmste Art und Weise rächen könnte.«

Es zog sich einige Sekunden hin, in denen jeder seinen Gedanken nachhing, bevor sich auch Miriam wieder zu Wort meldete.

»Ich muss zugeben, dass ich jetzt völlig verunsichert bin. Wird Ehrlichkeit nun von ihm belohnt oder habe ich mich jetzt erst recht in die Scheiße geritten? Er verlangt absolute Offenheit, die aber gleichzeitig einem Schuldanerkenntnis gleichkommt. Leugnest du deine Teilnahme, hat er dich ebenfalls am Haken. Das ist ein Teufelskreis, in den er uns gezwungen hat. Verlieren werden wir in jedem Fall. Soll er doch einfach eine von uns herauspicken. Ich schlage vor, dass es diejenige trifft, die den Anruf tätigte. Emilia hat doch den Stein ins Rollen gebracht, der uns jetzt allen auf den Kopf fallen soll. Das ist sonst nicht fair.«

»Ach, das nennst du unfair, Miriam?« Endlich schaltete sich Martina Haase wieder ins Gespräch und richtete ihren Blick auf Miriam, die trotzig diesen erwiderte. »Bevor Emilia anrief, habt ihr alle dafürgestimmt. Keine von euch hat ein Veto eingelegt. Wenn ein Mob lyncht, ist auch nicht der allein schuld, der den Strick um den Hals legt. Schuld trifft jeden, der mitmacht. Habe ich das klar genug darstellen können. Ihr könnt euch nicht als Mitläuferinnen aus der Verantwortung stehlen. Selbst Frau Röchel und ich sind mitschuldig. Wir hätten diese unsinnigen Anschuldigungen penibel überprüfen müssen. Es hätte erst gar nicht zu einer Verhaftung kommen dürfen, bevor die Fakten klar auf dem Tisch liegen. Allein diese Tatsache hat mir viele schlaflose Nächte bereitet und mein Leben verändert. Ob ich bereit wäre, mein Leben für seins zu geben, kann ich abschließend nicht beantworten. Ich fürchte den Tod. Daraus mache ich kein Geheimnis. Doch sollte ich hier lebend rauskommen, werde ich Frau Klammer aufsuchen und um ihre Vergebung bitten. Zumindest das bin ich dieser Frau schuldig und es wäre mir sehr wichtig. Nun sollte jede von euch darüber nachdenken, zu welchem Opfer sie bereit ist. Damit meine ich auch unseren alles überragenden Helden in der letzten Zelle, der sich momentan sehr still verhält, so als ginge ihn das nichts mehr an. Sie, Herr Krafzik, haben schließlich nicht unerheblich dazu beigetragen, dass ein Mäntelchen des Schweigens über alles gedeckt wurde.«

Auf einen Schlag hatte Martina Haase Leben in die Gestalt gebracht, die schon minutenlang zusammengesunken auf der Pritsche saß. Niemand hätte geglaubt, wie schnell sich der Mann plötzlich zur Zellentür bewegen konnte.

»Was sagen Sie da gerade, Sie miese kleine Paukerin? Dankbar wart Ihr alle dafür, dass ich euch die Polizei vom Hals halten konnte. Da gab es nämlich Bemühungen, Licht in die Sache bringen zu wollen. Mir allein habt Ihr es zu verdanken, dass der erwähnte Mantel des Schweigens über alles gedeckt werden konnte. Wie hätten Sie und Ihre Schule in der Öffentlichkeit dagestanden, wenn die Wahrheit ans Licht gekommen wäre?«

»Eine Wahrheit, die doch mehr Ihnen und Ihrer Tochter geschadet hätte«, korrigierte Martina Haase und erntete ein Nicken der Kollegin. »Wenn das mit Ihrer süßen Kleinen herausgekommen wäre, hätte das mit Ihrer Reputation nicht mehr so glänzend ausgesehen. Ich denke, dass es sogar der späteren Teilhaberschaft innerhalb der Kanzlei im Wege gestanden hätte. Man hätte Sie dann wohl ins Backoffice verbannt, damit Sie nicht mehr in der Öffentlichkeit den Ruf der Kanzlei beschädigen können. Das, lieber Herr Anwalt, sollten Sie niemals aus den Augen verlieren. Sie sollten endlich mal damit beginnen, kleinere Brötchen zu backen. Sie sind nicht der Macher, als der Sie sich immer nach außen darstellen wollen. In Wirklichkeit sind Sie ein Looser, der sich nur gut verkaufen kann.«

»Das, Frau Haase, werden Sie noch bedauern. Das garantiere ich Ihnen.«

»Garantieren Sie lieber Ihrer Tochter, dass sie hier ungeschoren und lebend rauskommen. Obwohl – eigentlich gilt das auch für Sie selbst, denn so ganz unschuldig dürften Sie in den Augen unseres selbsternannten Richters nicht sein. Ich wünsche Ihnen zumindest unterhaltsame Stunden in der näheren Zukunft. Vielleicht sogar hinter dieser Tür da.«

Marina Haase drehte sich einfach ab und zeigte dem Mann ihren Rücken. Fast ein wenig piepsig klang die Stimme von Miriam, die sich nun an Krafzik wandte.

»Herr Krafzik, Sie sind doch der Erfahrenste von uns allen. Was raten Sie uns, wie wir uns verhalten sollten? Ich muss ebenfalls zugeben, dass ich den Mann nicht einschätzen kann, der uns hier einsperrt. Wird er uns alle umbringen?«

Momentan wirkte Krafzik nicht nur verärgert, sondern auch verwirrt. Er begann einen Lauf durch die enge Zelle und schien krampfhaft nachzudenken. Viola Röchel konnte sich nicht zurückhalten, als sie für ihn antwortete.

»Miriam, es gibt kein Patentrezept in unserer Lage. Das werden Sie bestimmt nicht von dem Kerl erwarten können, der nicht einmal sicher sein kann, ob er nicht zu den Verlierern zählen wird. Der wird nur sich selbst retten wollen, wozu er notfalls über Leichen gehen wird. Niemand von uns kann in den Kopf Leons da draußen hineingucken. Selbst unser großer Macher vor dem Herrn, von dem Sie sich Hilfe erwarten, muss zugeben, dass er machtlos der Situation gegenübersteht. Wir haben mehr oder weniger ehrlich dargestellt, was damals geschehen ist. Es liegt nun nicht mehr in unserer Hand, wie es bewertet wird. Es ist ebenfalls fraglich, was es mit dem Gewinnen und dem Verlieren auf sich hat. Was in Teufels Namen befindet sich hinter dieser ominösen Tür? Wer in Gottes Namen richtet uns überhaupt? Fragen über Fragen. Möglich, dass er uns nur Angst einjagen wollte und sich dahinter die Freiheit befindet. Ich weiß es nicht. Keiner von uns weiß das. Doch eines ist zumindest für mich klar: Unser Leben liegt nun in Gottes Hand. Ich für meinen Teil werde jetzt zu ihm beten.«

23

Fast auf die Minute genau öffnete sich die Tür und Leon erschien wieder. Jeder versuchte in seinem Gesicht zu lesen, um herauszufinden, was er als Nächstes vorhatte und ob es schlecht für sie aussah. Wortlos legte er einige Zettel auf den Tisch und blickte in die Runde. Mit Ausnahme von Emilia standen alle an den Gittern und warteten gespannt darauf, was nun geschehen würde.

»Die Zeit ist um. Sie haben von mir die Möglichkeit erhalten, über Ihr Vorgehen nachzudenken. Die Frage lautete, ob Sie bereit wären, Ihr Leben gegen das von Kurt Klammer einzutauschen. Ich weiß, dass es eine sehr schwierige Entscheidung für alle bedeutet. Doch dürfte mittlerweile jedem hier klar geworden sein, dass durch sein Zutun ein unschuldiges Leben ausgelöscht wurde. Quid pro quo. Jeder kennt das. Es ist eine lateinische Redewendung und heißt wörtlich übersetzt *dies für das*, was prinzipiell einem Rechtsgrundsatz oder besser einem ökonomischen Grundsatz folgt. Jemand gibt und erhält dafür eine entsprechende Gegenleistung. Man könnte auch sagen Quid pro reo, was dem *wie du mir, so ich dir* gleichkäme. Vielleicht kommt das unserem Problem sogar näher.

Durch das fatale Zusammenspiel aller hier wurde ein Leben ausgelöscht, ein Vater, ein liebender Ehemann von der Seite der Familie gerissen. Stand hinter Ihrem Tun eine

Absicht mit genau diesem Ziel? Um dieses zu bewerten, sind wir hier zusammengekommen. Meine Aufgabe bestand darin, die Fakten zusammenzutragen. An dieser Stelle muss ich eingestehen, dass ich Sie in die Irre geführt habe. Ich habe Sie sogar angelogen.«

Leon bemerkte das Erstaunen in den Gesichtern der Beteiligten. Er genoss die Aufmerksamkeit, die jetzt nur seiner Erklärung galt. Es war wieder da, dieses seltsame Lächeln, das alles bedeuten konnte.

»Die kleine Lüge besteht darin, dass nicht ich allein der Richter bin. Allerdings hatte ich Ihnen das schon zwischenzeitlich angedeutet. Das Urteil fällt jemand, der das entstandene Leid sehr stark zu spüren bekam. Sehen Sie dort und dort in den Ecken die Kameras?«

Leons Hand wies zur Decke und lenkte die Blicke aller dorthin.

»Das sind Kameras und Mikrofone, die alles, was in diesem Raum getan und gesprochen wurde, aufgezeichnet haben. Jemand außerhalb des Raumes hat gut zugehört und sich ein Bild von jedem von euch geschaffen. Ich kann nicht garantieren, dass eine gewisse Voreingenommenheit das endgültige Urteil hat beeinflussen können. Doch sind wir übereingekommen, dass ein gerechtes Urteil entstehen soll. Sie werden sich jetzt einige Dinge fragen, was ich auch gut nachvollziehen kann. Wer steckt dahinter? Wer ist diese ominöse Person, über die ich gerade rede? Was geschieht jetzt mit uns? Wie fällt das Urteil aus und wann wird es vollstreckt? Allzu gerne würde ich Ihnen eine Antwort liefern. Doch dazu wurde mir Schweigen auferlegt.«

»Das ist doch total krank, Sie Spinner«, ereiferte sich wieder einmal Ina Hollstein und trat wütend gegen das Gitter. »Müssen wir nun durch diese Tür oder gehen wir den

Weg, den wir gekommen sind? Wer von uns hat verloren? Und wer verdammt noch mal, sind Sie eigentlich?«

»Seien Sie endlich ruhig, Frau Hollstein und lassen Sie den Mann ausreden. Mit Ihrem vorlauten Mundwerk werden Sie sich sicher nicht in die Riege der Gewinner reden können.« Viola Röchel wirkte zum ersten Mal verärgert und machte keinen Hehl daraus. »Sie haben in den letzten Stunden genug Porzellan zerschlagen. Ich denke, dass Sie eine Menge Scherben aufheben müssen.«

»Danke, Frau Röchel. Dann lassen Sie mich erklären. Die Frage nach meiner Person kann ich gut nachvollziehen und möchte zumindest die aufklären.« Hier machte Leon eine längere Pause, die bei allen an den Nerven zerrte. »Ich wurde von der fraglichen Person darum gebeten, quasi als unvoreingenommener Moderator zu fungieren. Man war sich sicher, dass ich die Wahrheit herausfinden könnte, ohne dass ich als Betroffener eine Vorverurteilung vornehmen würde. Ich habe angenommen, doch habe ich mich in einem Punkt sehr geirrt. Ich habe mir im Verlauf dieser Zeit eine Meinung gebildet, aus der ich bei der späteren Besprechung keinen Hehl machen werde. Mich haben Regungen einzelner Beteiligten angewidert, andere sogar berührt.«

Die Stille im Raum ließ sogar das Atmen jedes Einzelnen hören. Leons Stimme drang in jeden Winkel des Raumes, als er fortfuhr.

»Doch nun zurück zum Verfahren. Alle – ich betone es noch einmal, alle werden durch diese Holztür gehen. Sie mögen jetzt denken, dass Sie alle Verlierer sind und sterben müssen. Das ist zumindest im Moment noch eine Fehleinschätzung. Gehen Sie raus, wird die Freiheit winken und Sie werden in aller Ruhe nach Hause gehen können. Glauben Sie bitte nicht, dass die Örtlichkeit, in der ich Sie unterbrachte, Rückschlüsse auf meine Person zulassen. Auch eine Beschreibung meiner Person wird zu keinem Ergebnis führen. In den Akten der Polizei tauche ich nicht einmal mit einem unbezahlten Parkticket auf. Ich werde für immer aus Ihrem Leben verschwunden sein.«

»Was sollte dann dieses elende Theater überhaupt?«, wollte Krafzik wissen, der mit einer gewissen Erleichterung feststellte, dass sich Emilia von ihrer Liege erhoben hatte und sichtlich entspannter zu ihm rüberblickte.

»Sie haben nicht richtig zugehört. Das überrascht mich ein wenig, Herr Staranwalt. Hätten Sie es, könnten Sie sich sicherlich daran erinnern, als ich davon sprach, dass jemand anderes das Urteil sprechen wird. Mit keinem Wort habe ich erwähnt, dass es sofort geschehen wird. Ich denke, dass sich jeder daran erinnert, dass in der heutigen Zeit ein Todesurteil nicht sofort nach dem Urteilsspruch vollstreckt wird. In Deutschland gibt es so was eh nicht mehr. Damit machte man bei uns nach der Naziherrschaft Schluss. Das finden Sie aber immer noch in diversen Bundesstaaten in Amerika. Die Delinquenten kommen in den Todestrakt und dürfen vorerst weiterleben. Doch eines Tages ...«

»Sie wollen damit sagen, dass ...«, unterbrach Krafzik wieder.

»... wird der Scharfrichter den Auftrag erhalten, das Urteil zu vollstrecken. Dass dieses Warten nicht angenehm ist, kann ich mir gut vorstellen. Also bitte ich Sie alle um etwas Geduld. Der Tag wird kommen, an dem man mit Ihnen sprechen wird, an dem das Urteil Ihnen mitgeteilt wird. Zwanzig Jahre hat sich die richtende Person damit Zeit gelassen und das Leid ertragen. Ich kann Ihnen nicht versprechen, dass diese Zeit des Wartens bei Ihnen kürzer ausfallen wird.

Womöglich wird es niemals geschehen. Doch das entzieht sich meiner Verantwortung.«

»Darf ich dazu eine Frage stellen?«, meldete sich etwas zögerlich Martina Haase.

»Aber sicher Frau Haase. Ich höre.«

»Wenn ich Sie richtig verstanden habe, ist es möglich, dass schon morgen ein Urteil, wie auch immer es ausfällt, vollstreckt werden kann. Ein sehr langer Zeitraum bis dahin ist aber auch möglich. Das ist unmenschlich. Das kann doch niemand wollen, egal, wie sehr er oder sie gelitten hat.«

Zum Ende hatte ihre Stimme an Lautstärke zugenommen, hatte sogar Angst mitschwingen lassen. Andere Stimmen mischten sich darunter, sodass Leon laut um Gehör bitten musste.

»Bitte beruhigen Sie sich. Ich persönlich gewichte die Schuld eines jeden Einzelnen, und ich denke, das wird diese Person ebenfalls tun. Wer in seinem Tun weniger Schuld sieht, kann folglich mit weniger Sorge in die Zukunft sehen. Das ist allerdings subjektiv und kann täuschen. Ich kann Ihnen versichern, dass ich diese Person als gerechten Menschen kennenlernen durfte. Aber, und das darf ich anfügen, ist eine gewisse Rachsucht vorhanden, die niemand von uns im Leben komplett ausschalten kann. Garantieren kann ich für niemanden von Ihnen. Aber wir waren mit unseren Befragungen noch nicht am Ende. Ich hatte Ihnen, bevor ich wegging, die Frage gestellt, wer bereit wäre, sein Leben für das von Kurt Klammer zu geben. Um nicht zu viel Zeit dafür zu opfern, möchte ich Sie darum bitten, mir zu signalisieren, wer dazu bereit wäre. Bitte heben Sie dann Ihre rechte Hand.«

Leon überraschte es nicht, dass augenblicklich Furcht die Emotionen beherrschte. Betroffenheit stand in jedem Gesicht geschrieben. Die Erste, die sich freimütig bekannte, war erwartungsgemäß Martina Haase. Erst Sekunden später entdeckte Leon auch die Hand von Viola Röchel. Auf weitere Meldungen wartete er vergeblich.

»Gut, dann wäre diese Sitzung geschlossen. Das Urteil erfolgt, wie ich bereits ankündigte, erst später. Es geht nun so weiter. In wenigen Minuten werde ich die Zellentüren öffnen, sodass Sie zumindest den inneren Bereich betreten können. Sollten Sie dabei auf den Gedanken kommen, mich angreifen zu wollen, darf ich Ihnen garantieren, dass ich auch eine böse Seite besitze und eine Attacke im Keim zu ersticken verstehe. Ich möchte mich zuvor von Ihnen verabschieden und mich für die Teilnahme und die vielen lehrreichen Kommentare bedanken. Mein Weg führt mich durch diese Stahltür, durch die wir alle kamen. Diese wird wieder verschlossen. Nach genau zwei Stunden wird ein Zeitschloss die Holztür auf der anderen Seite öffnen und Sie in die Freiheit entlassen. Es gibt mir die Zeit, zu verschwinden. Das Glück möge Sie auf Ihrem weiteren Weg begleiten und beschützen.«

Leon begann damit, die Möbel zusammenzuräumen und rauszutragen. Als er das erledigt hatte, wischte er alle Flächen sauber, an denen er seine Fingerabdrücke hätte hinterlassen haben können. Mit der Öffnung der Zellen begann er im hinteren Bereich und arbeitete sich zur Stahltür hin voran. Die letzte Zelle war die von Martina Haase, die ihm mit erhobenem Haupt entgegentrat.

»Warum tun Sie so was? Macht es Ihnen Freude, Menschen zu quälen? Ich finde, dass die Teilnehmer schon genug gelitten haben, indem sie hier tagelang eingesperrt waren und nicht einschätzen konnten, was mit ihnen passieren wird. Mich persönlich hat es stark berührt, als ich die unterschiedlichen Reaktionen und Emotionen erlebte. Hier und da war es sogar ein Schock. Ich glaube, dass Sie geboren wurden, um Dinge zu tun, die dem Menschen wirklich nützlich sind.«

Leons Lächeln verstärkte sich und zeigte Martina Haase, dass ihre Worte angekommen waren. Doch überraschte sie die Antwort, da sie nicht mit ihr gerechnet hatte.

»Danke für Ihre Gedanken, die ich jedoch nur zum Teil teile. Sie irren sich, wenn Sie mich für einen Menschen halten, der vielleicht sogar Gutes bewirken könnte. Der Zug, liebe Frau Haase, ist längst für mich abgefahren. In meinem Leben habe ich dem Bösen schon viel zu viel Raum gegeben. Mein bisheriges Leben war von Taten geprägt, auf die ich nicht unbedingt stolz bin. Die Vergangenheit wird mich immer einholen und mich sogar eines Tages bestrafen. Bis es so weit ist, versuche ich sogar, das Böse zu bekämpfen. Legen Sie sich bitte nicht darauf fest, dass alles, was in den letzten Tagen geschah, schlecht war. Ich finde, dass es reinigend für die eine oder andere Person war. Lange schwelende Emotionen kamen heraus oder es wurde hier und da der Spiegel vorgehalten. So wie Kriege bereinigend sein können, kann es auch im zwischenmenschlichen Bereich sein. Selbst Hand anlegen, Menschen töten, darf nicht meine Aufgabe sein. Das lehne ich ab. Aber ich bin bereit, den Weg ebnen zu helfen, um Gerechtigkeit zu schaffen. Danach wird es von jemand anderem bewertet. Behalten Sie mich bitte in guter Erinnerung, denn es bedeutet mir etwas, wenn ausgerechnet Sie es tun. Und – bitte machen Sie sich um Ihre Person keine Sorgen. Bis dann. Gott segne Sie.«

Bevor Martina antworten konnte, war Leon durch die Stahltür getreten. Seine Schritte verhallten im Flur. Ihr bot

sich ein etwas surreales Bild, als sie die Menschen betrachtete, die schweigend herumstanden. Mit einer gewissen
Zufriedenheit betrachtete sie Emilia und ihren Vater, die eng
umschlungen, aber stumm die Stirn gegeneinandergelegt
hatten.

24

Der Hausflur bedrohte Ellen Fontana wie ein wildes Tier, als Phil die Tür geöffnet hatte und zur Treppe vorauseilte. Er kam wieder zurück, als er feststellte, dass Ellen der Mut verlassen hatte. Er ergriff ihren Arm, als sie wieder den Schutz der halbdunklen Diele suchen wollte. Deutlich spürte er, dass Ellen stoßweise atmete und immer wieder die Luft anhielt. Schützend hielt sie einen Arm vor das Gesicht, nur um nicht in das bedrohliche Treppenhaus sehen zu müssen. Nur sehr langsam ebbte das Zittern ab, das sie nun seit Minuten gefangen hielt. Phil vermutete, dass sie seine beruhigenden Worte nicht einmal verstand, mit denen er unaufhörlich auf sie einredete. Mit sanfter Gewalt zog er sie auf den ersten Treppenabsatz und ließ sie zur Ruhe kommen.

»Nichts treibt uns, Ellen. Hörst du die Geräusche des Hauses? Es existiert über, unter und neben dir – es sendet dir Zeichen dafür, dass es noch etwas mehr im Leben gibt als deine vier Wände. Doch es ist kein Monster, das dich verschlingen möchte. Komm weiter, jemand wartet dort draußen auf uns. Dein kleiner Hund will mit dir diese Welt erobern und durch den Park toben.«

Als wollte sie weinen, verzog sie die Lippen und blickte Phil bittend an. Er wusste, dass er jetzt nicht lockerlassen durfte. Er ging nicht darauf ein. Seine Lippen suchten Ellens Wangen und flüsterten ihr immer wieder Mut zu.

»Ich schaffe das nicht, Phil. Bitte zwing mich nicht, Dinge zu tun, zu denen ich nicht fähig bin. Ich versuche es an einem anderen Tag – bestimmt. Das verspreche ich dir. Mein Herz ... ich glaube, es schlägt nicht mehr.«

Entschlossen senkte Phil das Haupt und legte sein Ohr an Ellens Busen, verharrte dort.

»Es schlägt, mein Engel. Es schlägt sogar sehr schnell. Ich kann es deutlich hören. Etwas in dir versucht, dich davon abzuhalten, einen wichtigen Schritt zu tun, der dein bisheriges Leben verändern könnte. Kämpfe es nieder. Es wartet eine Zukunft auf dich, die ohne Schmerzen, ohne die Qualen deiner Mutter ablaufen wird. Sie ist nicht hier und kann dich nicht da draußen quälen. Halte einfach fest meine Hand und habe Vertrauen in das, was ich für dich vorbereitet habe. Alles wird gut. Es ist eine ungeheuer wichtige Chance in deinem Leben, die du nicht einfach so wegwerfen solltest.«

Noch immer hielt er Ellens Hand eisern fest und zog leicht daran, bis er spürte, dass sie nachgab. Eine zuschlagende Tür ließ sie kurz zusammenfahren, bevor sie den Schritt auf die erste Stufe wagte. Auch das Weinen eines Kindes hielt sie einen Moment zurück. Stufe zwei war erreicht, was Phil hoffnungsvoll nach oben blicken ließ. Noch war Ellens Gesicht verzerrt, zeigte jedoch eine gewisse Freude über das, was sie schon geschafft hatte. Stufe für Stufe folgte sie dem Mann, der ihr volles Vertrauen genoss.

Wenn du jetzt weggehst, Phil, sterbe ich vor Angst. Lass mich nicht los.

Als hätte er ihre Gedanken vernommen, verstärkte er den Druck auf ihre Hand. Es dauerte geschlagene zwanzig Minuten, bis sie das schwarze Rechteck der Haustür vor sich sahen. Durch das Holz vernahm Ellen den Lärm der Straße. Sie zog die Schultern zusammen, da die Furcht sie wieder in

Besitz nehmen wollte. Es überraschte Phil, als sich Ellen an seine Brust warf und die Arme hilfesuchend um seinen Hals schlang. Genau in diesem Moment wurde die Haustür von außen geöffnet und Herr Plücker, bepackt mit Einkaufstaschen, erschien im Licht der Öffnung. Hinter ihm seine Frau, die das Pärchen erstaunt musterte.

»Guten Tag, Frau Fontana. Das ist aber eine nette Überraschung, Sie hier unten anzutreffen. Soll ich die Tür für Sie aufhalten? Sie möchten doch bestimmt mit dem jungen Mann raus. Erich, lass die beiden doch mal vorbei. Du stehst wieder mal im Weg.«

»Herzlichen Dank für Ihre Hilfe. Wir haben es nicht so eilig«, meinte Phil und stellte sich schützend vor Ellen, deren Körper jetzt bebte. Es ging ihr einfach zu schnell, sodass der Außenlärm Panik bei ihr verursachte. Erich Plücker gab seiner Frau mit den Augen ein Zeichen, dass sie die Tür vorsichtig wieder schließen und ihm folgen sollte. Mit einem Schulterzucken folgte sie ihrem Mann, nicht ohne noch einen Blick auf das Paar geworfen zu haben. Schon des Öfteren war ihr der Mann begegnet, doch noch nie hatte sie sich vorstellen können, dass diese seltsame Frau jemanden so nahe an sich heranlassen würde. Es gab viel mit Erich zu bereden, wenn sie in ihrer Wohnung waren. Entschlossen trieb sie ihren Mann zur Eile an.

Es dauerte fast eine Minute, in der die beiden engumschlungen im Flur verharrten. Das Beben des Körpers reduzierte sich auf ein erträgliches Maß, sodass Phil es wagte, vorsichtig Ellens Arm zu lösen, der seinen Hals krampfhaft umschlossen hatte. Statt zu lösen, verstärkte sich der Druck jedoch noch.

»Das geht so nicht, Ellen. Du hast das Schwerste doch schon hinter dich gebracht. Der Rest ist nur noch ein Klacks.

Außerdem steht mein Auto in der Sonne. Ich möchte die Kleine nicht allzu lange im Fahrzeug lassen. Sie wird Durst haben und sich auf die neue Mama freuen. Es ist wichtig, dass du sie aus dem Auto holst. Das wird sie dir nicht vergessen. Hörst du das Kläffen?«

Endlich hatte es Phil geschafft, die Verkrampfung bei Ellen zu lösen, sogar ein freudiges Lächeln stahl sich auf ihr Gesicht. Er staunte nicht schlecht, als sie sogar den Arm nach dem Griff der Haustür ausstreckte.

»Heute aber nur bis zum Auto – nicht weiter. Das musst du mir versprechen, Phil. Morgen können wir weitersehen. Ich werde es schaffen. Ich muss es schaffen.«

»Das ist toll, Liebes. Ich verspreche es dir. Komm, wir gehen gemeinsam. Halte dich an mir fest und sieh nur auf das Auto. Lass dich von Geräuschen und den anderen Menschen nicht beeinflussen. Darum kümmern wir uns in den kommenden Tagen. Für heute gilt nur die Aktion Hündchen. Ich bin so unendlich stolz auf dich.«

Obwohl sich Ellen redlich Mühe gab, alles um sich herum zu ignorieren, schloss sie häufig die Augen und kniff ihre Lippen zu einem Strich zusammen. Wenn sie die Lider für einen Moment öffnete, fixierte sie das Auto, in dem Bewegung entstand. Ein braunes Fellbüschel tobte über den Rücksitz des grünen Autos und schien zu spüren, dass die Befreiung aus diesem Käfig anstand. Völlig aufgeregt rieb die Kleine die feuchte Schnauze an der Scheibe und ließ eine heftige Schmiererei zurück. Ellen drückte ihr Gesicht von außen dagegen und schien zu genießen, dass die süße Hündin die Scheibe ableckte. Ein befriedigendes Gefühl erfüllte Phil, als er das bemerkte. Die wurde jedoch getrübt, als sich zwei Halbwüchsige neben Ellen stellten und mit der Faust gegen die Scheibe schlugen. Feixend suchten sie das

Weite, als sich Phil näherte. Ellen wich spontan zurück und flüchtete sich erschrocken in seine Arme.

»Die wollten nur einen Spaß machen, Ellen. Nimm das nicht ernst. Komm, wir holen die Kleine da raus und bringen sie nach oben. Du nimmst sie auf den Arm und ich hole das Körbchen aus dem Kofferraum.«

Immer noch stand ihr der Schrecken ins Gesicht geschrieben, als das Hündchen um Aufmerksamkeit bettelte, indem es sich schwanzwedelnd auf die Hinterbeine stellte. Der Blick, mit dem es Ellen ansah – unbezahlbar. Mit einem Ruck riss sie die Tür auf und griff nach der Fellnase, die es sich sofort auf dem Arm der neuen Herrin gemütlich machte. Einige Passanten, die vorüber liefen, stoppten für einen Moment und betrachteten belustigt diese herzergreifende Szene. Ellen genoss es, dass die kleine Zunge über ihre Wange glitt.

»Sieh dir das an, Phil, sie mag mich. Können wir jetzt wieder nach oben gehen? Ich muss mich erholen.«

25

Lea Pape dachte noch immer über den Ratschlag des Psychologen nach, der gerade den Raum verlassen hatte und ihr geraten hatte, einer Therapie zuzustimmen. Er vertrat die Meinung, dass sie unbedingt einwilligen sollte, um einer Wiederholung des Suizidversuches jede Grundlage zu nehmen. Sie erfuhr, dass es allein im Jahr 2015 in Deutschland zu 10.800 Todesfällen durch Selbsttötung kam. Die Dunkelziffer für derartige Versuche übersteigt die festen Zahlen um ein Vielfaches. Zahlen, mit denen sie sich überhaupt nicht befassen mochte. Ihr Blick richtete sich auf die am Himmel vorbeiziehenden Regenwolken, die den Eindruck erweckten, als wollten sie jemandem hinterherjagen.

Es ist doch sowieso allen scheißegal, was aus mir wird. Was bleibt mir denn noch? Edgar hat sich schon nach vier Jahren Ehe verpisst und mich mit den ganzen Schulden zurückgelassen. Ihn soll der Blitz treffen, dort wo er sich jetzt aufhält. Vielleicht hat er eine Neue gefunden, bei der er seine Sexlust ausleben kann. Ich sollte eigentlich froh sein, dass er weg ist. Die Kerle, die ich ab und zu nach Hause schleppe, reichen mir. Und anschließend kann ich die zum Teufel jagen. Vergessen, vorbei, Ende. Und jetzt soll ich mich mit irgendwelchen Idioten zusammentun, um mit denen mein Problem zu bequatschen. Das bringt doch nichts. Mach ich nicht. Basta!

Lea sah nicht einmal zur Tür, als die geöffnet wurde und eine Krankenschwester erschien, die ein kleines mit einem Tuch abgedecktes Tablett trug. Die aufgefüllte Wasserflasche hatte Lea schon vor einer Stunde erwartet und wollte ihrer Unzufriedenheit Ausdruck verleihen, als sie die Stimme einer ihr fremden Schwester vernahm. Neugierig drehte sie der Frau ihr Gesicht zu und erkannte eine ältere Dame, die sich die Schürze glattstrich und der Patientin ein gütiges Lächeln zeigte.

»Warum kommen Sie erst jetzt? Das Wasser sollte doch schon vor einer Stunde kommen.«

Vergeblich suchte Lea nach dem Namensschild, das in dieser Klinik eigentlich jeder auf dem Hemdumschlag trug. Da das Schild verdreht war, konnte sie es nicht auf Anhieb finden.

»Ich bin Schwester Rosalie und wurde aus der Neurologie für wenige Tage hierher versetzt. Das Wasser – tut mir leid, Frau Pape, aber davon hat mir niemand etwas gesagt. Das hole ich Ihnen sofort, wenn wir die Blutentnahme hinter uns haben. Darf ich Sie bitten, den Arm freizumachen? Dauert nur eine Minute.«

Während Lea erstaunt dreinblickte, sortierte Schwester Rosalie die Spritzen und Reagenzen, die sich auf dem Tablett zeigten.

»Wieso Blutentnahme? Das hat man doch schon heute Morgen getan. Ich bin doch keine Tankstelle. Wofür braucht ihr denn das schon wieder?«

»Also, so genau kann ich Ihnen das auch nicht erklären, Frau Pape. Aber so, wie ich es mitbekam, sprach man bei Ihnen von einer Sepsis, der man nachgehen will. Ich bin nur so weit ins Bild gesetzt worden, dass Sie bei uns sind, weil Sie sich die Pulsader geöffnet haben. Möglich, dass Sie sich dabei eine Blutvergiftung zugezogen haben. Sind Sie so weit?«

»Aber dagegen habe ich doch schon Mittel gespritzt bekommen. Ihr könnt mir doch nicht laufend Blut entnehmen. Davon habe ich schon genug verloren.«

»Jetzt beruhigen Sie sich erst einmal, Frau Pape. Wegen des Blutes müssen Sie sich keine Sorgen machen. Immerhin besitzen Sie bei Ihrer Statur mindestens sechs Liter davon. Außerdem hatten sie bestimmt schon eine Blutübertragung. Das bisschen, das ich von Ihnen haben will, wird da nicht ins Gewicht fallen.«

»Ich möchte mit dem Arzt sprechen. Holen Sie bitte Dr. Raven. Er soll mir das genauer erklären.«

»Oh Gott, wissen Sie, wie spät es ist? Ich bin die zweite Nachtschwester und die Ärzte sind längst zu Hause bei ihren Familien. Die sitzen beim Abendbrot und nippen am Rotwein. Seien Sie bitte vernünftig und geben mir Ihren Arm.«

Lea konnte sich nicht erklären, warum sie die Blutentnahme eigentlich verweigerte, zumal es hier zum täglichen Ritual zu zählen schien. Ihr Blick fiel mehr zufällig auf das Spritzenbesteck. Auch Schwester Rosalie entging nicht die Veränderung, die sich in Leas Gesicht abspielte. Die Reaktion kam prompt. Kaum erschien die Hand, die bis dahin ausschließlich in der Schürzentasche geruht hatte, erblickte Lea das kleine Messer darin, das jedoch eine beängstigend lange Klinge aufwies und kurz darauf an Leas Hals lag. Schwester Rosalies Gesicht zeigte nun eine Härte, die Lea Schweiß auf die Stirn trieb. Nachdem sie endlich wieder atmete, geschah dies jedoch sehr verhalten und langsam.

»Was ... was machen Sie ... nehmen Sie das Messer da weg. Sie tun mir weh.«

»Oh, das tut mir leid, Lea. Das tut mir unendlich leid. Es lag nicht in meiner Absicht, dir wehzutun. Obwohl ... eigentlich gefällt es mir doch, wenn ich ehrlich bin. Ich finde, dass du es auch einmal spüren solltest, wie es sich anfühlt, die Unterlegene zu sein. Immer nur andere zu quälen, kann doch irgendwann nur noch langweilig sein. Oder? Warum sagst du nichts, Lea? Angst? Hast du etwa Angst vor dem, was ich möglicherweise mit dir anstellen werde?«

Der Druck der Klinge verstärkte sich so weit, dass sogar ein kleiner Blutstropfen aus dem entstandenen Ritz hervortrat. Soweit es ging, bog Lea ihren Kopf nach hinten, bis das Kissen keine weitere Bewegung mehr zuließ. Ihre Augen waren weit aufgerissen, sodass ihre geweiteten Pupillen all das Entsetzen ausdrücken konnten, das sie in diesem Augenblick überfallen hatte. Ihre Hände umklammerten das Bettlaken, als wollte sie es herausreißen. Doch sie war zu keiner weiteren Bewegung fähig. Die Angst vor dieser sie mitleidlos anblickenden Frau war grenzenlos.

»Atme weiter, du Miststück. Du sollst mir noch einen Moment zuhören. Lange genug habe ich es zurückgehalten. Viel zu lange. So viele Jahre habt ihr dreckigen Weibsbilder die gleiche Luft wie ich und meine Familie atmen dürfen. Damit soll jetzt Schluss sein. Es gibt allerdings eines, was ich schon jetzt bedaure. Dein Tod wird viel zu schnell kommen. Du und deine verfluchten Freundinnen hätten es verdient, sehr langsam zu sterben. Qualvoll solltet ihr euer Ende finden. Doch ich bin nicht so wie ihr. Ich will nur, dass ihr endlich von dieser Erde verschwindet. Ihr habt es nicht einmal verdient, dass jemand euren Tod beweint. Wenn es nach mir ginge, würde man deinen Kadaver auf eine Müllhalde werfen, auf der du von den Raben und den Ratten zerrissen wirst.«

Bevor auch nur ein Wort durch Leas zitternden Lippen drang, legte ihr Schwester Rosalie die Hand darüber und wisperte: »Ein falscher Ton, du Miststück und ich schneide dir sofort die Kehle durch. Hast du mich verstanden? Dann wirst du an deinem Blut ersticken. Was willst du mir sagen?«

Nach einigen vergeblichen Versuchen gelang es Lea endlich, einen halbwegs vollständigen Satz herauszuwürgen.

»Warum tun Sie so was? Ich kenne Sie nicht einmal. Ich und meine Freundinnen haben Ihnen nichts getan. Sie müssen mich mit jemandem verwechseln.«

In den harten Blick Rosalies mischte sich so etwas wie Spott, fast schon Belustigung.

»Nein, du kennst mich nicht. Woher auch? Auf Menschen wie mich haben du und deine Drecksfreundinnen nur herabgesehen. Für euch waren Leute wie wir nur minderwertig, obwohl ihr selbst nur aus der Gosse stammt, mit Ausnahme eurer Anführerin. Die kam nicht aus der Gosse. Sie wurde direkt aus der Hölle auf die Erde gesandt. Und dieser Teufel wird sie auch wieder zurückbekommen. Dafür werde ich sorgen. Nur nicht an einem Stück.«

Lea meinte, ein leises Kichern tief in Rosalies Innerem verspürt zu haben. Peu à peu baute sich in Lea eine unbändige Furcht auf, da sie spürte, dass es diese Frau sehr ernst meinte mit dem, was sie sagte. Das Messer hatte währenddessen etliche kleine Schnitte an Leas Hals hinterlassen. Das Blut lief nun in kleinen Tropfen am Hals entlang und versickerte im OP-Hemd, das sie noch immer seit der Einlieferung trug. Ihre Augen weiteten sich unnatürlich, als sie beobachtete, wie Schwester Rosalies freie Hand nach der Spritze tastete, in der eine farblose Flüssigkeit aufgezogen war.

»Deinen Arm, du Miststück. Gib mir deinen Arm! Die Narben hier stammen wohl von deinem Selbsttötungsversuch. Habe ich recht? Ich finde das schon kurios, du Schlampe. Warum wolltest du eigentlich sterben? Wie ich es sehe, hattest du einen Suizid geplant, um einem schrecklicheren Tod zu entgehen. Das zeigt deine wahre Natur, deine Feigheit sehr deutlich.«

»Woher wollen Sie das wissen? Ich verstehe nicht, wieso Sie das behaupten können. Niemand kann das wissen, der nicht im Keller ... Gab es Kameras? Ist es möglich, dass Sie ...?«

»Halt die Klappe und dreh den Arm. Nichts wirst du von mir erfahren. Denk weiter darüber nach, während du schläfst.«

Wie unter einem inneren Zwang drehte Lea ihre Armbeuge nach oben und beobachtete mit angehaltenem Atem, wie die Spitze der Nadel sich in ihre Vene bohrte und diese die Flüssigkeit aufnahm. Kaum war der letzte Tropfen herausgedrückt, zog Rosalie mit einem zufriedenen Lächeln das Instrument wieder heraus und ließ alles in ihrer Schürzentasche verschwinden. Lea wartete, ohne zu atmen, auf eine Wirkung, die jedoch auf eine Weise eintrat, wie sie Lea nie vermutet hatte. Erst spürte sie die Wärme in den Füßen. Allmählich baute sich Druck auf, der sich aus den Beinen immer höher vorarbeitete, um schließlich Lea das Gefühl zu vermitteln, ihre Schädeldecke würde wegplatzen. Ihr Atem beschleunigte sich dermaßen, dass sie sich aufbäumte und nach Luft rang. Noch immer lag die Hand Rosalies auf Leas Lippen und verhinderte das Schreien. Urplötzlich fiel Leas Körper in sich zusammen, lag jetzt nur noch schlaff auf dem Laken.

Rosalie blickte zufrieden auf ihr Werk und griff nach dem feuchten Handtuch, das unberührt auf dem Tablett ruhte. Als hätte sie alle Zeit der Welt, wischte sie damit sämtliche Bereiche sauber, an denen man hätte Fingerabdrücke entnehmen können. Erst dann säuberte sie den Hals Leas und legte sie auf die Seite mit dem Gesicht zum Fenster.

»Angenehmen Aufenthalt in der Hölle, du Bestie.«

Schwester Rosalie verschwand in den Fluren ebenso unauffällig, wie sie gekommen war. Kurz vor zweiundzwanzig Uhr steckte die Nachtschwester den Kopf durch den Türschlitz und zog weiter befriedigt ihre Runde. Die Patientin lag friedlich in ihrem Bett und schien gut versorgt zu schlafen. Niemand ihrer Patienten bereitete ihr heute Nacht Sorgen. Zufrieden blätterte sie in ihrem Buch, das sie heute Nacht unbedingt zu Ende lesen musste.

26

Warum Ina Hollstein ausgerechnet diese Boutique als die einzig richtige für sich ausgewählt hatte, lag daran, dass sie ab und zu Kleidung führte, die zu ihrem hageren Leib passte. Es war kaum möglich, Klamotten in dieser Stadt zu finden, die nicht bei entsprechender Arm- oder Beinlänge um ihren Körper schlotterten die Inhaberin, Susi Meisel, hatte einen Lieferanten, der diverse Hosen und Shirts mit Überlängen und engem Schnitt besorgen konnte.

»Ich habe was am Lager zurückgelegt, Ina. Du wirst begeistert sein. Glaube mir. So was wirst du nirgendwo anders bekommen. Warte, ich hole dir die Sachen in die Garderobe.«

Susi Meisel wusste als erfahrene Boutiquebesitzerin, worauf ihre Stammkundinnen abfuhren. Nur wenige Minuten brauchte sie, um mit einigen Textilien über dem Arm wieder zu erscheinen. Begeistert griff Ina nach einer quietschgelben Jeans und hielt sie an die Hüfte, um vor dem Spiegel Maß zu nehmen.

»Geil – einfach geil. Was hast du noch für mich? Verdammt, Susi, ich wollte eigentlich nur mal guten Tag sagen. Jetzt kommst du gleich wieder mit diesen Schätzen an. Ich habe noch kein Gehalt bekommen. Das ist richtig fies von dir.«

Susi ließ ein freches Lachen hören und winkte ab.

»Mach dir darüber keinen Kopf, Ina. Die Sachen waren irre günstig im Einkauf, weil diese Größe kaum jemand tragen kann. Habe die für einen Schnäppchenpreis ergattern können, weil ich sofort an dich gedacht habe. Außerdem solltest du wissen, dass du bei mir Kredit hast. Gefallen dir die Sachen, bezahlst du sie mir, wenn das Geld auf dem Konto ist. Zieh mal an, Liebes. Ich will dich in den Plörren sehen. Ab in die Kabine. Ich kümmere mich derweil um die ältere Kundin.«

Ina Hollstein hielt Susi beide Arme hin und übernahm die Textilien mit einem verhaltenen Jauchzer. Sekunden später drangen Geräusche aus der Umkleidekabine, die hektische Betriebsamkeit verdeutlichten. Susi konnte sich ein zufriedenes Grinsen nicht verkneifen und suchte nach der Dame, die kurz nach Ina das Geschäft betreten hatte. Sie entdeckte die Frau erst, als sie den Ständer mit Herbstkleidung erreicht hatte. Vor dem Spiegel begutachtete die Dame, deren Schläfen bereits das Grau eines alternden Menschen zeigten, den Sitz einer wollenen Dreivierteljacke aus der Kollektion des vergangenen Jahres.

»Perfekt. Ich muss sagen, dass Sie wirklich ein gutes Auge für Qualität haben. Außerdem passt diese Jacke hervorragend zu Ihrem Typ. Ein elegantes Teil, das nicht zu jugendlich wirkt, aber dennoch zeigt, dass die Trägerin einen jungen und wachen Geist besitzt. Da muss auch nichts dran geändert werden. Und soll ich Ihnen was sagen? Der Preis ist unterirdisch. Im letzten Winter habe ich die Jacke noch dreißig Prozent teurer verkauft. Ein Schnäppchen, sage ich Ihnen. Finden Sie nicht?«

Noch ein letztes Mal drehte sich die Dame vor dem Spiegel und schien zu überlegen. Immer wieder strich sie über den Stoff und richtete schließlich den Blick auf Susi. Nur sehr zögernd legte sie die Jacke ab und griff nach dem Kleiderbügel.

»Ja, die Jacke ist wirklich schön. Sie haben recht. Aber ich werde da noch etwas warten müssen. Meine Rente, wissen Sie? Ich lege mir jeden Monat was zur Seite, um mir irgendwann einmal so was wie diese Jacke leisten zu können. Ich habe immer noch ein Prinzip. Ich kaufe lieber weniger, aber dann etwas Gutes. Vielleicht klappt es nächsten Monat. Aber Dankeschön für Ihr tolles Angebot.«

Susi traf mehrmals in der Woche auf Menschen, die genau so dachten wie diese ältere Dame, und wusste sofort, dass sie auch diesmal nicht über ihren Schatten springen konnte.

»Was stellen Sie sich denn so vor? Was wären Sie bereit, zu zahlen? Vielleicht finden wir ja einen guten Kompromiss.«

Die Traurigkeit im Gesicht der Kundin verschwand für einen Moment. Noch einmal zog sie die Jacke über und betrachtete sich im Spiegel. Sehr zögerlich, so als hätte sie dabei ein schlechtes Gewissen, kamen die Worte über ihre Lippen.

»Mehr als einhundert Euro kann ich mir nicht leisten. Aber es ist auch nicht so eilig. Noch ist es ja draußen erträglich von den Temperaturen.«

»Sehen Sie«, antwortete Susi erleichtert, »so weit liegen wir doch gar nicht auseinander. Es ist ein schöner Tag draußen und ich bin heute gut drauf. Wir zwei machen das Geschäft. Soll ich Ihnen die Jacke einpacken, oder behalten Sie die gleich an?«

Fast wäre Ina mit den beiden zusammengestoßen, als sie aus der Umkleidekabine stürzte und sich nach Susi umsehen wollte. Im letzten Moment konnte sie stoppen und sah sich der Kundin gegenüber.

»Oh, Verzeihung. Ich ... ich bin mal wieder zu eilig.«

»Das macht doch nichts. Ist ja nichts passiert.« Die Kundin trat einen Schritt zurück und besah sich Ina von Kopf bis Fuß. »Das steht Ihnen aber ausgezeichnet. In Ihrem Alter hätte ich so was auch gerne getragen. Hübsch, sehr hübsch. Ja, diese Zeiten sind längst vorbei. In meinem Alter trägt man alles ein wenig dezenter.«

Susi mischte sich ins Gespräch und trat zwei Schritte zurück.

»Die Dame hat recht, Ina. Das steht dir wirklich sehr gut. Ich bin gleich wieder bei dir, sobald ich die Kundin ...«

»Das eilt nicht. Machen Sie ruhig weiter. Was ich aber fragen wollte. Ich höre gerade, dass man Sie Ina nennt. Ihr Gesicht kommt mir irgendwie bekannt vor. Könnte es sein, dass Sie Ina Hollstein sind? Sie müssen meine Neugierde entschuldigen, aber ich meine, Sie schon einmal gesehen zu haben. Könnte es sein, dass ich Sie von der Scholl-Schule her kenne? Für einige Monate habe ich dort Vertretung gemacht. Müsste so um die zwanzig Jahre her sein.«

»Aber sicher. Das könnte schon sein. Dann müssten Sie doch auch Frau Röchel und Frau Haase kennen. Das waren zwei meiner Lehrerinnen. Das ist ja eine Überraschung. Wie ist denn Ihr Name?«

Als hätte die Kundin die Frage nicht verstanden, hakte sie sich bei Ina ein und strich ihr über den Rücken.

»Da sieht man mal, wie klein diese Welt doch in Wirklichkeit ist. Man sieht sich so viele Jahre nicht und trifft sich hier beim Klamottenkauf. Toll.«

»Wissen Sie was?«, bemerkte Ina gerührt, »ich lasse jetzt meine Sachen von Frau Meisel einpacken und dann gehen wir zwei einen Kaffee trinken. Ich lade Sie ein. Oder nein. Ich weiß was Besseres. Wir gehen zu mir nach Hause und lassen uns ein Stück Kuchen dazu schmecken. Was halten Sie davon? Ist auch nicht weit.«

Erfreut reagierte Ina, als die Kundin nach kurzer Überlegung nickte.

»Ich muss aber in zwei Stunden wieder zurück sein. Meine bettlägerige Schwester wartet auf mich. Die muss pünktlich versorgt werden. Dann lassen Sie uns gehen. Ich freue mich so über das Wiedersehen.«

Ina kam mit dem Tablett aus der Küche zurück, auf dem sie den zuvor gekauften Streuselkuchen und die Kaffeetassen gestellt hatte. Sie traf die ehemalige Lehrerin vor dem Wohnzimmerschrank an. Mit ausdrucksloser Miene betrachtete sie einige Bilder, die gerahmt hinter einer Glasscheibe standen.

»Haben Sie noch mehr bekannte Gesichter entdeckt? Auf dem Foto ganz links ist unsere Clique zu sehen. Das war schon ein wilder Haufen, kann ich Ihnen sagen. Ja, auf manche Streiche, die wir ausgeheckt haben, bin ich nicht stolz. Aber, na ja, wir waren jung und haben Fehler gemacht. Die macht doch jeder in dem Alter.«

Ina fiel gar nicht auf, wie sich die Gesichtszüge der Besucherin verhärteten, während sie selbst den Tisch deckte. Erst als sie die Bemerkung in ihrem Rücken vernahm, stutzte sie und drehte sich verwundert um.

»Ja, die Clique kenne ich. Die kenne ich sogar sehr gut. Ich sehe dort Sie, Miriam, Lea und vor allen Dingen diese Emilia. War das nicht dieses Flittchen, dessen Vater ein bekannter Rechtsanwalt ist? Ich hörte davon, dass sie morgens mit einem Porsche zur Schule gefahren wurde. Seid ihr immer noch befreundet?«

Ina verdrängte ein anfänglich aufkeimendes ungutes Gefühl und stellte etwas klar.

»Nein, definitiv nein. Wir haben uns irgendwann völlig aus den Augen verloren. Ich muss auch gestehen, dass ich auf eine weiterführende Freundschaft nicht besonders scharf wäre. Übrigens darf ich aus heutiger Sicht sagen, dass es sich damals nicht um eine wirkliche Freundschaft handelte. Wir waren allesamt egoistische Mädchen, die ich heute verachten würde. Ich finde es erstaunlich, dass Sie sich so gut an die Namen erinnern können. Wir haben uns schon seit vielen Jahren nicht mehr gesehen. Kommen Sie, der Kaffee wird kalt.«

Als die Besucherin saß und die Kaffeetasse unberührt ließ, überfiel Ina ohne erklärbaren Grund eine innere Unruhe. Die forschenden Blicke der Frau machten sie nervös.

»Seit Jahren, sagen Sie? Was war das denn vor drei Wochen, als Sie gemeinsam mit den anderen die Geschehnisse von damals aufarbeiteten? Zählt das nicht für Sie? Ich kann mir gut vorstellen, dass Sie das gerne verdrängen möchten. Aber es ist Realität.«

»Was ... woher wissen Sie davon? Das kann niemand außer den Betroffenen wissen. Wer sind Sie?«

Mit einem Satz sprang Ina auf und wollte um den Tisch herum auf die Besucherin zugehen. Die harte, jetzt völlig veränderte Stimme der Frau stoppte sie.

»Setz dich, du verlogenes Drecksweib. Schwing deinen dürren Hintern sofort wieder in den Sessel. Ich möchte mit dir reden.«

Als würde eine fremde Macht über sie herrschen, trat Ina langsam zurück und sank im Zeitlupentempo in den Sessel. Ungläubig starrte sie in Augen, die voller Hass auf sie gerichtet waren.

»Hast du wirklich daran geglaubt, dass Leons Worte nur leeres Geschwätz waren? Er deutete an, dass es noch nicht zu Ende ist. Ich habe jedes Wort aus euren verlogenen Hälsen mitangehört, habe sogar in eure Gesichter gesehen, als ihr verzweifelt nach einer Möglichkeit gesucht habt, eure Schuld auf andere abzuwälzen. Ja, ich weiß, dass Emilia als eure Anführerin die Hauptschuld trifft. Doch mindestens ebenso verwerflich ist für mich der Versuch, alle Schuld von sich und auf jemand anderen zu verweisen. Ich hasse solche charakterlosen Mitläufer wie dich, denn solche Menschen sind unzuverlässig und lassen das vermissen, was ich als Selbstachtung bezeichne. Ihr seid menschlicher Abfall ohne jeden Charakter und werdet immer unter den Verlierern bleiben. Apropos Verlierer ...«

Ina konnte einfach nicht fassen, dass eine derart gutmütig wirkende Frau sich in kürzester Zeit zum Racheengel wandeln konnte. Ihr fehlte jegliche Vorstellungskraft, wie sich derart angestauter Hass und Abneigung mit einem Mal zu entladen vermochte. Vor ihr saß jetzt eine Frau, die aus ihrer Ablehnung kein Geheimnis mehr machte. Als die Besucherin ihre Hände zu Fäusten ballte, baute sich unbändige Angst in Ina auf, die sie nicht mehr beherrschen konnte. Ihr fielen die drohenden Bemerkungen von Leon wieder ein, die sie zwischenzeitlich als Nonsens abgetan hatte. Ohne dass sie es kontrollieren konnte, wurde ihr gesamter Körper von einem Zittern erfasst, das sie zwar tief im Inneren verfluchte, aber nicht beenden konnte. Ihre Blase drohte sich zu entleeren.

War das der Augenblick, von dem Leon sprach? Wird mich diese Frau heute zur Rechenschaft ziehen für etwas, das ich nicht verhindern konnte. Habe ich mir den Tod unwissentlich selbst ins Haus geholt? Ich muss einen Ausweg finden.

Bevor sie selbst tätig werden konnte, wurde ihr Blick von der Waffe angezogen, die ihre Besucherin aus der mitgeführten Handtasche gezogen hatte. Der bedrohlich wirkende Lauf der Pistole richtete sich auf Inas Bauch, den sie instinktiv einzog. Das Beben im Inneren verstärkte sich und verhinderte jeden klaren Gedanken.

»Hast du Angst? Du kannst es nicht leugnen. Das solltest du auch nicht, denn es ist keine Schande. Sie schützt dich davor, Dinge zu tun, die gefährlich sind. Oft genug hast du sie bei anderen Kindern genossen, sie durch Drohungen verstärkt. Jetzt spürst du sie einmal selbst am eigenen Leib. Ich garantiere dir, dass ich mich in diesem Punkt viel besser auskenne, als du es dir jemals vorstellen könntest. Ich genieße sie sogar bei Menschen wie dir. Wir zwei werden bestimmt viel Spaß miteinander haben.«

»Warum ... was habe ich Ihnen denn getan? Ich kenne Sie nicht einmal. Sie sind auch keine Lehrerin. Das haben Sie erfunden, damit ich Ihnen vertraue. Wer also sind Sie?«

Schweiß bildete sich auf Inas Haut, als sie beobachtete, wie ihre Gegnerin zwei Kabelbinder aus der Tasche zog und sich damit näherte. Die kleine Pistole war unablässig auf Inas Bauch gerichtet.

»Deine Hände – zeige sie mir. Ich werde dich fesseln müssen, damit du mir auch zuhörst. Ich möchte sichergehen, dass du mich nicht durch dumme Aktionen störst. Und dann die Füße. Streck sie vor. Ich lege jetzt die Waffe beiseite und warne dich davor, Dummheiten zu machen. Es könnte deine Letzte sein.«

Wenige Minuten später saß Ina an Händen und Füßen gefesselt auf ihrem Sessel und weinte bitterlich. Die Tränendrüsen öffneten sich, als hätten sie nur darauf gewartet, sich endlich leeren zu dürfen. Das anfängliche Zittern hatte sich in ein unkontrolliertes Beben verwandelt, das die Besucherin zu genießen schien. Mit breitem Grinsen hatte sie sich wieder auf der Couch niedergelassen und steckte die Gabel in den Streuselkuchen, während der Urinflecken sich unter Ina immer weiter durch den Stoff zog. Ein genießerisch klingendes Grunzen sollte andeuten, dass es dem Gast schmeckte. Ein Schluck vom mittlerweile erkalteten Kaffee beendete diese Aktion, der Ina mit tränengefüllten Augen verständnislos folgte.

Was geschieht hier? Wird sie mich für etwas töten, was ich nicht einmal bewusst getan habe? Es muss einen Ausweg geben. Wenn sie es wirklich tut, lieber Gott, lass es schnell vorbei sein. Die Frau ist wahnsinnig.

»Worüber denkst du nach, Ina? Glaubst du wirklich, dass dir dein verdammter Gott jetzt helfen wird? Glaubst du das wirklich? Er hätte lieber die Menschen vor dir schützen sollen. Erst dann würden wir über einen gerechten Gott sprechen. Schon damals hat er versagt, als eure Opfer um Gnade winselten. Nein, von ihm kannst du keine Rettung erwarten. Nichts wird dich vor meiner Rache schützen. Du hast Schuld auf dich geladen. Und Schuld, das sagt sogar er, muss irgendwann beglichen werden. Der Augenblick ist gekommen, so wie auch meiner irgendwann kommen wird. Doch bis dahin muss ich noch einiges erledigen.«

»Sie können doch nicht ...«, begann Ina, wurde jedoch sofort unterbrochen.

»Halt dein Maul. Und jetzt erzähle mir von deinen Sünden. Erzähl mir von eurem Hausmeister, berichte mir davon, was ihr danach mit Ellen Makard angestellt habt. Ich bin so neugierig und möchte wissen, was in jemandem vorgeht, der auf dem Gebiet noch Anfänger ist. Hat es dich angefixt? Fandest du das sexuell erregend? Quatsch dich ruhig aus. Ich habe Zeit.«

Obwohl es Ina versuchte, kam kein Wort über ihre Lippen. Die Angst schnürte ihr förmlich die Kehle zu. Das Grinsen im Gesicht der Frau fror ein, als sie nach Minuten des Schweigens aufsprang.

»Du willst nicht mit mir reden? Bin ich dir nicht gut genug? Nun gut. Dann soll es eben sein. Hier endet dein unnützes Leben. Ich werde andere Menschen davor bewahren, mit dir in Berührung zu kommen. Ein Leben in Schande ist für keinen von Nutzen. Dein Tod wird nur einen kleinen Teil deiner Schuld tilgen können. Eigentlich hast du es nicht verdient, aber ich schenke dir einen schnellen Tod.«

Ina war nach dieser Rede keines Gedankens und keiner Bewegung mehr fähig. Als hätte man sie unter Strom gesetzt, saß sie erstarrt, lediglich leicht zitternd in ihrem Sessel und verfolgte mit geweiteten Augen, wie der Gast nach einem Sofakissen griff und es ihr in den Nacken legte. Der Schuss war kaum zu hören. In Inas Gesicht zeichnete sich Unglauben ab, bevor das Geschoss aus ihrem Hals austrat. In aller Seelenruhe suchte die Besucherin nach der leeren Patronenhülse und dem Geschoss. Beides steckte sie in die Tasche, bevor sie die Wohnung verließ. Auch hier vergaß sie nicht, alle Gegenstände abzuwischen, mit denen sie in Berührung gekommen war.

27

»Ich soll Sie an den Termin mit Ihrer Tochter erinnern, Herr Krafzik. Ich habe das Geschenk für Emilia besorgt und schön verpacken lassen. Das macht sich bestimmt gut auf dem Beifahrersitz des neuen Mini Coopers. Ich habe ein leicht blumiges Parfum gewählt. Das liebt sie doch so.«

Frau Wiesner hatte vorsichtig den Kopf in den Raum gesteckt, der momentan für eine Besprechung der Rechtsanwälte genutzt wurde. Der Chef hob dankend die Hand und wandte sich an seine Kollegen.

»Das, meine Herren, darf ich nicht verschludern. Sie wissen alle sehr gut, wie das für mich enden könnte, sollte ich zu spät zu Emilias Geburtstagsfeier erscheinen. Bin nur froh, dass das kein Grund zur Klageerhebung ist.«

Allgemeines Gelächter zeigte Krafzik, dass jeder den Witz verstanden hatte oder zumindest aus lauter Höflichkeit mitlachte.

»Wir machen morgen Nachmittag weiter. Am Vormittag, so denke ich, sind wir fast alle mit Verhandlungen ausgelastet. Ich hoffe nur, dass der Autohändler das hinbekommen hat mit der Schleife um den Mini Cooper. Den wird sie erst entdecken, wenn ich sie ums Haus führe. Also, dann werde ich mich mal auf den Weg machen. Bis morgen in alter Frische.«

Ulf Krafzik stützte seine Hände auf die Schreibtischkante seiner Sekretärin und klärte sie auf.

»Emilia wird das Parfum nicht auf dem Sitz vorfinden, Frau Wiesner. Das überreiche ich ihr vor den Augen der Gäste. Sie wird bestimmt staunen über die kleine Aufmerksamkeit und sich höflich, aber etwas enttäuscht dafür bedanken. Auf ihr Gesicht bin ich gespannt, wenn ich dann sie nach draußen führe und ihr den neuen Wagen zeige.«

»Sie können aber manchmal auch sehr gemein sein, Herr Krafzik. Hoffentlich geht das gut und sie kratzt Ihnen nicht die Augen aus.«

Den warnenden Zeigefinger schlug Krafzik lachend mit einem leichten Klaps zur Seite.

»Ein Grund, warum ich Rechtsanwalt wurde. Da darf man sich nicht bei einer Gefühlsduselei erwischen lassen. Es ist ein knallhartes Geschäft mit der Gerechtigkeit. Rufen Sie bitte bei meine Frau an und sagen Sie ihr, dass ich auf dem Weg bin. Kein Wort von der Überraschung. Auch sie weiß nichts davon. Wer nichts weiß, kann auch nichts verraten.«

Kaum hatte er die Anweisung gegeben, war er auch schon durch die Tür verschwunden.

Schon als Ulf Krafzik die Auffahrt zur Villa erreichte, schlug ihm Musik entgegen, die ihm als Klassikliebhaber immer wieder körperliche Schmerzen bereitete. Für ihn handelte es sich dabei lediglich um Geräusche. Emilia lud sehr zu seinem Leidwesen Besucher ein, die seine Toleranzgrenze erheblich überstrapazierten. Früher hatte man sogar versucht, in seinem Haus öffentlich Kokain zu konsumieren. Diese Feier hatte er schnell beendet. Seitdem waren die Gäste vorsichtiger geworden und zogen sich die Drogen nur in seiner Abwesenheit oder auf der Toilette rein. Emilia hatte ihm damals versichert, dass sie den Stoff auf keinen Fall nehmen würde. Ihre veränderten Pupillen straften sie sofort

Lügen. Zu oft hatte er beruflich mit den Abhängigen zu tun, als dass er den Konsum nicht auf Anhieb erkennen würde.

Niemand vernahm den Seufzer, als er das liebevoll eingepackte Päckchen vom Beifahrersitz nahm und zum Portal lief, vor dem er ein letztes Mal verharrte und die Schultern straffte.

Dann muss es wohl sein. Irgendwann werden sich die Idioten wieder verziehen und ich habe meine Familie für mich. Upps, fast hätte ich vergessen, nach dem Geschenk zu sehen.

Fast hatte er schon die schwere Tür geöffnet, als er sich auf den Weg machte, um nach dem Mini Cooper zu sehen. Die breite Garagenwand verdeckte den schmalen Weg daneben so gut, dass niemand, der nicht sowieso in den Garten hinter dem Haus musste, den schicken Wagen sehen konnte. Krafzik fuhr erschrocken zurück, als er fast zärtlich über die Motorhaube strich und sich plötzlich der Frau gegenübersah, die am Heck aufgetaucht war.

»Was machen Sie da? Wer sind Sie? Sie gehören doch nicht zu Emilias Gästen.«

Ulf Krafzik konnte die Dame, die sich rauchend gegen den hinteren Kotflügel gelehnt hatte, nicht der üblichen Gruppe der Gäste zuordnen. Dafür war sie zu konservativ gekleidet und passte vom Alter her nicht ins Bild. Das beginnende Grau an den Schläfen und die Falten neben Augen und Mund zeigten deutlich, dass sie die sechzig bereits überschritten und ein bewegtes Leben hinter sich gebracht hatte. Die erstaunlich moderne, fast flippige Kleidung stand dagegen im krassen Kontrast zu ihrer sonstigen Erscheinung.

»Oh nein, Herr Krafzik, das wäre auch zu viel der Ehre. Ich hatte lediglich davon gehört, dass eine ehemalige Schülerin der Scholl-Schule heute etwas zu feiern hat. Zufällig hatte ich eine von Emilias Mitschülerinnen getroffen, die mich darauf hinwies. Eingeladen wurde allerdings auch sie nicht. Doch egal. Ich wollte nur mal sehen, wie Emilia wohnt und was möglicherweise aus ihr geworden ist. Ich denke, dass Sie ihr ein wenig den Weg bereiten konnten.«

»Waren Sie eine ihrer Lehrerinnen, oder woher kennen Sie meine Tochter?«

»Nur ganz flüchtig, Herr Krafzik. Zwei Monate Vertretung für eine erkrankte Kollegin waren einfach zu kurz, um in der Erinnerung der Schülerinnen bleiben zu können. Doch ich habe nichts vergessen. Mein Namensgedächtnis ist außergewöhnlich gut. Deshalb kann ich mich auch noch sehr gut daran erinnern, dass vermutlich Ihre Gattin es war, die Emilia immer mit einem Porsche zur Schule brachte. Das sorgte schon für Aufregung und Neid. Das werden Sie sicherlich verstehen?«

Noch immer hielt Ulf Krafzik das Geschenk in seiner Hand, fand trotzdem immer mehr Interesse daran, diese Frau vor sich auszuquetschen.

»Nein, gute Frau, das verstehe ich nicht. Das Leben und unterschiedliches Wissen sorgen dafür, dass es gesellschaftliche Unterschiede gibt – ja sogar geben muss. Neid wird es gegenüber den Privilegierten immer geben. Hören Sie. Damit leben wir schon lange und soll ich Ihnen was sagen? Es interessiert mich nicht. Soll ich mir auch noch darüber Gedanken machen, was das Volk über mich und meine Familie denkt? Ich habe genug damit zu tun, meine Stellung in der Gesellschaft zu festigen, denn kaum jemand kann sich vorstellen, welcher Kampf dort tobt.«

»Oh, Sie Armer«, bemerkte die Frau, die Ulf Krafzik bis dahin kommentarlos gefolgt war. »Sie betteln ja förmlich um mein Mitleid. Dann will ich es Ihnen auch nicht versagen.

Nachdem ich nun hörte, wie kompliziert sich Ihr Leben gestaltet, danke ich Gott, dass er mich nicht mit so viel Geisteskraft und Durchhaltevermögen ausgestattet hat. Ich kämpfe weiter in der Holzklasse und fahre Fahrrad. Es bestätigt sich wieder einmal eindrucksvoll, dass Reichtum und eine prominente Stellung in der Gesellschaft nichts Erstrebenswertes sind. Sie besitzen mein tiefstes Bedauern, Herr Rechtsanwalt.«

Obwohl er sich das nicht eingestehen wollte, gefiel Krafzik diese Diskussion, da er wieder einmal die Gelegenheit bekam, seine gesellschaftliche Stellung und die damit verbundenen Pflichten und Nachteile herauszustellen. Die völlig unbeeindruckt erscheinende Frau nahm ihm jedoch einen großen Teil seiner geglaubten Überlegenheit. Sie schien solche Darstellungen kaum zu interessieren und winkte ab.

»Tun Sie mir bitte einen Gefallen und verschonen Sie mich mit Ihren Beteuerungen. Sie können sich dessen sicher sein, dass ich mich im Sumpf Ihrer elitären Welt bei Gott nicht aufhalten möchte. Doch ich habe das Gespräch mit Ihnen trotzdem sehr genossen. Bestellen Sie Ihrer Tochter ruhig alles Gute – selbst wenn es von jemandem kommt, an die sie sich nicht erinnern wird. Ich bin froh darüber, dass ich Sie einmal kennenlernen durfte. Alles Gute noch.«

Ulf Krafzik wusste nicht, ob er sich darüber freuen sollte, dass diese Begegnung hier endete oder ob ihn diese Frau um eine Möglichkeit gebracht hatte, seine absolute Überlegenheit herausstellen zu können. Spontan hielt er sie zurück.

»Sie haben mir Ihren Namen noch nicht verraten. Von wem darf ich Emilia grüßen? Sie wird es wissen wollen.«

»Sagen Sie ihr nur, dass Frau Cruciatus da war. Es wird ihr erst einmal nichts sagen, doch geben Sie ihr Zeit. Irgendwann wird es ihr einfallen.«

Die Lehrerin entfernte sich durch das metallene Einfahrtstor, ohne sich ein weiteres Mal umgesehen zu haben. Nachdenklich wandte sich Krafzik der Treppe zum Eingang zu und staunte nicht schlecht, als ihm Monika öffnete, bevor er den Schlüssel ins Schloss stecken konnte.

»Wer war diese Frau da draußen? Ich beobachte euch schon, seit du aus dem Wagen gestiegen bist. Die Gäste und vor allem Emilia warten auf den Herrn des Hauses, aber der hat nichts Besseres zu tun, als sich abseits des Hauses mit einer fremden Person zu befassen. Oder war sie gar nicht so fremd, Ulf? Und wem gehört das Auto im Garten?«

»Rede jetzt keinen Unsinn, Monika. Die Person habe ich heute zum ersten Mal gesehen. Sie behauptet, eine ehemalige Lehrerin von Emilia gewesen zu sein. Und was das Auto betrifft – es soll für Emilia als Überraschung dienen.«

»Soso, das ist aber eine großzügige Überraschung, von der mir der Herr des Hauses bisher nichts verraten hat. Doch ich kenne das nicht anders, als dass ich ständig ignoriert werde. Warum hast du die Dame nicht hereingebeten? Und was sucht die unangekündigt auf unserem Grundstück?«

Ulf Krafzik drängte sich an seiner Frau Monika vorbei und winkte energisch ab.

»Das ist doch völlig unwichtig. Die Frau ist gegangen und damit lassen wir es gut sein. Mir liegt mehr am Herzen, wo Emilia bleibt. Hat sie noch nicht mitbekommen, dass ich da bin? Würde sich die junge Dame auch mal bemühen und den Vater begrüßen, der ihr was zum Geburtstag übergeben möchte? Du hast Emilia doch wohl nicht sofort auf das Auto aufmerksam gemacht, oder doch?«

»Natürlich habe ich Emilia nichts gesagt. Woher sollte ich auch wissen, dass es ihr Geschenk sein soll. Und sie hat sich bisher in Geduld geübt, so wie ich es tat, als du mir zum letzten Geburtstag diesen glamourösen Schal von Gucci geschenkt hast, nachdem du den eigentlichen Geburtstag ja vergessen hattest. Aber was soll`s? Ich habe mich schon seit vielen Jahren daran gewöhnt, dass ich in einer niedrigen Liga bei dir spiele. Emilia, immer nur Emilia – man könnte auf die eigene Tochter eifersüchtig werden.«

»Und? Bist du eifersüchtig?«

»Selbstverständlich nicht. Doch bevor das hier in ein Verhör ausartet, verschwinde nach hinten auf die Terrasse. Die Gäste warten schon auf den gefürchteten Helden der Gerichtssäle, den Retter der Verfluchten.«

Kopfschüttelnd entfernte sich Krafzik und ließ seine schlechtgelaunte Ehefrau einfach an der Tür stehen. Emilia stürmte auf ihn zu, als Ulf Krafzik die Terrassentür aufschob. Wie ein Orkan schlug ihm der aktuelle Song von Metallica entgegen. Kurz nachdem Emilia ihm um den Hals gefallen war, drehte sie sich um und winkte dem DJ zu, er möge die Musik runterfahren. Augenblicklich entstand absolute Ruhe. Irgendjemand in der Runde begann damit, eine Rede zu fordern, was schließlich im Chor gerufen wurde: »Eine Rede, eine Rede!«

»Ja, Papa, sage etwas zu unseren Gästen. Du kannst das so gut. Bitte.«

Emilia wusste, wie sie ihren Vater zu etwas bewegen konnte, das er zuvor gar nicht beabsichtigt hatte. Sie packte ihn bei seiner Eitelkeit. Mit ausdrucksloser Miene und schweigend bemerkte Emilia ihre Mutter im Hintergrund. Sie spürte auf Anhieb, dass es einmal mehr zwischen ihren Eltern zu einer Meinungsverschiedenheit gekommen sein musste. Schnell hatte sie sich wieder gefasst und zerrte ihren Vater zum Mikrofon.

»Ich bin gar nicht darauf vorbereitet. Doch will ich es zumindest mit wenigen Worten versuchen. Es wäre verlogen, wenn ich an dieser Stelle behaupten würde, dass dieses Mädel hier für mich das Größte auf der Welt wäre.«

Er blickte in erstaunte Gesichter und beeilte sich, den Witz dahinter zu erklären.

»Nein, sie ist das Allergrößte. Mittlerweile ist aus diesem zarten Täubchen ein stolzer Adler geworden, der majestätisch durch die Wolken schwebt und den Himmel für sich erobert hat. Ich bin so unendlich stolz auf das, was sie erreicht hat und noch versucht, zu erobern. Wir, das heißt meine Frau und ich, werden ihr immer dabei helfen, egal, wie schwer der Weg auch sein wird. Steine, die im Weg liegen, werden wir gemeinsam wegräumen, auch dem Gegenwind werden wir zu begegnen verstehen. Lasst uns auf diese Frau anstoßen, und das Glas erheben. Sie soll hochleben.«

Krafzik hatte sein Sektglas erhoben und suchte nach Monika. Dort, wo sie noch Sekunden zuvor gestanden hatte, hatten sich andere Gäste geschoben. Er wusste, dass ihm noch eine schwierige Diskussion bevorstehen würde. Trotzdem legte er die Hand um Emilias Hüfte und zog sie näher zu sich.

»Du wirst dir vorstellen können, dass dein Vater nicht mit leeren Händen zu deinem Geburtstag erscheinen wird. Es ist etwas ganz Besonderes, was ich mir für meine Kleine ausgedacht habe. Hier, von deinen Eltern in aller Liebe.«

Wieder trat atemlose Stille ein, als Emilia ihren Freudensprung hinter sich gebracht hatte und eilig das kleine Päckchen aufriss. Nur Bruchteile von Sekunden dauerte es an, dass sämtliche Freude in ihrem Gesicht wie ausgelöscht war. Das eher gequält wirkende Lachen war nur ein schwacher

Ersatz für das, was sie hätte zeigen können, wäre die Enttäuschung über das Parfum nicht so immens gewesen. Entsprechend lahm fiel ihre Umarmung des Vaters aus. Die Worte des Dankes zischte sie in sein Ohr.

»Danke Papa. Darf ich meinen Freunden nun zeigen, was du mir in deiner grandiosen Großzügigkeit geschenkt hast? Sie werden vor Neid erblassen.«

In diesem Moment war sich Krafzik nicht mehr sicher, ob es richtig war, die wirkliche Überraschung zurückgehalten zu haben. Er schob Emilia zurück und wandte sich wieder an die Gäste, die unschlüssig die Gläser in den Händen hielten und nicht wussten, was sie jetzt in dieser peinlichen Situation tun sollten.

»Natürlich sieht ein jeder von euch meiner Kleinen die Enttäuschung an. Ich muss erklären, dass es nur ein dummer Scherz von mir war, das Parfum zuerst zu überreichen. Ich möchte dich, Emilia und alle Gäste bitten mir zu folgen. Lasst uns sehen, was auf mein Kind wartet. Ich bin sehr gespannt, wie dir mein Geschenk gefallen wird. Lasst uns also gehen.«

Wilde Spekulationen wurden über die mögliche Überraschung hinter den beiden Vorausgehenden ausgetauscht. Das Gejohle war ohrenbetäubend, als jeder den wunderschönen knallroten Mini Cooper bestaunen durfte. Noch bevor Emilia das Auto überhaupt angefasst oder genau besehen hatte, flog sie erneut um den Hals ihres Vaters.

»Danke, danke, Papa. Das mit vorhin musst du entschuldigen. Aber ich war ehrlich enttäuscht über dein Geschenk, obwohl das Parfum sicher sündhaft teuer war. Ich bin so unendlich glücklich und freue mich so über den Wagen. Er ist wunderschön. Hast du den Schlüssel? Gib ihn mir. Ich will einmal ums Haus fahren. Bitte, Papa, fahr mit. Es dauert nur ein paar Minuten.«

»Der Schlüssel steckt, mein Täubchen. Steig nur ein. Ich begleite dich natürlich.«

Wie ein pubertierender Teenie stürmte Emilia zum Fahrzeug, riss die Tür auf, ließ sich auf den Fahrersitz fallen. Ihr Lachen versiegte augenblicklich, als sie den Blick auf die Windschutzscheibe gleiten ließ. Die dort mit roter Farbe aufgetragenen Worte ließen sie erstarren. Ihr Körper begann augenblicklich zu beben. Durch die Scheibe erkannte sie ihren Vater, der nun vor dem Auto stand und endlich entziffert hatte, was in Spiegelschrift gemalt worden war. Michael, der Schwiegersohn in spe, der auf der anderen Seite stand, stammelte nur die Worte: »Das ist ja Blut, frisches Blut.«

DU BIST TOT – DU WEISST ES NUR NOCH NICHT.

28

»Ja, ich sagte sofort, Kolmar, ich will Sie in wenigen Minuten in meinem Haus sehen. Schaffen Sie das nicht, werden Sie mich kennenlernen. Ich warte.«

Ulf Krafzik knallte den Hörer in die Schale und griff nach seinem Whiskey. In einem Zug schluckte er das starke Getränk hinunter und starrte mit eiskalter Miene auf das mächtige Bücherregal. Noch immer versuchte er, sich das Gesicht dieser mysteriösen Frau in Erinnerung zu rufen. Es gelang ihm erstaunlicherweise nur mäßig, obwohl er sich einbildete, ein sehr gutes Personengedächtnis zu besitzen. Stets verschwammen die Gesichtszüge der Person bis zur Unkenntlichkeit. Trotzdem wollte er diesen Terrier Kolmar auf dieses Phantom ansetzen. Er musste sie finden und zur Rede stellen. Kaum hatte er den Gedanken zu Ende gedacht, läutete es an der Eingangstür. Michael, der als Einziger noch von den Gästen geblieben war, eilte durch die Diele, um dem Besucher zu öffnen. Grußlos schritt Kolmar mit ausdrucksloser Miene an ihm vorbei und blieb erst vor der übergroßen Clubgarnitur stehen, aus der ihm Ulf Krafzik und seine Tochter entgegenblickten. Monika Krafzik hatte sich in ihr Zimmer zurückgezogen, und das mit einer aufziehenden Migräne entschuldigt.

»Was ist so eilig, dass Sie mich von meiner Familie wegholen, die ich sowieso viel zu selten sehe? Machen Sie schnell, denn ich will wieder zurück.«

Unaufgefordert ließ er sich gegenüber vom Hausherrn in die Polster fallen.

»Haben Sie das da draußen gesehen? Ich habe den Wagen vor das Haus fahren lassen, damit Sie es sofort sehen können. Michael, stell das verdammte Auto jetzt in die Garage. Ich will es vorerst nicht wieder ansehen müssen. Was halten Sie davon, Kolmar?«

»Moment, Moment – bisher habe ich nur eine blutige Nachricht zu Gesicht bekommen. Die Geschichte dahinter würde mich interessieren. Wie soll ich mir einen Reim darauf machen können, wenn ich nur einen Spruch auf der Windschutzscheibe lesen darf, der wie aus einem schlechten B-Movie wirkt. Es kann auch ein Jungenstreich sein. Lassen Sie es also raus, auch wenn es die arme Seele schmerzt.«

Emilia wechselte mit ihrem Vater einen vielsagenden Blick, woraufhin sie zögernd nickte. Michael betrat in diesem Augenblick wieder das Haus und wurde von der Aufforderung schockiert, er möge doch bitte nach Hause fahren. Alles würde im engsten Familienkreis geklärt. Eine klare Botschaft für ihn, welchen Stellenwert er bei Krafzik besaß. Wortlos nahm er den Mantel vom Haken und zog auffallend laut die Tür hinter sich ins Schloss. Kolmar konnte nichts mehr in dieser Familie überraschen. Dafür hatte er zu viel für sie erledigen müssen. Sein Blick ruhte auf Krafzik, der einen inneren Kampf mit sich ausfocht.

»Was ich Ihnen nun erzähle, wird niemals diesen Raum verlassen. Haben wir uns verstanden, Kolmar? Niemals.«

»Klar, Herr Krafzik. Ich schweige wie ein Grab. Legen Sie los. Ich habe nicht unendlich Zeit.«

Mit wachsendem Interesse folgte er dann den Erzählungen des Rechtsanwaltes, der ihm die Geschehnisse aus Emilias Schulzeit, aber auch die aus dem Keller dieser

Industriebrache schilderte. Der Abend entwickelte sich auch für ihn höchst interessant. Endlich hatte er die wunde Stelle im Leben des arroganten Rechtsanwaltes gefunden. Die Machenschaften seiner verwöhnten Tochter schlugen tiefsitzende Narben bei ihm und machten ihn verletzbar.

»Warum grinsen Sie so unverschämt, Kolmar? Was zum Teufel fanden Sie amüsant an dem Ganzen? Ein Wort davon an die Öffentlichkeit und Sie werden mich kennenlernen.«

»Jetzt bleiben Sie mal schön auf dem Teppich, Herr Krafzik. Ihre Drohungen beeindrucken mich überhaupt nicht. Lassen Sie das also. Es hört sich für mich so an, als fürchten Sie, dass dieser Leon, wie er sich nannte, das Versprechen nun wahrmachen wird.«

»Nein, Kolmar«, mischte sich nun Emilia ein, »nicht dieser Leon. Sie haben nicht richtig zugehört. Leon verabschiedete sich nur mit der Bemerkung, dass irgendjemand zu bewerten hat, was mit uns allen geschehen soll. So wird ein Schuh draus. Nicht er wird sich rächen wollen, sondern eine noch unbekannte Person. Und genau die sollen Sie finden. Haben wir uns nun verstanden?«

Kolmar beugte seinen mächtigen Körper nach vorne und legte endlich seinen Hut neben sich, den er bisher wie Humphrey Bogart getragen hatte.

»Ihre Belehrungen benötige ich nicht, Frau Krafzik. Es reicht mir, wenn mich Ihr Vater wie Dreck behandelt. Der übliche Preis für meine Ermittlungsarbeit hat sich in diesem Augenblick verdoppelt. Wenn Ihnen das nicht gefällt, bleibt immer noch die Möglichkeit, die Polizei damit zu beauftragen, den Schmierfink zu finden. Können wir nun endlich wieder zum Thema zurückfinden? Ich habe herausgehört, dass sich heute eine Frau auf dem Gelände aufhielt. Wer war das und was wollte sie von Ihnen?«

Kurz bevor Emilia aufbegehren wollte, hob ihr Vater die Hand und gebot ihr zu schweigen.

»Das könnte nur ich Ihnen beantworten, Kolmar. Doch es fällt mir momentan schwer, mir das Gesicht vorzustellen, obwohl ich etliche Worte mit ihr wechselte. Ich schätze sie auf Ende fünfzig, Anfang sechzig. Sie trug langes, teilweise ergrautes Haar. Sie behauptete, eine Aushilfslehrerin an der Scholl-Schule gewesen zu sein, während der Zeit, als Emilia dort lernte. Da muss doch ein Name herauszufinden sein. Aber warten Sie mal ... sie hat sich mir sogar vorgestellt.«

Verzweifelt rieb er sich mit der flachen Hand über das Gesicht und schien zu überlegen.

»Ich habe es wieder. Sie nannte sich Frau Cruciatus. Den konnte ich mir merken, da er so verrückt klang.«

»So verrückt mag der gar nicht sein. Nur glaube ich, dass es nicht ihr richtiger Name ist, sondern Ihnen lediglich eine Eselsbrücke bauen soll. So viel, wie ich aus der Lateinstunde behalten habe, müsste das so viel heißen wie *die Gefolterte* oder *die Gequälte*. Klingelt da etwas bei Ihnen?«

Obwohl die beiden Angesprochenen eine auffallende Blässe zeigten, schüttelten sie den Kopf und warteten auf eine mögliche Erklärung.

»So viel wie ich als Außenstehender mir zusammen-reimen kann, versucht jemand, Ihnen zumindest Angst ein-zujagen. Möglich, dass es dabei bleibt. Genauso besteht aber die Möglichkeit, dass man ein Spiel beginnen will, das Ihren Tod tatsächlich als Ziel hat. Wenn Sie mich fragen, tippe ich auf die zweite Version. Warum sonst sollte sich jemand die Mühe machen, Sie zu warnen und dabei sogar sein Gesicht zu zeigen? Ich gehe doch dieses Risiko einer Entdeckung nicht ein, wenn ich nicht sicher sein kann, dass Sie es niemandem mehr mitteilen können.

Sie sollten sich also umgehend schützen. Das wäre mein dringender Rat.«

»Haben Sie den Verstand verloren, Kolmar? Wie können Sie so mit uns reden? Sie verängstigen meine Tochter doch nur mit Ihren Fantastereien. Lassen Sie uns das mal ganz pragmatisch sehen. Könnte es nicht sein, dass uns jemand erpressen möchte? Kommen Sie mir nicht noch einmal mit Ihren Mordgeschichten, verdammt.«

Ohne weitere Antwort erhob sich Kolmar und griff nach seinem Hut. Auf dem Weg zur Tür holte ihn die Stimme Emilias ein.

»Herr Kolmar, bitte kommen Sie zurück. Mein Vater meint es nicht so, wie es bei Ihnen anzukommen scheint. Er hat Angst um mich und sagt dann das Falsche. Bitte setzen Sie sich und helfen uns, denjenigen zu finden. Fordern Sie was auch immer Sie möchten. Es wird bezahlt. Bitte.«

Etliche Sekunden brauchte Kolmar, in denen Emilias Blicke flehentlich auf seinem breiten Rücken hafteten. Schließlich wendete er und schlenderte in die Richtung der beiden.

»Wer genau befand sich noch in dem Keller außer Ihnen? Ich brauche jeden Namen. Die Adressen finde ich selber heraus. Gibt es darunter Personen, mit denen Sie auch heute noch Kontakt pflegen?«

»Nein, Herr Kolmar«, antwortete Emilia spontan, »alle haben sich losgesagt. Diese feigen Weiber haben sich nach der Schule nicht mehr gemeldet. Erst im Keller habe ich die wiedergesehen. Aber die Mädchennamen müsste ich noch zusammenbekommen. Sie könnten aber zwischenzeitlich geheiratet haben.«

»Das lassen Sie mal meine Sorgen sein. Das finde ich schon raus. Wichtig für unsere Ermittlungen wäre, ob der-

oder diejenige sich auch schon an die anderen Teilnehmer Ihrer Clique gewandt hat. Mit jeder Annäherung bekommen wir weitere Hinweise und Spuren. Da würde ich einen ersten Ansatz für mich sehen. Doch bevor Sie sich die Mühe machen, mir eine Liste zu erstellen, möchte ich klarstellen, dass Sie das Ganze fünfzigtausend kosten wird. Nicht einen Cent weniger. Haben wir einen Deal, Herr Krafzik?«

Die Gesichtsblässe des Angesprochenen wechselte augenblicklich zu puterrot, was Emilia nicht entging.

»Papa ... bitte reg dich nicht auf. Es ist unsere einzige Chance.«

Kolmar beobachtete fast schon amüsiert, wie sich Krafziks Hände wechselnd schlossen und wieder öffneten. Er genoss seinen Triumph über dieses arrogante Arschloch, wie er ihn insgeheim betitelte.

»Sie bekommen die Namen von meiner Tochter. Und dann hauen Sie endlich ab. Das Geld erhalten Sie erst, wenn Sie den Täter nennen können.«

29

Nur mit Mühe gelang es Emilia, die rote Farbe von der Windschutzfarbe zu entfernen. Ein großer Teil der Freude über das wertvolle Geschenk war ihr zwischenzeitlich abhandengekommen, als sie sich hinter das Steuer setzte und sich mit der futuristisch anmutenden Armatur vertraut machte. Michael stand währenddessen neben der Fahrertür und versuchte, die Stimmung aufzuhellen. Verwundert vernahm er den Wunsch seiner Angebeteten.

»Was ist mit diesem verfluchten Auto bloß los. Ich habe Schiss, den zu fahren, so als wäre er verflucht. Was ist, wenn uns dieses Drecksweib eine Bombe montiert hat? Weißt du was, Michael? Du schaust mal unter den Wagen und suchst den Boden ab. Ich werfe mal einen Blick unter die Haube.«

Das Gesicht des Mannes im teuren Designer-Jogger – unbezahlbar.

»Was soll das, Emilia? Ich weiß nicht einmal, wie so was aussehen könnte. Selbst wenn eine Bombe direkt vor mir liegen würde, könnte ich sie als solche nicht erkennen. Und du wirst am Motor auch nichts finden. Lass uns jemanden holen, der was davon versteht. Der Freund eines Bekannten ist Automechaniker. Ich könnte ...«

Michael schrak zurück und konnte sich nur durch einen schnellen Sprung vor Schaden bewahren, als Emilia die Fahrertür unvermittelt öffnete und heraussprang. Ihre schrille Stimme schallte bis in die oberen Etagen der Villa, wo Monika Krafzik ans Fenster eilte.

»Du bist ein verdammter Idiot und ein beschissenes Weichei. Wozu bist du überhaupt zu gebrauchen? Nichts, aber auch gar nichts bekommst du auf die Reihe. Nicht einmal vernünftig vögeln kannst du. Selbst dazu hast du nicht die Eier. Mir wird schlecht, wenn ich dich auch nur ansehe. Mach dich vom Acker, du Loser. Ich will dich hier nicht mehr sehen.«

Mit zu Fäusten geballten Händen und weitausholenden Schritten stapfte Emilia davon, ständig weiter vor sich hinschimpfend. Die Haustür schlug mit lautem Knall hinter ihr zu, was Michael erneut zusammenfahren ließ. Völlig irritiert überlegte er, wie er sich in dieser Situation verhalten sollte. Er entschloss sich schließlich, sich in seinen Wagen zu setzen und in seiner Wohnung auf den Anruf zu warten, der ihm eine reumütige Emilia zeigen würde.

»Was war los?«

Monika Krafzik stand in der Tür und beobachtete ihre Tochter, die wie ein zorniger kleiner Teenager die Kopfhörer über den Kopf gezogen ihrer Musik lauschte. Die Lippen waren zum Strich zusammengepresst, was der erfahrenen Mutter zeigte, wie sehr es in ihrer Tochter brodelte. Entschlossen nahm sie auf der Bettkante Platz und strich Emilia über das Haar.

»Gefällt dir das Auto nicht? Hat Michael dir wehgetan? Willst du reden?«

»Nein, ich will nicht reden, Mama. Halte dich bitte aus meinen Angelegenheiten heraus. Das geht nur mich und diesen Idioten etwas an. Es wäre besser, wenn du zuerst eigene Probleme mit Papa klären würdest, bevor du mir Beziehungsratschläge gibst. Bei euch läuft auch vieles schief.«

Nachdem Emilia kurzzeitig die Hörer angehoben hatte, schob sie die jetzt wieder über die Ohren und tat so, als wäre der Fall damit für sie erledigt. Sie hatte allerdings nicht mit der Reaktion ihrer Mutter gerechnet, die ihr die Kopfhörer energisch vom Kopf riss und vor die Wand warf. Mit angstvoll aufgerissenen Augen zog sich Emilia ebenfalls bis an die Wand zurück und zog ihre Knie an den Körper. So hatte sie ihre Mutter noch nie erleben müssen. Spontan riss sie die Hände hoch und presste sie auf die Ohren. Dennoch drang Mamas zornige Stimme zu ihr durch und hämmerte lang verborgene Emotionen in ihr Hirn.

»Was glaubst du verzogenes Luder eigentlich, wer du bist? Hast du noch nie darüber nachgedacht, warum es mit deinem Vater und mir so weit kommen konnte? Dieser Narzisst weiß genauso wenig über Beziehungen und Gefühle wie du. Ja, diese innere Kälte hast du von ihm geerbt. Er hat sie dir eingeimpft, statt dir Nächstenliebe zu vermitteln. Lange musste ich dafür kämpfen, um im Hospiz ein Ehrenamt ausüben zu können. Er wollte das nicht. Er hasste diese todgeweihten Menschen sogar. Nie wollte er überhaupt mit dem Thema Tod in Berührung kommen. Er hat immer nur die Menschen beachtet, die ihm Vorteile verschaffen konnten. Doch ich hasse ihn nicht einmal dafür. Nein, Emilia, das tue ich nicht mehr. Ich bestrafe ihn dadurch, dass ich ihn meine Verachtung spüren lasse. Ich ignoriere diesen Egoisten, nehme ihn einfach nicht mehr wahr. Er ist mir egal – verstehst du mich? Der Mann ist mir nicht mal mehr einen Gedanken wert.«

Ungläubig hatte Emilia den Worten ihrer Mutter gelauscht, den Blick ständig auf deren Lippen gerichtet.

»Aber Papa hat doch ständig für dich, ich meine damit für uns gesorgt. Es geht uns doch gut.«

»Oh Gott, Emilia. Was haben wir bei dir nur falsch gemacht? Du verstehst immer noch nicht, was das Leben bedeuten kann. Du hast das Leben eines Vogels im goldenen Käfig geführt und gar nicht mitbekommen, was wirklich zählt. Er hat uns beide in einen Kokon gehüllt und stolz als Aushängeschild für seinen guten Geschmack der Welt vorgeführt. Ja, ich sah einmal gut aus, war eine Schönheit. Doch geliebt hat er mich nie. Nun, wo meine Schönheit verblasst, benutzt er seine stolze Tochter und legt mich in eine Schatulle. Was erwartest du nun von mir? Dass ich ihn dafür verehre und ihn anbete. Es gibt Augenblicke, in denen ich ihn tatsächlich dafür hasse. Ja, ich habe dich vorhin angelogen. Ab und zu ist es Hass, was ich für ihn empfinde.«

Erstaunlicherweise trat eine gewisse Traurigkeit in Emilias Augen. Ihre Frage ließ Monika Krafzik aufsehen.

»Hasst du mich deshalb auch, Mama?«

Lange überlegte Monika und fand dann doch die in ihren Augen richtige Antwort.

»Ich will dich nicht belügen, mein Kind. Es gab Momente, da tat ich es tatsächlich. Es tut weh, wenn du spürst, dass der Mann, mit dem du lange Jahre zusammenlebst, sich abwendet, dich zur Seite legt wie eine abgetragene Krawatte. Ich wollte nie in dieser Schatulle enden. Es schmerzte, mitansehen zu müssen, dass die eigene Tochter es genoss, in die Favoritenrolle aufzusteigen. Du hast dich nie gefragt, warum er mich wie Dreck behandelte. Immer nur hast du die Vorteile gesucht und bist dabei über Menschen hinweggetrampelt. Es ist dir nicht einmal aufgefallen, dass ich unter denen war, die du hinter dir lassen wolltest. Doch ja, ich habe Augenblicke erlebt, in denen ich euch zwei in die tiefste Hölle wünschte.«

»Ich möchte von dir wissen, ob du mich immer noch ...?«

»Entschuldige, Liebes«, unterbrach Monika ihre Tochter, »das muss sich schrecklich anhören für dich. Du bist mein Kind, mein Fleisch und Blut. Wenn ich Zeiten erlebte, in denen ich dich aus einer Eifersucht heraus verteufelte, so ist das doch nicht grundsätzlich so. Ich habe erkannt, dass es nicht deine Schuld ist, dass du zu dem wurdest, was du bist. Dein Egoismus wurde dir anerzogen. Dein Vater hat dich immer auf seine Seite gezogen und dir glaubhaft versichert, dass nur Selbstgerechtigkeit zu einem erstrebenswerten Ziel führen kann. Er meinte damit Macht. Seine Machtbesessenheit ist krankhaft. Und du hast ihn dafür angehimmelt, da du davon profitierst. Ich kann nicht mehr zu ihm aufsehen, da ich seine wahre Natur und seine perfiden Absichten schon vor langer Zeit erkannt habe. Mir wurden die Augen früh genug geöffnet.«

Monika Krafzik legte ihren Arm um Emilia, als diese näher an sie heranrückte und den Kopf an die Schulter der Mutter lehnte. Ihre Frage kam für Monika nicht überraschend.

»Wirst du ihn verlassen? Wirst du uns verlassen?«

»Es wird sich wohl nicht verhindern lassen, mein Kind. Tue ich es nicht, werde ich einen hohen Preis dafür zahlen. Ich werde meine Selbstachtung verlieren, denn ich kann nicht länger zusehen, mit welchen Mitteln er seine Mitmenschen drangsaliert und ab und zu sogar das Recht beugt. Er hat einmal darauf geschworen, das Gesetz zu achten. Das gilt für ihn nicht mehr, solange viel Geld in seine Taschen fließt und seine Machenschaften nicht auffliegen. Es ist einfach genug – ich kann das nicht mehr.«

Zum ersten Mal, seit sie ein kleines Kind war, weinte Emilia und zog den Kopf der Mutter zu sich, um ihr Gesicht zu küssen.

»Ich werde immer zu dir halten, Mama. Doch gib uns allen noch etwas Zeit und eine letzte Chance. Im Augenblick geschehen Dinge um uns herum, die mir Angst machen. Und ich bin mir sehr sicher, dass Papa ebenfalls diese Gefahr spürt und sich ängstigt. Irgendjemand macht uns für Geschehnisse aus der Vergangenheit haftbar. Man bedroht uns mit dem Tod. Papa kann damit aber nicht zur Polizei. Er müsste Fragen beantworten, die er nicht beantworten möchte. Es könnte ihm sogar seine Zulassung als Anwalt kosten. Du wirst wissen, dass er sogar die Bestellung als Anwaltsnotar beantragt hat. Das alles wäre hinfällig. Bleibe bitte bei uns und hilf, diese Zeit zu überstehen.«

Als würde Monika Gott um Hilfe bitten, richtete sie ihren Blick zur Decke.

»Ihr habt mir bis heute nicht erzählt, was ihr in den Tagen, als ihr abwesend wart, erlebt habt. Findest du nicht auch, dass es an der Zeit wäre, das Geheimnis zu lüften. Es scheint mit dieser Drohung in einem Zusammenhang zu stehen.«

Emilia überlegte nicht lange und setzte sich wieder gegenüber ihrer Mutter auf das Bett. Lange berichtete sie über alles – begann sogar mit dem schlimmen Vergehen an der Schule.

30

»Herr Krafzik? Darf ich Herrn Kolmar durchstellen? Er sagte, es wäre wichtig für Sie.«

Die Stimme von Frau Wiesner kam klar und deutlich über die Sprechanlage. Ulf Krafzik legte die Akte zur Seite und drückte auf den Antwortknopf.

»Stellen Sie durch, Frau Wiesner.«

Bewusst ließ sich Krafzik etwas Zeit, bevor er sich bei Kolmar meldete.

»Was können Sie mir erzählen, Kolmar? Lange genug haben Sie ja gewartet.«

Krafzik glaubte, ein leises Kichern durch die Leitung gehört zu haben, ignorierte jedoch das, was ihm gerade auf den Lippen lag.

»Alles braucht seine Zeit, Herr Rechtsanwalt. Doch das Ergebnis zählt, nichts sonst. Es gibt unerfreuliche Neuigkeiten, die Ihnen nicht gefallen werden. Aber Sie wollten es ja unbedingt genau wissen. Hören Sie zu. Zwei auf Ihrer Namensliste können Sie mittlerweile streichen. Ich fand heraus, dass in den letzten Wochen die beiden betreffenden Personen auf sehr ungewöhnliche Weise diese Welt verlassen haben. Die Nachbarschaft redet offen über Mord. Lea Pape und Ina Hollstein wurden tot aufgefunden. Die Polizei hüllt sich in Schweigen und ermittelt in alle Richtungen. Wie mir ein Informant aus dem Präsidium erzähl-

199

te, tappt man wegen des Motivs noch völlig im Dunklen. Ein Raubmord wird ausgeschlossen. Eine Verbindung zwischen den Personen hat man noch nicht entdeckt. Ich habe mich diesbezüglich selbstverständlich zurückgehalten. Na, gefällt Ihnen das? Ihre Lady vom Hof scheint sehr umtriebig zu sein und zieht ihr Programm kaltschnäuzig durch. Ich an Ihrer Stelle ...«

»Es interessiert mich nicht, was Sie denken, Kolmar«, fuhr ihm Krafzik dazwischen. »Finden Sie dieses Weib. Haben Sie mal in der Schulleitung nachgefragt?«

»Wofür halten Sie mich eigentlich, Sie Großkotz? Ich bin ein Profi. Der Name Cruciatus ist dort absolut unbekannt. Eine Frau mit diesem seltsamen Namen hat dort niemals als Vertretung gearbeitet. Man versicherte mir, dass es eine solche Person auch nicht in der Liste des Vertretungspersonals gibt. Das hatte ich von Anfang an vermutet. Der Name hat nur eine tiefe Bedeutung und soll Ihnen das Motiv verdeutlichen. Womöglich hat sich Ihre Tochter einmal zu viel mit einem falschen und nachtragenden Gegner eingelassen. Emilia müsste wissen, um wen es sich handeln könnte, falls die Liste der Opfer bei ihr nicht zu groß geworden ist.«

»Jetzt überspannen Sie den Bogen aber gewaltig, Kolmar. Treiben Sie es nicht zu weit. Vergessen Sie niemals, dass Sie für mich arbeiten und auch bezahlt werden wollen.«

An dieser Stelle unterbrach diesmal der Privatschnüffler.

»Wo wir gerade das Thema Bezahlung berühren, Krafzik. Bevor ich mich der Gefahr aussetze, selbst auf die Abschussliste zu geraten, möchte ich Sie bitten, mir die Hälfte des vereinbarten Betrages auf mein Konto zu überweisen. Die restlichen 25.000 hätte ich gerne später in bar, sobald wir den Täter oder die Täterin identifiziert haben. Dann bin ich raus.«

»Das könnte Ihnen so passen, Sie Dreckskerl. Wir haben eine Vereinbarung, an die Sie sich halten müssen. Das Restgeld gibt es erst, wenn die Person unschädlich gemacht wurde. Wie Sie das Problem lösen, will ich gar nicht wissen. Sie haben doch keinen Idioten vor sich, den Sie ausnehmen können. Geld nur gegen Ware. Basta. Die Anzahlung geht heute an Sie raus.«

Lange hörte Krafzik keinen Ton von seinem Gesprächspartner und wähnte sich schon als Sieger, als Kolmar sich wieder meldete.

»Gut, Krafzik, so soll es sein. Aber das Ganze läuft nur, wenn wir es gemeinsam tun. Ich beschaffe den Täter – Sie übernehmen das Liquidieren. Kein Liquidieren durch meine Hand. Das ist die Bedingung. Anders ist das mit mir nicht zu machen.«

Ulf Krafzik hatte den Mann unterschätzt. Es klang so, als würde es Kolmar ernst meinen und sich zurückziehen, falls seine Regeln nicht befolgt würden. Seine Gründe waren Krafzik klar. Das Schlitzohr wollte sich nicht in seine Hände begeben und später als Mörder vor Gericht gestellt werden. Er wollte ihn als Komplizen wissen, um abgesichert zu sein. Sein Gesicht zeigte ein gemeines Grinsen, als Krafzik auf Kolmars Bedingungen einging.

»Sie sind ein Schwein, Kolmar und ich weiß genau, was Sie damit bezwecken. Aber es ist mir scheißegal, ob Sie später versuchen werden, mich weiter zu erpressen. Wenn es hart auf hart kommt, stehen wir beide vor dem Richterstuhl. Sie können sich nicht auf Nichtwissen zurückziehen. Dieses Gespräch habe ich aufgezeichnet. Wenn, dann gehen wir beide unter. Ich denke, wir haben uns verstanden. Halten Sie mich auf dem Laufenden. Und es eilt, Sie Dreckskerl.«

Bevor Kolmar etwas erwidern konnte, legte Krafzik auf und schloss die Augen. Schon jetzt, wo sich noch keine Aussicht auf Erfolg abzeichnete, begann er damit, einen Schlachtplan zu schmieden.

Niemand wird mit mir Schlittenfahren. Niemand!

Frau Wiesner hatte an der Anlage bemerkt, dass der Chef das Gespräch beendet hatte, und klopfte vorsichtig an die Tür.

»Herr Krafzik. Es tut mir leid, dass ich noch mal stören muss. Ihre Tochter ...«

»Lassen Sie nur, Frau Wiesner«, mischte sich Emilia in die Entschuldigung der Sekretärin, schob sie sogar zur Seite. »Ich glaube nicht, dass ich meinen Vater mit meinem Besuch stören werde. Könnte ich einen Kaffee haben? Ohne Zucker, nur Milch«, ergänzte sie.

»Was machst du hier? Ich muss mich auf einen Klienten vorbereiten. Er kommt in etwa einer Stunde.«

»Bis dahin bin ich längst weg. Es sind nur wenige Fragen, die ich gerne beantwortet hätte. Das ist sehr wichtig.«

»Oh Gott, Emilia. Muss das denn sofort sein? Können wir uns nicht heute Abend darüber unterhalten. Momentan bin ich nicht besonders gut drauf. Viel Arbeit – unangenehme Arbeit.«

»Dann passt das gerade, denn was ich wissen will, ist auch nicht angenehm. Hör zu, Papa.«

Emilia wartete ab, bis Frau Wiesner mit eisiger Miene den Kaffee abgestellt und mit erhobenem Haupt das Zimmer verlassen hatte.

»Hast du schon etwas in der Sache unternommen? Wenn ja, was ist bisher dabei rausgekommen?«

Krafzik atmete sichtlich auf, da er unangenehmere Fragen erwartet hatte. Mit einer schlimmen Vorahnung berichtete er von den Ergebnissen, die vor wenigen Augenblicken Kolmar telefonisch geliefert hatte. Allerdings verschwieg er die Vereinbarung mit dem Mistkerl. Wenn er erwartet hatte, dass Emilia panisch reagierte, wurde er wieder einmal enttäuscht. Mit stoischer Miene nahm sie die schlechten Nachrichten auf und nickte nur hin und wieder dazu.

»Ich denke, dass er am Ball bleibt und uns bald die oder den Schuldigen liefern wird. Was passiert, wenn wir den Namen haben? Gehst du damit zur Polizei?«

Das Entsetzen, das Emilia mit dieser Frage bei ihrem Vater ausgelöst hatte, war deutlich in seinem Gesicht abzulesen.

»Emilia, überlege doch bitte einmal. Was sollten die damit anfangen? Wir haben keinerlei Beweise dafür, dass sie oder er es war, der die Morde an Ina und Lea beging. Außerdem würde alles von damals wieder an die Oberfläche gespült. Das kann nicht in unserem Sinne sein. Wir müssen eine bessere, eine unauffällige Lösung finden, um das Problem aus der Welt zu schaffen. Mir wird schon was einfallen. Vielleicht funktioniert die alte und ewig wirkende Waffe auch hier: Geld. Ich habe dir oft genug erklärt, dass jeder Mensch käuflich ist. Es ist nur eine Frage der Summe. Ich habe alles im Griff, Liebes. Überlass das mir.«

»Das soll auch so sein, Papa. Ich halte mich da raus. Doch wo du gerade davon sprichst, dass jeder Mensch käuflich ist. Bist du der Meinung, dass das auch bei der eigenen Familie klappt? Ich spreche jetzt von Mama und mir. Glaubst du daran, dass wir nur funktionieren, weil du mit deinem Erfolg und deinem Kontoauszug winkst? Oder ist da mehr als das?«

»Emilia. Ich bin entsetzt. Wie kommst du auf solche Fragen? Natürlich habe ich euch immer geliebt. Alles, was ich tue, mache ich für euch – nur für euch. Das Glück meiner Familie steht für mich immer im Vordergrund, und genau das werde ich um jeden Preis zu verteidigen wissen.«

»Das sind schöne Worte, Papa, die ich so gerne glauben würde. Doch kommen mir ab und zu Zweifel daran, wenn ich sehe, wie du zum Beispiel Mama behandelst. Sie verzeiht dir jede Gemeinheit. Sage jetzt bitte nicht, dass es keine gäbe. Ich gehe mit offenen Augen durch die Welt und durch dein Haus. Siehst du nicht, wie unglücklich sie ist? Siehst du nicht, wie sie unter deiner Ignoranz leidet? Warum ich so blind war bisher, kann ich mir nicht erklären. Ihr habt euch meilenweit voneinander entfernt. Das darf so nicht weitergehen. Versprich mir, Papa, dass du dir das zu Herzen nimmst und mit ihr sprichst. Ihr wart doch einmal glücklich, und das soll so plötzlich vorbei sein?«

Ulf Krafzik hatte sich mittlerweile von seinem pompösen Chefsessel erhoben und kam um den Schreibtisch herum. Er stellte sich hinter Emilia, legte seine Hände auf ihre Schultern und küsste sie auf den Scheitel. Emilia drehte sich um und blickte ihn an.

»Mir musst du nicht beweisen, dass du mich liebst. Das glaube ich dir unbesehen. Es geht aber nicht um mich, denn ich werde mein eigenes Leben regeln müssen. Wenn ich weg bin, bleibt dir nur noch Mama. Hörst du, Papa? Nur Mama wird an deiner Seite sein. Du hast keine wirklichen Freunde. Und das weißt du ganz genau. Kein Mensch kann ohne Freunde leben. Es macht dich sehr einsam und irgendwann böse. Stoß bitte die einzige Person, die dir noch die Treue hält, nicht von dir. Es wird dich umbringen – innerlich töten. Bitte versprich mir, dass du mit ihr darüber reden wirst. Sonst wirst du auch sie verlieren. So, jetzt ist es raus. Mach damit, was du willst, aber mach was.«

Emilia spürte am Druck seiner Hände, dass jedes einzelne Wort bei ihm eingeschlagen war und Wirkung zeigte. Seine Stimme hatte an Festigkeit verloren, als er antwortete.

»Ich verspreche es dir. Ja, ich werde mit ihr reden. Und du hast recht, mein Kind.«

31

Bevor Kolmar auf den Klingelknopf drückte, hatte er sich mit der Örtlichkeit rund um das Mietshaus vertraut gemacht. Lange musste er nicht recherchieren, um die Adresse der Klammer-Witwe herauszufinden. Noch immer bewohnte Sybille Klammer die Wohnung, in der sie einst mit ihrem Mann Kurt und dem Sohn Joel lebte. Nach einer letzten Überlegung drückte er den Knopf und vernahm den melodischen Klang eines Glockenspiels. Es dauerte noch fast eine Minute, bis schlurfende Geräusche das Kommen einer Person ankündigten. Der Kopf einer etwa fünfundsechzig Jahre alten Frau zeigte sich im Türschlitz. Mit einer Hand sicherte die Frau ein Handtuch, das die frischgewaschenen Haare zusammenhalten sollte. Sichtlich verärgert über den Besuch knurrte sie Kolmar an.

»Was wollen Sie? Ich bin beschäftigt, wie Sie unschwer erkennen können. Machen Sie es kurz, damit ich weitermachen kann.«

Mit der anderen Hand griff Frau Klammer eilig nach dem Ausschnitt des bunten Kittels, der auseinanderzudriften drohte und den Blick auf einen mächtigen Busen freigegeben hätte. Kolmar zückte seinen getürkten Polizeiausweis, den er sich für alle Fälle hatte anfertigen lassen. Die Wirkung ließ nicht lange auf sich warten. Sybille Klammer entspannte sich und zeigte sich in aller Pracht, als sie die Tür weiter öffnete. Nun konnte Kolmar auch die außergewöhnlichen Pantoffeln erkennen, die zwei Köpfe von Eisbären aufwiesen. Ein leichtes Schmunzeln konnte er nicht verbergen, als er sich vorstellte.

»Entschuldigen Sie, Frau Klammer, wenn ich Sie noch um diese Zeit störe, aber ich würde es nicht tun, wäre es nicht so wichtig. Mein Name ist Hauptkommissar Reichelt vom Essener Präsidium. Besser gesagt vom Morddezernat. Darf ich für einen Moment reinkommen?«

»Sagten Sie Morddezernat? Was in Gottes Namen habe ich mit der Polizei zu tun? Und dann auch noch diese Abteilung? Komme Sie ... ja, kommen Sie ruhig rein. Bin zwar auf Besuch nicht eingerichtet, aber Sie werden das ja von Ihren vielen Hausbesuchen kennen. Gehen wir durch ins Wohnzimmer. Kann ich Ihnen was anbieten?«

Kolmar schüttelte energisch den Kopf und setzte sich unaufgefordert zwischen zwei riesige Sofakissen, die mit einer präzisen Mittelfalte in den Ecken der Couch platziert worden waren. Ein böser Blick bewies den Unmut der Wohnungsinhaberin. Energisch nahm sie die Kissen beiseite und stellte sie vorsichtig auf einem Sessel ab.

»Was gibt es so Dringendes, Herr Hauptkommissar?«

»Ich will vorausschicken, dass wir uns die Akte Ihres Mannes noch einmal aus dem Archiv geholt haben, da die Geschehen von damals für einen aktuellen Fall von Relevanz sind.«

»Sie haben was? Verdammt, das ist jetzt zwanzig Jahre her, dass sich Kurt wegen dieser Biester das Leben nahm. Als es noch möglich war, habt ihr den Fall zu den Akten gelegt. Dafür sorgte ja dieser ... wie hieß dieser Staranwalt noch mal?«

»Krafzik, Frau Klammer ... Ulf Krafzik.«

»Ja, das ist der Name. Hoffentlich hat der Kerl die Pest an den Leib bekommen. Verdient hätte er das. Hat man ihn ermordet?«

Fast gierig auf eine Bestätigung beugte sich Sybille Klammer vor und strahlte den vermeintlichen Hauptkommissar an. Der schüttelte den Kopf und hob bedauernd die Schultern hoch.

»Ich vermute, dass Sie diesem Herrn keine lebenslange Freundschaft anbieten würden. Nein, er lebt, ist aber trotzdem auf eine bestimmte Weise in die Vorgänge zurzeit verwickelt. Lassen Sie mich das erklären.

Wir untersuchen derzeit mindestens ein Delikt, bei dem eine Frau zu Tode kam. Dabei handelt es sich um eine Person, die in gewisser Weise auch in einem Bezug zum Tod Ihres Mannes stand. Wie bekannt ist, wurde Ihr Mann Kurt der unsittlichen Annäherung gegenüber Kindern angezeigt, woraufhin er sich dem endgültigen Urteil durch seinen Suizid entzog. Nun liegt es in der Natur der Sache, dass wir in alle Richtungen ermitteln. Der damalige Fall wurde für uns nun wieder interessant.«

Sybille Klammer streckte beide Hände aus und zeigte damit, dass sie einen Einwand hatte.

»Moment, Moment, Herr Hauptkommissar. Lassen Sie mich nachdenken. Sie vermuten also, dass jemand, dem damals Kurts Tod sehr geschadet oder den sein Tod zumindest belastet hat, nach so langer Zeit Rache üben will? Sehe ich das richtig? Und nun sitzen Sie hier auf meiner Couch und möchten mich, eine alte Frau, fragen, wo sie sich zum Zeitpunkt der Tat aufgehalten hat. Ja, mein Herr, ich kenne mich da aus. Jeden Sonntag sehe ich mir den Tatort an. Sie müssten doch jetzt eigentlich fragen: Wo haben Sie sich, Frau Klammer, zwischen Zeit X und Zeit Y aufgehalten?

Haben Sie Zeugen dafür? Richtig? Möchten Sie mich das fragen?«

»Jetzt kommen Sie mal wieder runter, Frau Klammer. Natürlich möchten wir das pro forma wissen. Aber niemand vermutet in Ihnen eine kaltblütige Killerin. Für uns wären lediglich Hintergründe aus der Zeit damals von Interesse.«

Frau Klammer hatte sich nun in ihrem Sessel zurückfallen lassen und die Arme vor dem Busen verschränkt. Lange betrachtete sie Kolmar und schaffte es sogar, ein fast zynisch wirkendes Grinsen zu zeigen.

»Und Sie leben wirklich in dem Wahn, dass ausgerechnet ich Ihnen Namen von Menschen geben würde, die diese Dreckskinder zur Rechenschaft ziehen? Selbst wenn ich sie kennen würde, käme keine Silbe über meine Lippen. Ich würde eher in die Kirche gehen und für diese Helden einen Rosenkranz beten. Heiligsprechen sollte man denjenigen, der diese Emilia Krafzik in die Hölle schickt.«

Jetzt war es Kolmar, der grinste.

»Dafür, dass ich Ihnen zuvor bei der Suche nach dem Namen helfen musste, hatten Sie den Namen der Tochter sehr schnell parat. Hassen Sie dieses Mädchen, obwohl sie ja mittlerweile eine erwachsene Frau ist, wirklich immer noch so sehr, dass Sie ihr den Tod wünschen?«

»Definitiv ja ... ja ... ja.«

Kolmar blieb völlig unbeeindruckt, obwohl Sybille Klammer ihm die Antwort entgegengeschrien hatte. Sie zeigte hektische Flecken auf Gesicht und Brustansatz. Jetzt war er es, der sich vorbeugte und die erwartete Frage abschoss.

»Wo befanden Sie sich am Dienstag zwischen sechzehnuhrdreißig und zwanzig Uhr? Und um das vollständig zu haben: Gibt es dafür Zeugen?«

»Sehen Sie, Herr Hauptkommissar, jetzt ist es endlich raus. Das muss doch für Sie wie eine Erlösung sein. Wir suchen den Täter wieder einmal bei denen, die sich nicht sonderlich gut wehren können. Komme ich auch in die Zeitung, wenn sich mein Alibi nicht beweisen lässt? Zumindest bei Kurt habt ihr schon früh dafür gesorgt, dass er berühmt wurde. Brutaler Hausmeister missbraucht unschuldige Schülerinnen. Hörte sich das nicht gut an? Dass die gesamte Öffentlichkeit, die Nachbarn, sogar enge Freunde das wie Honig aufsaugten und die Konsequenz zogen, war doch vorprogrammiert. Nur eines kann ich Ihnen heute schon sagen. Wenn mir so viel Öffentlichkeit zuteilwerden sollte, verliere ich wenigstens keine Freunde, denn die gibt es seit damals nicht mehr. Haben Sie mich verstanden? Ich habe keine Freunde.«

Noch immer blieb Kolmar absolut gelassen und wartete ab.

»Ich war allein hier in der Wohnung, so wie ich es jeden Abend bin. Mir bleibt das Fernsehgerät, um zu erfahren, was sich da draußen tut. Reicht Ihnen das? Ich betone noch einmal für Sie: Ich war allein!«

Unbeeindruckt bohrte Kolmar weiter.

»Leben Sie schon lange allein? Sie haben doch einen Sohn, Frau Klammer. Wo kann ich den erreichen? Er wird doch hin und wieder seine Mutter besuchen.«

»Lassen Sie meinen Sohn Joel da raus. Er hat unter dem Tod seines Vaters genug gelitten. Er hat einen schweren Kampf hinter sich, um das Geschehene verarbeiten zu können. Eine Ermittlung bei ihm würde ihn wieder zurückwerfen. Erst vor einem Jahr hat er seine Therapie beendet und ich bin überglücklich, ihn so normal erleben zu können. Sie werden in meiner Wohnung kein Bild von Kurt finden.

Das allein würde ihn wieder krankmachen. Ich bitte Sie ein-dringlich ...«

»Ist ja schon gut, Frau Klammer. Aber ich benötige trotz-dem seine aktuelle Adresse. Niemand wird ihn befragen. Dafür garantiere ich. Aber ich muss die Unterlagen für alle möglichen Zeugen vollständig haben. Das werden Sie sicherlich verstehen.«

Kolmar hielt dem prüfenden Blick dieser leidgeplagten Frau stand und reichte ihr ein Blatt Papier, damit sie die Adresse aufschreiben konnte. Als sie sich erhob, folgte er ihr durch die Diele zur Wohnungstür. Als sie an einer Teppich-falte hängen blieb und zu stolpern drohte, konnte er sie gerade noch vor einem Sturz bewahren. Sein Blick fiel mehr zufällig auf die Küchenzeile. Ungewöhnlich fand er die lange Magnetleiste an der Rückwand mit mindestens einem Dutzend scharfer Messer.

32

Mit fahrigen Bewegungen fuhr Krafzik über die Tastatur seines Smartphones, um die Schnellwahltaste von Kolmars Anschluss zu drücken. Ungewöhnlich langes Warten sorgte dafür, dass Krafziks Wut sich immer mehr steigerte.

»Was ist los mit Ihnen? Habe ich den vielbeschäftigten Privatschnüffler bei etwas Wichtigem gestört? Bezahlen Sie die kleine Nutte, mit der Sie sich wahrscheinlich gerade vergnügen. Schicken Sie die nach Hause. Ich brauche Sie jetzt hier – sofort.«

Kolmar hatte keine Gelegenheit, darauf zu antworten, da Krafzik längst eingehängt hatte. Eine grenzenlose Wut auf diesen Dreckskerl kochte in ihm hoch. Allerdings hörte er das Blättern vieler Euroscheine, für die er normalerweise zwanzig Observierungen untreuer Ehefrauen benötigte. So schnell würde er nie wieder an dermaßen viel Geld kommen. Mal ganz abgesehen davon, was sich erst einmal aus einer geschickten Erpressung herausholen ließ. Missmutig schwang er sich in seinen reparaturbedürftigen BMW und machte sich auf den Weg zur Villa des Rechtsanwaltes.

Als sich mit einem leisen Summton die prachtvolle Haustür öffnete, vernahm Kolmar noch die letzten Sätze, die höchstwahrscheinlich einen heftigen Streit des Ehepaares Krafzik beendeten. Ohne ihn zu grüßen, suchte Monika Krafzik den Weg in die oberen Etagen und verschwand hinter einer Tür, die sie bewusst laut hinter sich zuschlug. Noch immer stand Ulf Krafzik mit hochrotem Kopf mitten im übergroßen Wohnzimmer und stellte das Glas wieder auf den Tisch. Am liebsten hätte er es gegen die Wand geworfen.

»Ich störe hoffentlich nicht bei einer abendlichen Unterhaltung. Das würde mir unendlich leidtun. Aber was soll`s? Der Herr rief und der Sklave folgt. Nun bin ich hier und warte auf eine Erklärung, die Ihre Unverschämtheiten vorhin am Telefon entschuldigen könnten. Was ist passiert?«

Derart aufgelöst hatte Kolmar den Anwalt noch nie zuvor angetroffen. Immer wieder lief der durch den Raum, während Kolmar sich gesetzt hatte und sich einen sündhaft teuren Cognac ins Glas goss. Endlich überreichte ihm der Anwalt einen Briefumschlag, aus dem Kolmar vorsichtig einen Zettel fischte, der mehrere mit einem Computer beschriebene Zeilen enthielt. Umständlich kramte er in seiner Manteltasche und suchte nach der Lesebrille. Prompt riss ihm Krafzik das Papier aus der Hand und las vor.

Uns allen ist eine gewisse Zeit auf dieser Erde vorbestimmt. Sie und Ihre verkommene Tochter haben selbst dafür gesorgt, dass Ihre Lebensuhren schon vorzeitig ablaufen werden. Es sind nur noch wenige Stunden, die Ihnen verbleiben, bevor ich Sie aus Ihrem verpfuschten Leben abberufen werde. Die Menschheit wird es mir danken.

»Kein Name, natürlich keine Unterschrift, kein wie oder wann. Was fange ich damit an? Derjenige ist doch völlig krank und rachsüchtig. Man könnte glauben, dass wir Mörder sind und bestraft werden sollen. Ich habe niemanden umgebracht. Begreift der das denn nicht? Tun Sie was, Kolmar. Beschützen Sie mich und meine Tochter.«

»Man beachte wieder einmal die Reihenfolge«, konnte sich Kolmar nicht verkneifen, was ihm einen hasserfüllten Blick des Hausherrn einbrachte. »Was erwarten Sie von mir, Krafzik? Soll ich mich statt Ihrer reizenden Gattin nachts neben Sie legen? Ich kann Sie nicht rund um die Uhr beschützen. Ich weiß nicht einmal vor wem. Wenn Sie vermutet hatten, dass Ihnen die alte Frau Klammer den Arsch aufreißen möchte, sind Sie auf dem Holzweg. Die ist nicht einmal in der Lage, ihr eigenes Leben vor den Gefahren des Alltags zu bewahren. Diese Frau läuft nicht mordend von Haus zu Haus. Ich muss weitersuchen und hoffen, dass ich unter dem damaligen Personenkreis den Täter herausfiltern kann. Doch das braucht Zeit, die Sie und Ihre Tochter vielleicht nicht mehr haben. Das tut mir leid, aber ist nackte Realität, mit der Sie sich abfinden müssen.«

»Es tut Ihnen leid, Kolmar. Na, da bin ich aber beruhigt. Jetzt geht es mir schon viel besser. Sie sind ein nutzloser Schwätzer, der mein sauerverdientes Geld abgreift und keine Gegenleistung liefert. Sie sind mit der Aufgabe total überfordert. Hauen Sie ab. Fahren Sie zurück zu Ihrer Nutte.«

Es waren nur Bruchteile von Sekunden, die vergingen, bevor die große Hand Kolmars sich um den Hals des Anwalts legte. Die Gesichter der Männer trennten nur noch wenige Zentimeter.

»Es reicht jetzt, Sie dreckiges Schwein. Glauben Sie bloß nicht, dass Sie solche Beleidigungen unbegrenzt bei mir abladen können. Sie haben gerade eine rote Linie überschritten. Ich sollte Ihnen das bisschen Verstand aus dem Leib prügeln. Nichts anderes haben Sie verdient. Ich werde applaudieren, wenn Ihnen der verdammte Hals durchgeschnitten wird. Das haben Sie redlich verdient. Sie betteln förmlich um den Tod. Würde ich den Täter kennen, bekäme er noch Tipps von mir, wie er Ihre verfluchte Leiche spurlos verschwinden lassen kann. Es wäre mir ein Vergnügen, zum Jahrestag Ihres Todes auf Ihr Grab zu pissen. So, jetzt ziehe ich mich zurück, bevor mir schlecht wird und ich Dinge tue, die ich später bereue.«

Energisch riss sich Krafzik los und schrie den Mann an, der ihm soeben den Tod gewünscht hatte. Sein Gesicht verzerrte sich zu einer hasserfüllten Maske, als er lostobte.

»Genau darauf habe ich bei Ihnen schon lange gewartet, Kolmar. Sie haben es nie verkraften können, dass ich Ihnen weit überlegen bin. Und das betrifft nicht nur meine Klugheit und mein Vermögen. Es ist der Neid, der euch alle zerfrisst, die ihr zu Hungerlöhnen als Knechte der Oberklasse arbeiten müsst. Von nichts kommt nichts. Das dürfte selbst Ihnen bekannt sein. Ihr Verlierer seid es nicht wert, die gleiche Luft zu atmen wie wir. Aber das Problem wird sich eh bald erledigt haben, denn es wird irgendwann nicht genug Wasser und Brot für uns alle geben. Ihr vermehrt euch wie die Karnickel und schreit nach Hilfe derer, die sich ihr Geld sauer verdienen müssen. Ja, verschwinden Sie. Ich werde mich selbst verteidigen. Und träumen Sie weiter vom großen Geld, das ich Ihnen aus der Portokasse hätte zahlen können.«

Noch ein letztes Mal näherte sich Kolmar dem verhassten Geldgeber, um ihm tief in die Augen zu sehen und sich dann kommentarlos umzudrehen. Die Tür schloss sich so geräuschlos, wie sie sich Minuten zuvor geöffnet hatte. Krafzik griff nach einer auf dem Sideboard stehenden Pillendose und versuchte, eine der Beruhigungspillen herauszufingern. Als es ihm endlich gelungen war, schluckte er sie mit einem kräftigen Schluck Cognac, den Kolmar zuvor zu trinken vergessen hatte. Allmählich kehrte Ruhe in seinem Inneren ein und er nahm die Fernbedienung der Musikanlage in die Hand. Mit geübtem Griff fand er eine bestimmte CD aus dem Wechsler und drückte auf Start. Die Musik erfüllte den großen Raum und ließ die Arie Nessum Dorma, kraftvoll durch den Raum schallen. Er setzte sich in seinen Lieblingssessel und schloss die Augen.

»Ich liebe diese Szene ganz besonders. Ich habe das Bild quasi vor meinen Augen. Diese grandiose Arie singt der persische Prinz vor dem Schlafgemach der angebeteten Turandot und hofft, dass sie seinen Namen nicht vor Sonnenaufgang herausfindet. Ist das nicht romantisch, Herr Krafzik? Ihm droht der grausame Tod, sollte sie es schaffen. Das hat der tapfere Mann nicht verdient. Finden Sie nicht auch?«

Krafzik hatte zwar die Augen aufgerissen, wagte sich allerdings nicht, sich umzudrehen. Er wusste auch so, dass dort genau die Frau stand, die er schon bei der Geburtstagsparty auf dem Hof angetroffen hatte. Die Musik schwoll an und überdeckte die Schritte, mit denen sich die eingedrungene Frau dem Anwalt näherte. Er spürte sie direkt hinter sich, nahm ihr Parfüm wahr, das ihm fast Übelkeit verursachte.

»Was wollen Sie von mir? Sie sind doch bestimmt nicht gekommen, um mit mir über Opernarien zu fachsimpeln.«

Trotz seines Schocks versuchte er, Herr der Lage zu bleiben und Zeit zu gewinnen.

»Und doch wäre es die Sache wert gewesen. Doch das Schicksal hat bestimmt, dass Sie menschlicher Abfall wurden, während ich die Liebe zur Musik entdeckte. Die Wege des Herrn sind oftmals wundersam.«

Endlich fand Krafzik den Mut, sich vorsichtig umzuwenden, und war überrascht, als er die besagte Frau lächelnd an der reich verzierten Säule gelehnt vorfand, die die schwere Zimmerdecke abstützte. Seine Selbstsicherheit kam zurück und sorgte dafür, dass ihm sogar ein zynisches Grinsen gelang. Erst als er die herunterhängende Hand bemerkte, die eine schwarze Pistole umklammert hielt, kehrte die Angst zurück. Seine Augen waren starr auf den Lauf gerichtet, der sich immer mehr hob und schließlich auf seinen Bauch zielte.

»Das ... das werden Sie nicht wagen. Sie erschießen mich nicht kaltblütig. Das ist auch nicht Ihr Stil. Bevor Sie etwas Dummes tun, sagen Sie mir, warum Sie solche Taten begehen. Sie müssen wissen, dass man mich längst über Ihre Taten aufgeklärt hat. Ich maße mir kein Urteil darüber an, ob es die Frauen verdient haben oder nicht. Das werden Sie besser wissen und entsprechend entschieden haben. Aber ich verstehe bisher nicht, was ich getan haben soll, das den Tod verdient. Sie müssen sich irren. Man wird Ihnen Dinge erzählt haben, die nicht stimmen, nur um von eigenen Unzulänglichkeiten abzulenken. Ich bin unschuldig!«

Nicht eine Veränderung fand im Gesicht der Frau statt, außer dass sie sich um die mächtige Garnitur herumbewegte und Krafzik gegenüber Platz nahm, der sich erheben wollte.

»Bleiben Sie doch sitzen. Sie sind schließlich hier zu Hause. Und bitte lassen Sie dieses wunderschöne Lied noch einmal laufen.«

Obwohl ihn der Wunsch verwunderte, erfüllte er ihn prompt, auch um Zeit für sich herauszuholen. In die Musik hinein erhielt er Auskunft.

»Sie, Herr Krafzik, werden wegen Verbrechen gegen die Menschlichkeit bestraft. Sie haben Ihre Tochter beschützt, indem Sie ihre gemeinen Lügen gedeckt haben. Als Mensch mit Ehre hätten Sie Emilia dazu bewegen müssen, ihr

Lügengespinst zu widerrufen. Haben Sie aber nicht, sondern alles vertuscht. Der Ruf eines unbescholtenen Menschen war damit ruiniert. Es war quasi sein Todesurteil. Und wie Sie ja am besten wissen, gestanden Sie in der Verhandlung im Keller Ihre Schuld nicht ein. Es ist ein unumkehrbares Urteil gegen Sie ergangen: Ich verurteilte Sie hiermit zum Tode. Das Urteil wird hier und jetzt vollstreckt.«

Krafziks Mund öffnete sich ungläubig. Seine Augenlider zitterten ebenso wie seine Arme und Beine. Der Lauf der Waffe hob sich bedrohlich in Bauchhöhe, was dem Rechtsanwalt ein Würgen verursachte. Der Schuss löste sich aus der Waffe, als Pavarotti die Stimme zum ergreifenden Schlussakkord *Tramontate stelle ... All'alba vincerò ... Vincerò, vincerò* erhob. Als wäre nichts passiert, verließ die Frau lächelnd den Raum durch die offene Terrassentür, während Krafzik verzweifelt versuchte, das Blut zu stoppen, das unaufhörlich seinen Körper verließ.

33

»Du musst sofort kommen, Emilia. Es ist etwas passiert, was ich schon lange erwartet habe. Dein Vater wurde ... man hat ihn in unserem Wohnzimmer erschossen. Stell dir das vor ... während ich schon im Bett lag, hat man ihn getötet, sozusagen vor meinen Augen. Jetzt ist die Polizei hier und die Presse schnüffelt überall herum. Ein Tollhaus, kann ich dir nur sagen. Bitte hilf deiner Mutter und komm sofort.«

Die Schuhe, die Emilia in diesem Augenblick anprobieren wollte, glitten zurück auf den Teppichboden des Geschäftes. Ohne gegenüber der Verkäuferin eine Erklärung zu liefern, steckte sie das Smartphone zurück in die Tasche und schlüpfte in die alten Schuhe. Wortlos verließ sie den Laden. Fast wäre sie mit einer Kundin zusammengestoßen, was diese nur durch ein schnelles Ausweichmanöver verhindern konnte. Kopfschüttelnd sah sie Emilia hinterher.

Als Emilia an der Villa ankam und sich als Familienmitglied ausgewiesen hatte, versuchten ein Dutzend Journalisten, sie noch vor dem Tor auszufragen. Nur durch ein brutal anmutendes Weiterfahren schaffte sie es, den Pulk an Menschen zu durchdringen. Einige Polizisten drängten die Presseleute zurück. Niemals hätte sie sich vorstellen können, einmal so viele Kripoleute auf einen Haufen sehen zu können. Ein Gewusel von Menschen, die alle damit beschäftigt waren, Spuren zu sichern, die vermutlich zuvor schon von den vielen Schuhen vernichtet worden waren. Im Treppenhaus traf sie endlich auf Monika Krafzik, die fassungslos auf die vielen Menschen hinunterblickte und am Geländer Halt suchte.

»Da bist du endlich, mein Kind. Sieh dir das an. Sie durchwühlen jeden Winkel, lassen keinen Gegenstand aus und ruinieren das Haus. Dürfen die das überhaupt? Ach, wenn Papa noch lebte, würde er ...«

»Mama ... Papa ist tot. Sie sind alle wegen ihm hier und möchten den finden, der ihm, der uns das angetan hat. Sie müssen niemanden um Erlaubnis fragen. Lass sie ihren Job machen. Wie geht es dir?«

Monika Krafzik schlug die Hände vor das Gesicht und weinte, statt eine Antwort zu geben. Immer wieder zuckten ihre Schultern. Emilia drückte sie an sich und sah über die Schulter der Mutter hinweg einen Mann die Treppe heraufkommen. Nach einem Blick auf den Ausweis wusste sie, dass sie dem leitenden Hauptkommissar Palau gegenüberstand. Der Rollkragen des grauen Pullovers verdeckte komplett den viel zu kurzen Hals, auf dem ein massiver und kahlgeschorener Schädel saß. Er wartete noch einen Moment, bevor er vorsichtig die erste Frage an Monika richtete.

»Wir haben uns ja schon kennengelernt, Frau Krafzik. Fühlen Sie sich mittlerweile in der Lage, mir Fragen zu beantworten? Zu Ihnen, Frau Krafzik, komme ich dann später. Sie sind doch die Tochter des Verstorbenen, oder irre ich mich?«

Emilia löste sich von ihrer Mutter und nickte bestätigend.

»Mama, der Hauptkommissar wird dir jetzt einige Fragen stellen, die du beantworten solltest. Gehen wir in den Salon? Kommen Sie, Herr Palau, ich gehe voran.«

Emilia spürte den prüfenden Blick in ihrem Rücken und wusste gleichzeitig, dass es unangenehme Fragen sein würden, die ihnen dieser Mann stellen würde. Besonders beliebt war Ulf Krafzik bei den Ermittlungsbehörden nicht. Ganz im Gegenteil. Viele dieser Männer und Frauen opferten sogar Teile ihrer Freizeit, um das Verbrechen in der Stadt zu bekämpfen. Sie beschafften Beweise und zerrten die Täter vor Gericht. Dort trafen sie auf Männer wie ihren Vater, die diese Angeklagten oft genug durch juristische Tricks wieder auf freien Fuß bekamen. Der Tod ihres Vaters würde in den Kreisen der Kripo offen gefeiert. Da war sie sich sicher.

»Bei allem Verständnis für Ihre Situation, Frau Krafzik, müssen wir Fragen zu den letzten Stunden stellen, da die Zeit drängt. Noch sind Spuren und die Erinnerung frisch. Das ist sehr wichtig. Sind Sie so nett und schildern Sie uns den Verlauf des vergangenen Abends. Bitte erzählen Sie uns alles, jede Kleinigkeit kann für die Ermittlungen wichtig sein.«

Monika Krafzik suchte den Blick ihrer Tochter, die ermutigend nickte.

»Als ich Ulf von der Terrasse holen wollte, da das Abendbrot fertig war, störte ich ihn bei einem Telefonat, woraufhin er sehr erbost war. Seine schlechte Laune ließ er anschließend an mir aus und beschimpfte mich als ständig nörgelnde Frau, die mit nichts zufrieden wäre. Das führte zu einer heftigen Diskussion, woraufhin ich mich in mein Zimmer zurückzog. Wenn Ulf verärgert war, ließ er keine andere Meinung zu. Auf dem Weg nach oben begegnete ich Herrn Kolmar, der zwischenzeitlich geläutet hatte. Ulf hatte ihn wegen einer Angelegenheit gerufen, über die er nicht mit mir reden wollte. Worum es bei dem Treffen konkret ging, kann ich also nicht wissen.«

»Haben Sie gesehen oder gehört, dass dieser Kolmar auch das Haus wieder verließ? Wenn ja, wann war das? Vor oder nach dem Schuss?«

»Also, wann genau dieser Schuss fiel, kann ich nicht sagen, da ich nicht auf die Uhr gesehen habe. Aber eines kann ich klar sagen. Der Wagen des Mannes wurde einige Minuten vor dem Schuss vom Gelände gefahren. Ich habe den Besucher vom Fenster aus sehen können, obwohl es schon recht dunkel war. Die Leuchten am Portal haben mir sein Gesicht deutlich gezeigt.«

»Gut, Frau Krafzik, das ist für uns ein sehr wichtiger Hinweis. Folglich muss sich ein weiterer Gast im Haus befunden haben.«

»Sie meinen ...«, stotterte Monika Krafzik mit schreckgeweiteten Augen, »... der Mörder befand sich bereits in der Nähe, als ich noch im Wohnzimmer ...? Das ist ja schrecklich.«

Monika tastete nach Emilias Hand und drückte sie an sich. Das Entsetzen stand deutlich in ihren Augen, die sich mit Tränen füllten.

»Wir gehen mal davon aus, dass der Täter oder die Täterin keinen Augenblick die Absicht verfolgte, Sie, Frau Krafzik, zu töten. Die Gelegenheit hätte er oder sie schon gehabt, bevor Herr Kolmar eintraf.«

»Was ich noch vergessen habe«, legte Monika Krafzik nach und unterbrach den Hauptkommissar. »Es wurde sehr laut im Haus während des Besuches des Privatdetektivs. Sie stritten sich sehr heftig. Das konnte ich hören. Worüber, das kann ich Ihnen leider nicht sagen.«

Unvermittelt richtete Hauptkommissar Palau den Blick auf Emilia, in der sich sofort Unsicherheit ausbreitete. Die Augen des Mannes besaßen etwas Hypnotisches, das ihr

Angst bereitete. Sie wusste, dass jetzt die Phase begann, in der die Vergangenheit eine wesentliche Rolle spielen würde. Sie raffte all ihren Mut und ihre Kaltblütigkeit zusammen, um keine Fehler zu begehen. Ihre eigene Reputation und damit die gesamte Zukunft konnte auf dem Spiel stehen. Entscheidend war, wie glaubhaft sie die Unschuldige spielen würde.

»Zu den Hintergründen dieses Streits können Sie uns sicher auch keine näheren Angaben machen, Frau Krafzik? Sie standen Ihrem Vater doch sehr nahe und wir wissen aus zuverlässigen Quellen, dass er sich Ihnen oft in privaten Angelegenheiten anvertraute. Könnte die Vergangenheit dabei eine Rolle gespielt haben?«

»Darf ich mal naiv nachfragen, Herr Palau? Ist es nicht immer die Vergangenheit, die einen Mord begründet? Abweichend von einer Tat im Affekt, stelle ich mir vor, dass ein Mordmotiv stets in der Vergangenheit zu suchen ist. Wie ich schon bei meinem Kommen heraushören konnte, schließen Sie einen Raubmord aus. Was bleibt dann noch? In meinen Augen nur eine Tötung, die aus Rache begangen wurde. Sie wissen doch, welchen Beruf mein Vater ausübte. Ist da so weit weg für Sie, dass nicht einer der entlassenen Strafgefangenen im Glauben, dass er nicht richtig verteidigt wurde, Vergeltung übte? Suchen Sie bitte dort als Erstes nach dem Täter.«

Palau wirkte fast amüsiert, als er auf die Erklärung Emilias einging.

»Das hört sich gut an. Chapeau, Frau Krafzik. Sie besitzen das Talent Ihres Vaters, die Antwort auf eine Frage mit einer Gegenfrage zu umgehen. Doch die Frage nach dem Motiv werde ich mit meiner Mannschaft erörtern. Zurück zu Ihrer gemeinsamen Vergangenheit. Sie wissen genau, dass wir damit die Geschehnisse vor zwanzig Jahren in Ihrer Schule meinen. Es ist auch kein Geheimnis mehr, dass bereits zwei Schulfreundinnen von Ihnen ihr Leben auf mysteriöse Weise verloren. Unserer Ansicht nach ist ein direkter Zusammenhang nicht von der Hand zu weisen. Beleidigen Sie also nicht meine Intelligenz, wenn Sie hier die Nichtwissende rauskehren. Was wissen Sie über die Hintergründe zum Treffen zwischen Ihrem Vater und diesem Herrn Kolmar?«

Ja. Emilia wusste in diesem Moment sicher, dass Sie diesen Mann mit dem kahlen Schädel und den listig dreinblickenden Augen unterschätzt hatte. Er hatte sich über das Geschehen von damals ins Bild setzen lassen. Sie konnte nicht herumlavieren und musste ihm zumindest Teilwahrheiten servieren. Sie hatte eigentlich nichts zu verlieren, da sich der damals Beschuldigte nicht mehr wehren konnte. Das einzige Problem stellte Mama dar, der gegenüber immer nur heile Welt vorgespielt wurde. Sie wusste bis vor kurzer Zeit nicht, was damals wirklich geschah. Die Worte von ihr trafen Emilia bis ins Mark.

»Mein Kind. Bitte sag dem Hauptkommissar endlich die Wahrheit. Die Zeit der Schonung ist nun vorbei. Ich weiß zu schätzen, dass ihr es immer vermieden habt, mich in eure Geheimnisse einzuweihen. Doch das ließ sich nicht über so eine lange Zeit verschweigen. Ich weiß ja mittlerweile alles, auch dass du dein weiteres Leben auf einer schlimmen Lüge aufbauen würdest. Das ist grausam. Doch viel furchtbarer ist das, was du diesem Hausmeister und vielen anderen Schülern angetan hast. Es ist an der Zeit, endlich reinen Tisch zu machen. Sag es jetzt. Räume den Müll aus deinem Herzen. Du wirst sehen, dass es dir besser gehen wird. Bitte tu es – mir zuliebe.«

Palau hatte den Eindruck, als würde Emilia Krafzik nach Luft ringen. Er täuschte sich nicht, denn der Schock über diese Offenbarung saß tief. Er musste sich dennoch eingestehen, dass er es genoss, wie sehr der innere Kampf diese verwöhnte Tochter aus gutem Hause zerriss. Endlich schien der Tag gekommen, an dem sie der Wahrheit ins Gesicht sehen musste. Ob es auch für sie in einer tödlichen Bestrafung enden würde, hing im Wesentlichen davon ab, wie sie mit der neuen Situation und der Bereitschaft zur Beichte umging. Monika Krafzik suchte erneut verzweifelt nach der Hand der Tochter, die ihr diese kurz zuvor entzogen hatte. Die Verzweiflung ließen bei ihr Tränen fließen. Emilia hatte sich komplett in sich zurückgezogen und kämpfte zum einen um Haltung, gleichzeitig aber auch mit der Frage, inwieweit es ihr schaden könnte, dem Polizisten gegenüber die Wahrheit herauszulassen. Noch bevor Emilia antwortete, wusste Palau, dass sie den falschen Weg wählen würde. Er sah den Trotz in ihren Augen, während seine Befürchtung bestätigt wurde.

»Es tut mir leid, Mama, wenn man dich lange im Unklaren ließ und du einen völlig falschen Eindruck von Papa und mir mit dir rumtragen musstest. Aber wir haben nichts Ungesetzliches getan. Der Tod von Hausmeister Klammer ist uns allen sehr nahe gegangen. Doch er hat sich den Mädchen unsittlich genähert. In den Augen vieler Menschen mag seine Strafe, die er sich selbst auferlegt hatte, brutal und ungerecht wirken. Es war aber seine eigene Entscheidung, wie er mit seiner Schuld umging. Niemand zwang ihn, sich das Leben zu nehmen. Wenn Papa verhindert hat, dass es dazu überhaupt eine Ermittlung gab, geschah es aus dem Grund, um seinen Ruf nicht noch mehr zu beschmutzen. Er tat es mit Rücksicht auf die Familie Klammer.«

Emilia wich dem Blick ihrer Mutter aus, die ihr Entsetzen nur schlecht verbergen konnte. Palau startete einen letzten Versuch.

»Sind Sie sich absolut sicher, dass Sie das so endgültig bestätigen wollen? Wir konnten mit den Überlebenden Ihrer Mädchenclique und den Lehrerinnen sprechen, bevor wir Sie in Kenntnis über die Vorfälle setzten. Alle sprachen Klammer von einer Schuld frei. Nur noch Sie halten an Ihrer Darstellung fest und gefährden dabei sich selbst. Ich kann mir gut vorstellen, dass der Täter oder die Täterin, sofern er davon erfährt, alles daransetzen wird, sich an Ihnen für diesen Frevel zu rächen. Gleichzeitig kann ich nicht versprechen, dass wir Sie in aller Zukunft vor Repressalien schützen können. Wie man sieht, hat es der Mörder nicht sonderlich eilig und wird sich auch weiter gedulden. Wenn Sie mich fragen, gleicht das dem Warten eines zum Tode Verurteilten im Todestrakt. Er weiß, dass es passiert, aber Sie nicht wann. Nun ja, Sie müssen wissen, was Sie tun. Die helfende Hand, die man Ihnen entgegenstreckte, haben Sie ausgeschlagen. Ich kann nur hoffen, dass es sich der Mörder noch überlegt und sein Hunger nach Vergeltung allmählich versiegen wird.«

»Es ist ergreifend, wie sehr Sie sich um mein Wohlergehen sorgen. Doch ich kann mich nur wiederholen: Der Mann war schuldig. Bei dem, was ich hin und wieder mit anderen Schülerinnen anstellte, will ich gerne sagen, dass es mir leidtut. Das waren dumme Streiche. Aber wer macht das nicht? Die sollen doch nicht alle so tun, als wären sie Lämmchen gewesen. Die andern haben doch gerne mitgemacht, wenn es hieß, Schülerinnen zu quälen. Mir wird schlecht, wenn ich heute von denen höre, dass sie es nur taten, um mir zu gefallen. Zum Teufel mit denen. Hoffentlich erwischt es

Miriam auch noch. Ich jedenfalls habe keine Angst. Soll er oder sie doch kommen.«

Kämpferisch schob Emilia den Kopf vor, als würde sie sich sogar auf einen Kampf gegen den Polizeibeamten vorbereiten. Palau schüttelte den Kopf und wandte sich wieder an Monika Krafzik.

»Es tut mir leid, Frau Krafzik, dass Ihrer Tochter jede Einsicht fehlt und sie selbst auf Ihre Bitte nicht reagiert. Wie ich schon sagte, werden wir alles daransetzen, sie zu schützen. Doch ich werde keinen Personenschutz rund um die Uhr und erst recht nicht über einen langen Zeitraum durchsetzen können. Sie sind vermögend. Ihnen bleibt vielleicht die Möglichkeit einen privaten Schutzdienst zu beauftragen. Die Entscheidung liegt bei Ihnen. Sie selbst, Frau Krafzik, dürften sich um Ihre Person eher weniger Sorgen machen. Der Täter verfolgt ein bestimmtes Ziel, und Sie gehören definitiv nicht dazu. Es wäre nett, wenn ich die Telefonnummer des Herrn Kolmar bekommen könnte. Auch an ihn hätten wir noch einige Fragen.«

»Die können Sie in Papas Telefonregister finden. Ich denke, dass Sie sein Smartphone sowieso durchsuchen werden. Wenn Sie mich nicht mehr benötigen, würde ich mich jetzt verabschieden. Es müssen sicher noch einige Dinge geregelt werden. Ich möchte unseren Notar benachrichtigen, damit er die Testamentseröffnung anberaumen kann.«

»Emilia, bitte. Das hat doch noch Zeit. Dein Vater ist nicht einmal vier Stunden tot und du sprichst über seinen Nachlass.«

Emilia, die schon auf dem Weg zur Tür war, drehte sich noch einmal um und betrachtete nachdenklich ihre Mutter.

»Du scheinst es wirklich nicht zu wissen, Mama. Papa hat sein Testament vor wenigen Tagen geändert.«

»Was soll das bedeuten, Emilia? Willst du mir damit etwas andeuten?«

»Ja, Mama. Du wirst deinen Pflichtteil als Ehefrau natürlich erhalten. Das Haus und das restliche Geldvermögen hat er mir als Haupterben vermacht. Aber mach dir deshalb keine Sorgen. Ich werde dir eine ansprechende Bleibe besorgen. Du wirst versorgt sein.«

Ohne eine Antwort abzuwarten, verließ Emilia den Raum und eilte die breite Treppe hinunter.

34

Lange betrachtete Viola Röchel den Brief, bevor sie ihn wie ein zerbrechliches Pergament auf den Tisch legte. Kein Absender, nur ihre Adresse, die fein säuberlich auf der Vorderseite aufgedruckt worden war. Sie wusste, dass dieser Brief ihre Zukunft beeinflussen würde – zum Guten wie im Schlechten. Sie konnte nicht verhindern, dass Übelkeit sie überfiel. Wie unter einem inneren Zwang griff sie nach dem kleinen Küchenmesser und setzte es an der obersten Kante an. Millimeter für Millimeter durchtrennte sie das Brief-papier und zögerte, als endlich der weiße Briefbogen zu erkennen war. Es war nicht die Neugierde, die den letzten Impuls gab. Nein, es war die Erkenntnis, dass es einfach unumgänglich war, die Zeilen zu lesen. Entschlossen zerrte sie das Papier aus der Hülle und las die Botschaft, die mehr Fragen als Aufklärung enthielt.

Es geschieht, was geschehen muss. Wir haben es angekün-digt, dass die Urteile vollzogen werden. Noch sind der Tod des Hausmeisters und die Quälereien von Mitschülerinnen nicht gesühnt, die wirklich Schuldigen noch nicht bestraft. Doch es wird gerechte Urteilen geben. Das ist beschlossen.

Wir haben uns entschlossen, in einem finalen Tribunal das Spiel zu einem Ende zu bringen. Dazu wird es wie folgt ablaufen: Alle verbliebenen Beteiligten kommen ein letztes Mal zusammen, um erleben zu können, dass Recht gespro-

chen wird. Es steht jedem frei, daran teilzunehmen. Wer kommt, kann live erleben, was es bedeutet, sich gegen die Gebote Gottes zu versündigen. Wer nicht freiwillig erscheint, darf sich darauf vorbereiten, dass ihn das Schicksal an geeigneter Stelle später erreichen wird – egal, wo auch immer sich derjenige befindet. Wir laden ein an den Ort, den einige von euch schon erleben durften.

Wir treffen uns im Keller des Ortes, der schon für die Vorverhandlung eine geeignete Örtlichkeit bot. Sollte jemand die Polizei informieren, wird es keine Verhandlung mehr geben, sondern nur noch Vollstreckungen, ohne jede Rücksicht.

Das Erscheinen ist erwünscht am kommenden Samstag, zweiundzwanzig Uhr.

Viola Röchel konnte nicht verhindern, dass sich bunte Kreise vor ihren Augen zeigten. Das Atmen fiel ihr schwer und sie rang nach Luft. Wie auch immer sie es betrachtete, strahlte dieser Brief eine immense Gefahr auf sie aus. Die Angst wurde übermächtig, als sie sich dieser Drohung bewusst wurde, die letztendlich in der Nachricht mitschwang. Tod oder Leben – beides stand zur Disposition. Entschlossen griff sie zum Telefon und wählte die Nummer von Martina Haase. Man hatte sich nach der Farce im Keller des Öfteren getroffen, um die Lage zu besprechen. Nie war das so nötig wie jetzt.

»Haase. Sind Sie das, Kollegin Röchel? Ist auch bei Ihnen ...?«

»Ja. Ich habe den Brief auch erhalten. Was halten Sie davon? Ich will ehrlich sein, Frau Haase. Ich habe fürchterliche Angst und weiß nicht, was ich tun soll. Gehen Sie hin?«

»Ich habe lange darüber nachgedacht, Frau Röchel. Gibt es überhaupt eine Alternative? Ich denke, Sie haben selbst auch Besuch gehabt von der Polizei und mitbekommen, was mit Lea Pape und Ina Hollstein passiert ist. Und gestern sah ich das mit Krafzik in der Zeitung. Das ist nun die Konsequenz aus der Verhandlung.«

»Aber warum ändert der Mörder jetzt seine Taktik? Er könnte doch das Spiel, wann immer es ihm gefällt, weiterführen. Er hat sich bislang Zeit dazu gelassen. Was sollte ihn jetzt zur Eile treiben?«

Nach kurzer Pause gab Martina Haase ihre Gedanken preis.

»Genau das beruhigt mich andersherum ein wenig, Frau Röchel. Sie werden mich für verrückt erklären. Aber es lässt die Hoffnung in mir wachsen, dass alles ein Ende haben wird. Ein Ende, das zumindest für uns im Guten enden könnte. Sie und ich haben uns nur wenig vorzuwerfen, es sei denn, dass wir hätten konsequenter auf eine Aufklärung drängen sollen. Haben wir dafür den Tod verdient? Ich finde nein. Wie es bei Miriam Schober und Emilia aussieht, wage ich mir nicht vorzustellen. Ich möchte auf keinen Fall dabei sein, wenn sie betraft werden.«

»Sehen Sie, das wird sich möglicherweise aber nicht verhindern lassen. Haben Sie eine Vermutung, wer dahintersteckt? Treffen wir wieder auf diesen ominösen Leon? Ich kann mir nicht vorstellen, dass dieser Mann brutal tötet.«

Nun musste sich Frau Röchel etwas länger gedulden, bis die Kollegin Haase ihre Meinung dazu äußerte. Viola Röchel war in Erinnerung geblieben, dass sich die beiden auf eine unerklärliche Art nähergekommen waren. Das bezog sie nicht auf übliche Beziehungen. Dazu war der Altersunterschied einfach zu groß. Sie verstanden sich auf einer spirituellen kognitiven Ebene und hatten sich in ihren Ansichten angenähert.

»Nein, Frau Röchel. Leon tötet nicht, es sei denn mit Worten. Er hat mich innerhalb der Verhandlung sehr beeindruckt und konnte dem affektierten Krafzik sehr gut Paroli bieten. Ich denke, dass er lediglich das Schuldbewusstsein bei uns abklopfen sollte. Das Urteil hat sich jemand anderes gebildet. Ob wir den- oder diejenige überzeugen konnten, würden wir dann am Samstag erfahren. Ich für meinen Teil habe mich dazu entschlossen, hinzugehen. Gehen wir nicht, kommt derjenige zu uns. Ich weiß nicht, was Schlimmer wäre.«

»Sie haben recht, Kollegin. Wer von uns beiden spricht mit Miriam? Wir müssen sie dazu bringen, dass sie sich ebenfalls stellt. Ach, egal, ich mache es. Wir sehen uns am Samstag? Nun werde ich versuchen, die beiden Nächte zu überstehen, bis es so weit ist. Bis dann.«

Fast hätte sie aufgelegt, als sie im letzten Moment den Ruf von Frau Haase vernahm.

»Halt, Frau Röchel. Miriam müssen Sie nicht anrufen, die Mutter von ihr habe ich schon erreicht. Sie teilte mir mit, dass ihre Tochter noch mindestens zwei Wochen in der Reha ist. Die Mutter kümmert sich in der Zwischenzeit um den kleinen Sohn. Miriam, die den Jungen von einem Mann bekam, der sich nach Portugal absetzte, erlitt erst einen Herzinfarkt. Bei weiteren Untersuchungen stellte man fest, dass ihr Körper mit Metastasen durchsetzt ist. Es besteht wenig Hoffnung darauf, dass sie das Jahresende noch erlebt. Sie wird also nicht dabei sein. Wir sehen uns.«

35

Als hätte Gott eine erneute Plage geplant, schüttete es wie aus Kübeln, als sich das große Industriegebäude gegen den grauen Himmel abzeichnete. Böiger Wind sorgte für Geräusche, die ein Pfeifen aus den tiefsten Schlünden der Hölle hätten simulieren können. Emilia ließ die Seitenscheibe ihres Mini Cooper hochfahren und verzog geringschätzig die Lippen. Ihr gemeines Grinsen hatte etwas Diabolisches. Dennoch verbarg sich dahinter für den, der sie besser kannte, auch eine Portion Unsicherheit. So weit, wie es das Gelände zuließ, fuhr sie mit dem tiefliegenden Wagen näher heran. Erst als sie das erste Schleifen unter dem Wagenboden vernahm, stellte sie den Wagen ab und suchte nach dem Schirm.

Wer ist das da hinten an dem breiten Kamin? Scheiße, ich bin zumindest nicht die Einzige und auch nicht die Erste. Nun ja, es wird schon nicht so schlimm. Und wundern werden die sich auch. Mit meiner kleinen Überraschung wird keiner dort gerechnet haben.

Bevor sie den Schatten erneut sichten konnte, war er im Dunkel der halbverfallenen Gebäude verschwunden. Auch sie verschmolz mit den Schatten dieser unheimlichen Ruinen, fand nur mit Mühe den mit hohen Latten verstellten Eingang. Nach einem kurzen Zögern duckte sie sich in das Dunkel des auftauchenden Ganges, der ganz am Ende ein schwaches Licht zeigte. Den Schirm, den sie zum Schutz

gegen den peitschenden Regen benutzt hatte, warf sie acht-
los beiseite und setzte vorsichtig einen Fuß vor den anderen.
Immer näher kam das geheimnisvolle Licht und schuf selbst
bei ihr, die jegliche Angst vor der heutigen Begegnung weit
von sich wies, eine Angstbarriere. Zögernd griff sie nach der
Kante der Tür, die einen Spalt offen stand und für das diffuse
Licht in dem Gang gesorgt hatte. Der Stuhlkreis bildete sich
vor einem Tisch, der leicht erhöht auf einem Sockel stand,
der wohl irgendwann den Boden für eine große Maschine
gebildet hatte. Stumm blickten ihr Viola Röchel und Martina
Haase entgegen, deren Schatten sie wohl zuvor zwischen
den Mauern draußen entdeckt hatte. Emilia mied die direkte
Nähe der beiden Lehrerinnen, da sie sich dessen bewusst
war, dass diese beiden Frauen nicht zum engeren Freundes-
kreis zu zählen waren. Platz fand sie genau gegenüber. Mit
übereinandergeschlagenen Beinen und vor der Brust verschränkten Armen wartete sie das Geschehen ab. Ihre
Geduld wurde auf eine harte Probe gestellt, bis sich an der
Tür, die nach draußen führte, etwas tat.

Es war das leise Winseln, bevor sich ein wuseliger kleiner
Hund durch den entstandenen Schlitz der Tür schob und wit-
ternd die Nase hob. Alle drei Frauen, die zumindest auf
etwas anderes gewartet hatten, blickten erstaunt auf das freu-
dig mit dem Schwanz wedelnde Fellbüschel. Ihm folgte am
Ende einer langen Leine eine Frau, die auf den ersten Blick
keinem von ihnen bekannt vorkam, bis Melanie Haase
erstaunt ausrief: »Ellen, Ellen Makard, bist du das? Ich
glaube das nicht. Du bist es wirklich. Was ... was tust du hier
unten? Warum hat man dich hierher eingeladen?«

Niemand bemerkte auf Anhieb, wie vorsichtig und
zurückhaltend Ellen den Raum betrat, ihr Hündchen zurückzog, um es fest zu umklammern. Viola Röchel hielt ihre

Kollegin am Arm zurück, die auf die frühere Schülerin zugehen wollte.

»Tun Sie das nicht, Frau Haase. Ich wäre momentan sehr vorsichtig mit dem, was Sie tun und sagen. Es muss einen tiefen Sinn haben, dass diese ehemalige Schülerin plötzlich hier auftaucht. Setzen Sie sich bitte wieder und warten Sie ab, was noch geschieht.«

Die Stimme Emilias lenkte ab, als sie die Schülerin begrüßte, die sie vor vielen Jahren zum Hauptziel ihrer Quälereien auserkoren hatte.

»Na, das ist aber eine Überraschung, Ellen. Hat man dir freigegeben? Musst du morgen früh wieder in der Gummizelle sein? Setz dich doch zu mir, damit ich erfahre, was man in den letzten Jahren mit dir angestellt hat.«

Kaum hatte Ellen Emilia ausgemacht, blieb sie starr stehen und trat sogar mit angstgeweiteten Augen zurück, bis sie von der bröckeligen Wand in ihrem Rücken aufgehalten wurde. Langsam ließ sie sich daran heruntergleiten und nahm ihren Welpen auf den Arm. Sie hielt ihn sogar vor das Gesicht, um nicht in Emilias Augen sehen zu müssen. Die erhob sich und machte Anstalten, auf die zusammengesunkene Frau zuzugehen. Die Stimme eines Mannes ließ sie zusammenfahren. Sie erkannte sofort, dass sie es mit Leon zu tun hatte, der von der anderen Seite in den Raum getreten war.

»Niemand hat Ihnen erlaubt, sich zu erheben, Frau Krafzik. Niemand. Ich möchte auch die anderen Teilnehmer darum bitten, von nun an den Stuhl nicht mehr zu verlassen, den Sie sich selber ausgesucht haben. Unsere Gastgeberin und gleichzeitig Richterin wünscht es so.«

An Ellen gewandt schlug Leon allerdings einen anderen Ton an.

»Darf ich Sie bitten, Frau Fontana, dass Sie sich ebenfalls einen Stuhl am Tisch aussuchen.«

»Wieso Fontana, und wieso darf die am Tisch sitzen, während wir wie dreckiges Fußvolk in der Holzklasse hocken? Ich möchte etwas zu trinken, Leon. So heißen Sie doch, wenn ich mich richtig erinnere? Ich habe Durst.«

»Das verstehe ich gut, Frau Krafzik. Bei den Gemeinheiten, die Sie tagtäglich durch Ihre Kehle jagen, bleibt das nicht aus. Aber leider müssen Sie sich noch gedulden, da zuerst unsere Ehrengäste versorgt werden.«

Drei Augenpaare folgten dem jungen Mann, der eine Schüssel vom Boden nahm und an einem aus der Wand ragenden Kran Wasser hineinlaufen ließ. In aller Ruhe setzte er dieses Gefäß vor dem kleinen Welpen ab, der gierig das Nass aufschleckte. Im Unterschied zu der von Hass geprägten Miene von Emilia zeigte sich auf den Gesichtern von Röchel und Haase ein mildes Lächeln. Dankbar nahm Ellen das Glas entgegen, das ihr Leon reichte.

»Ach so läuft das hier. Wird das Ganze wieder gefilmt und später bei einer Versammlung von Kommunisten als Beispiel für die Unterwerfung der Upperclass gezeigt? Damit wollen Sie beeindrucken, Sie kleiner Möchtegern? Wenn dieses Theater hier vorbei ist, werden Sie wieder in das Loch zurückkriechen müssen, aus dem Sie gekrochen sind. Wie lange soll das Affentheater noch dauern? Ich bin noch verabredet.«

Absolut unbeeindruckt richtete Leon den Blick auf die Tür, durch die zuvor Ellen Fontana eingetreten war. Nun erschien die imposante Figur von Phil Sommer, der sich sofort der immer noch auf dem Boden sitzenden Ellen zuwandte. Fürsorglich legte er seinen Arm um ihre Schulter und half ihr hoch. Mit zusammengezogenen Schultern ließ sich Ellen zum Tisch führen, ohne Emilia anzusehen. Die hingegen schien die Situation zu genießen. Das änderte sich abrupt, als wieder Schritte zu hören waren, die sich der Tür näherten. Emilia konnte sich nicht länger zurückhalten und scherzte weiter.

»Wird das hier ein Schaulaufen von Typen, die ihr bisheriges Leben verkackt haben und nun zeigen wollen, wie mächtig das Proletariat in Wirklichkeit ist? Ich werde mir das nicht mehr lange ansehen und abhauen. Passiert hier mal langsam was?«

Kaum hatte sie den Satz ausgesprochen, erschien eine ältere Frau, die von einer etwa Gleichaltrigen gestützt zum Tisch geführt wurde. Noch immer war Ellens Gesicht zur Tischplatte gerichtet. Sie wagte es nicht, aufzusehen, da sie keinesfalls in das Gesicht der Frau blicken wollte, die ihr das Leben als Schülerin zur Hölle gemacht hatte. Als jedoch das Pärchen genau vor ihrem Tisch stehen blieb, hob sie ihren Kopf wie unter einem Zwang und schrie ihren Schmerz so laut heraus, dass sogar Emilia heftig zusammenfuhr.

»Geh weg. Oh bitte, geh weg von mir. Ich will nicht, dass du hier bist. Geh wieder zurück in deine Hölle, wo du hingehörst. Phil ... bitte hilf mir und bring mich hier weg. Ich halte das nicht aus.«

Fest drückte Phil sie an sich und strich ihr über das Haar. Als Susanne Makard ihre zitternde Hand nach der Tochter ausstreckte, wich diese panisch zurück, als wäre der leibhaftige Teufel ihr zu nahegekommen. Doch Susanne Makard war nicht in diesen Keller gekommen, um bei der kleinsten Gegenwehr aufzugeben, obwohl sie die Traurigkeit in ihrem Blick nicht verbergen konnte.

»Liebes, hör mir bitte zu. Bitte, nur einen Augenblick. Dann werde ich, wenn du es wünschst, wieder aus deinem

Leben verschwinden. Aber es ist sehr wichtig, dass du mir zuhörst.«

»Was wird das hier?«, mischte sich wieder Emilia ein, die sich trotz Verbot von ihrem Stuhl erhoben hatte. »Ist das wirklich nötig, dass Gäste eingeladen werden, um der Wiedersehensfeier zweier Geisteskranker beizuwohnen? Das hättet ihr auch in aller Öffentlichkeit auf einem Marktplatz veranstalten können. Ich mache das nicht länger mit.«

Niemand hätte Susanne Makard diese Schnelligkeit zuge-traut, als sie mit zwei Schritten vor Emilia auftauchte und ihr ein kurzschneidiges Messer in den Oberarm stieß. Ihr Schmerzensschrei drang durch den Raum und verstärkte sich mehrfach an den Wänden. Noch bevor Emilia ihre Hand auf die stark blutende Wunde drücken konnte, stand Ellens Mutter wieder vor ihrer Tochter, um sich sogar vor ihr niederzuknien.

»Geh doch weg, Mutter ... geh endlich weg von mir. Ich habe dir doch nichts getan. Willst du mich wieder quälen? War es noch nicht genug, bevor du in die Klinik kamst? Sie hatten versprochen, dass du mich nie wieder ... was willst du jetzt von mir?«

Immer wieder tupfte Phil die Tränen fort, die wie Sturz-bäche über Ellens Gesicht rannen. Susanne nahm ihm vor-sichtig das Taschentuch ab und versuchte, seine Rolle zu übernehmen. Wild schlug Ellen um sich, traf die Mutter sogar einmal hart ins Gesicht. Die zog die Hand zurück und redete auf ihre Tochter mit ruhiger Stimme ein, nur unterbro-chen vom leisen Wimmern Emilias.

»Du hast alles Recht der Welt, mich zu hassen, Kleines. Ich habe dir im Leben nur Kummer bereitet, dich geschlagen und verletzt. Dafür habe ich neunzehn Jahre gebüßt. Lange Jahre habe ich in dieser Klinik verbracht und an mir gearbeitet. Es gab keinen Tag, keine Stunde, in denen ich nicht an dich dachte, an das, was ich dir angetan habe. Die Hölle habe ich dir bereitet und sie selbst dafür empfangen. Sie sagen, dass ich geheilt bin, Ellen. Und ich glaube daran. Ich möchte alles wieder gutmachen, was ich in dir zerstört habe. Und dieser Junge neben dir hat mir versprochen, dass er uns hilft. Kein anderer Mensch als dieser junge Mann wäre besser dafür geeignet. Joel hat mir versprochen, dass er immer an deiner Seite sein wird, egal, was auch immer geschieht.«

»Joel? Wer ist Joel? Von wem sprichst du da? Ich möchte, dass Phil bei mir ist. Nur Phil versteht mich.«

Statt Susanne Makard meldete sich der angebliche Phil zu Wort.

»Ich habe dich angelogen, Ellen. Verzeihe mir bitte, aber es musste sein. Ich bin in Wirklichkeit Joel, der Sohn von Kurt Klammer. Wir mussten so handeln, um unser Spiel, wie wir es nennen, zu Ende bringen zu können. Keiner von uns durfte mit dem wirklichen Namen in Erscheinung treten, da wir sonst aufgefallen wären. Mutter musste sich gänzlich heraushalten, da sie als Erste vernommen worden wäre. Nachdem deine Mutter als geheilt entlassen wurde, kam sie auf uns zu und erklärte einen Plan, an dem sie viele Jahre gebastelt und über den sie nachgedacht hatte. Diese Frauen sollten nicht so davonkommen, nachdem sie meinen Vater umgebracht und dich fast in den Wahnsinn gedrängt haben. Zwei haben ihre gerechte Strafe bereits erhalten, Miriam kann ihrer nicht mehr entgehen. Gott hat sie in seiner unendlichen Weisheit mit dem Krebs bestraft. Nun bleibt nur noch, das Urteil zu vollstrecken an den verbleibenden Frauen.«

Emilias Gesicht verzerrte sich zu einer Maske, während sie losbrüllte.

»Dieses Miststück wird mich nicht richten. Nicht die. Pah ... geheilt. Seht sie euch an. Schaut in ihre Augen und ihr werdet den Wahnsinn immer noch darin erkennen. Der vergeht nie, glaubt mir. Was hat sie gerade mit ihrem Messer gemacht? Sie wollte mich umbringen. Ist das normal?«

Susanne Makard wandte sich erschreckend langsam zu Emilia um und näherte sich ihr, was diese zurückweichen ließ. In Makards Hand war deutlich das Messer zu sehen, das sie wie eine Kriegerin kreisen ließ. Sie zögerte, als Emilia ihr plötzlich erstaunlich ruhig begegnete.

»Es ist genug, Leute. Jetzt werden wir den Besucher begrüßen, der euch den Arsch aufreißen wird. Macht meinem Bodyguard einmal klar, dass ihr hier den Takt angebt. Er wird sich köstlich darüber amüsieren.«

»Sprichst du von dem Kevin-Costner-Ersatz, der drüben ohnmächtig in der Zelle liegt? Vergiss ihn«, bemerkte Leon. »Der war nicht einmal in der Lage, beim Eindringen ins Gebäude, unbemerkt an mir vorbeizukommen. Wenn er aufwacht, wird er sich nicht einmal daran erinnern, wer ihn ins Land der Träume geschickt hat.«

Susanne Makard kam unbeirrt näher heran und blickte hinunter auf Emilia, die sichtlich in ihrem Stuhl zusammengeschrumpft war.

»Siehst du nun, warum wir uns diesen Mann mit ins Boot holten? Ohne Leons Hilfe hätten wir das alles wohl nicht organisieren können. Durch Zufall erfuhr ich von diesem selbstlosen Helfer in der Not, der in seinem Leben Schlimmes erfahren musste und nun für das Recht anderer eintritt. Er ist geübt im Umgang mit schweren Jungs und dem Verbrechen, denn er war selbst lange genug darin gefangen. Er hat sich losgesagt.« Susanne Makard war sich sicher, dass sich alle im Raum diese Frage nach Leons Aufgabe bereits gestellt hatten. Jetzt war es endlich raus. »Doch zurück zu dir, Emilia. Es ist an der Zeit, dass wir dir zeigen, wo deine Grenzen liegen. Mit dir möchte ich ein Experiment machen und ausprobieren, wie weit dich dein Mut und die Kaltblütigkeit begleiten werden. Nimm die Hände nach hinten, bevor ich sie dir abschneiden werde.«

»Um Gottes willen, Frau Makard«, mischte sich Martina Haase ein, die sich lange zurückgehalten hatte. »Sie können uns doch nicht alle töten, nur weil Sie eine Schuld bei Ihrer eigenen Tochter begleichen möchten. Das ist unchristlich. Wir haben nichts mit alledem zu tun.«

Ohne Emilia aus den Augen zu lassen, stellte Susanne Makard etwas klar.

»Bleiben Sie einfach nur sitzen, Frau Haase, und schweigen Sie. Frau Klammer hat sich für Sie verwandt. Sie war es, die Ihren Tod verhindert hat, obwohl auch Sie durch Ihre Untätigkeit Schuld auf sich geladen haben. Doch dieses uneinsichtige Miststück hier soll am eigenen Leib erleben, was es bedeutet, gequält zu werden. Und glauben Sie mir alle, dass ich nicht stolz darauf bin, eine der Besten auf dem Gebiet zu sein.« Auffordernd winkte sie Emilia erneut zu, ihr die Hände zu zeigen. Niemand konnte später sagen, woher sie die Bänder holte, die sich blitzschnell um Emilias Handgelenke legten.

»Komm mit! Du wirst mir jetzt beweisen können, wie stark du bist. Der Nebenraum wurde extra dafür hergerichtet.«

Mit einem heftigen Ruck riss sie Emilia an sich heran und flüsterte ihr die Worte ins Ohr, die eine Reaktion hervorriefen, mit der in diesem Moment niemand außer Susanne Makard gerechnet hatte. Emilia versuchte wegzurennen, lief auf die Eingangstür zu, durch die sie den Raum betreten hatte. Kurz bevor sie mit Leon zusammenstieß, der an der Tür wachte, bremste sie ab. Ihre Worte kamen in kurzen Brocken, da sie nach Luft rang.

»Lassen Sie mich durch, Leon. Sie werden es nicht bereuen ... Geld ... ich mache Sie reich. Sie werden es niemals bereuen.«

Erst als sich Leons Hand über ihren mit Lippenstift verschmierten Mund legte, verstummte ihr Geschrei. Er legte sich die strampelnde Frau kurzerhand über die Schulter und trug sie quer durch den Raum zur gegenüberliegenden Tür. Ihre wüsten Beschimpfungen trafen vor allem Susanne und Ellen Makard. Susanne folgte Leon und ließ Menschen zurück, die in die weiteren Pläne nicht eingeweiht worden waren und gespannt der weiteren Entwicklung entgegensahen.

36

Kaum hatte sich die Tür hinter Leon und Susanne Makard geschlossen, versuchte sich Emilia, die das Schreien eingestellt hatte, in der neuen stockdunklen Umgebung zu orientieren. Sie schloss die Augen reflexartig, als ein Scheinwerfer eingeschaltet wurde und eine Szenerie beleuchtete, die ihr fast das Blut gefrieren ließ. Nachdem Leon sie wieder auf die Beine gestellt hatte, versuchte sie, einige Schritte zurückzutreten. Vor ihr tauchte eine breite Grube im Boden auf. Leon hielt sie fest in der Position, dass sie den Blick dorthin richten musste, wo nur absolute Dunkelheit zu erkennen war. Aus der Tiefe erreichte lediglich leises Fiepen von Ratten die Oberfläche. Erst jetzt, als Susanne Makard mit diversen Hebeln hantierte, die an der Wand befestigt waren, fielen Emilia die beiden Ketten auf, die über der Grube in leichte Schwingungen versetzt worden waren. Der Angstschrei blieb ihr im Hals stecken, was von Susanne Makard mit einem zufriedenen Schmunzeln quittiert wurde.

»Leon, mach sie an den Füßen fest. Achte darauf, dass die Schlaufen auch fest genug um die Fußfesseln liegen, damit uns die Arme nicht zu früh in die Grube fällt. Das wäre doch zu schade.«

Als hätte Emilia nicht ein Wort von dem verstanden, was man mit ihr vorhatte, ließ sie es kommentarlos zu, dass Leon ihr zwei Stoffgurte um die Waden legte und die beiden

Enden der Ketten an eingelassenen Haken befestigte. Sie kreischte erst auf, als sie in die Grube gestoßen und von den Ketten aufgefangen wurde. Kopfüber hing sie über dem Abgrund, der ihr wie ein Höllenschlund entgegenblickte. Der Scheinwerfer beleuchtete eine skurrile Szene, in der eine Frau versuchte, durch wilde Bewegungen ihres Körpers freizukommen, was wiederum ihren sicheren Tod bedeutet hätte. Immer stärker schwang sie innerhalb der Grube und drohte gegen die Seitenwände zu schlagen. Zentimeter für Zentimeter senkte sich die Gefangene in Richtung Grubenboden. Das Quieken wurde intensiver. Die an Irrsinn erinnernden Schreie der Frau über ihnen schien die Tiere noch zu befeuern. Emilia konnte nicht ahnen, dass jeder Ton, den sie ausstieß, über ein Mikrofon in den Raum übertragen wurde, in dem Menschen saßen und sich teilweise die Ohren zuhielten. Die Wände warfen die Angstschreie zurück, verstärkten sie sogar. Die Hölle tat sich vor ihnen auf. Von einer Sekunde zur nächsten verstummte alles um sie herum, als hätte jemand die Übertragung unterbrochen. Die Stille wirkte auf alle derart bedrohlich, dass der umfallende Stuhl wie ein Donnerschlag erschien. Ellen hatte ihren kleinen Hund in Phils Arme gelegt und war aufgesprungen.

»Aufhören! Hört sofort damit auf! Lasst sie frei. Um Gottes willen, lasst Emilia frei. Sie soll nicht länger leiden. Nichts wird dadurch besser, wenn sie das mitmachen muss, was ich erlitten habe.«

Kaum waren ihre mahnenden Worte verklungen, als sich die Tür öffnete, hinter die zuvor Emilia geführt worden war. Deren Blick war zuerst auf den Boden gerichtet, hob sich jedoch in Richtung Ellen, da die immer noch völlig erregt, um den Tisch herum auf sie zueilte. Emilia ließ zu, dass Ellen ihr mit der Hand über die Wange strich. Sie lächelte völlig glücklich, als ihr Blick weiter zu Martina Haase wanderte. Während Leon die Gefangene weiter in den Raum hinein schob, näherte sich Frau Haase und blieb nur wenige Zentimeter vor Emilia stehen. Ihre Hand bewegte sie vor deren Augen hin und her.

»Sie hat sich von uns verabschiedet. Versteht Ihr, was ich sage? Ihr Verstand ist kollabiert. Sie hat sich dieser grausamen Bestrafung damit entzogen. Was sich hier abspielt, ist unmenschlich und geht weit an dem vorbei, was man noch als Bestrafung hätte akzeptieren können. Der Tod kann nicht als Sühne für das stehen, was Herrn Klammer oder Ellen angetan wurde. Auch das hier, was für mich schlimmer ist als der Tod, ist eines Menschen nicht würdig. Wir sollten daraus lernen, dass Gleiches nicht mit Gleichem zu vergelten ist. Solche Rache allein tötet etwas in uns selbst, das uns für den Rest des Lebens verfolgen wird. Es hinterlässt Wunden, die schlimmer sind als die, die uns zuvor zugefügt wurden. Ich weiß, dass Vergebung nicht immer leicht ist. Doch es ist der einzig Weg, um Frieden zu finden.«

Niemand sprach. Nur ein kaum wahrnehmbarer Ton aus dem Nebenraum unterbrach die Ruhe, die Haases Worte verursacht hatte. Als stünde Ellen unter einem inneren Zwang, wandte sie sich zur Tür, öffnete sie und stürmte in den Raum, in dem zuvor Emilia ihrer Strafe zugeführt worden war. Am Rand der Grube lag Susanne Makard. Das Messer, mit dem sie sich die Halsschlagader zerschnitten hatte, befand sich noch in ihrer Hand, fiel dann jedoch fast lautlos aus der schlaffer werdenden Hand in die Grube.

»Mama, nein. Das war falsch von dir. Ich hätte dir irgendwann vergeben können. Hörst du? Ich hätte dir, verdammt noch mal, vergeben können. Bleib bitte bei mir. Bitte.«

Alle, die Ellen in den Raum gefolgt waren, blieben scho-ckiert stehen, als sie Ellen betrachteten, die ihre Mutter in den Armen hielt. Noch immer pulsierte das Blut aus der Halswunde. Ihre letzten schwach gesprochenen Worte konnte nur Ellen verstehen, deren Finger sich danach auf den sich schließenden Mund der Mutter legte.

»Mein Kind ... es war falsch ... warte auf dich. Besser so für uns beide.«

Ihr Kopf fiel zur Seite. Joel hatte Mühe, Ellen von ihr zu lösen.

»Komm, Schatz. Deine Mutter hat ihren Frieden gefunden. Sie hat das Spiel siegreich beendet.«

Rache verändert nicht die Vergangenheit,
aber vielleicht die Zukunft,
die man dann am Ende möglicherweise bereut.

Von Pascal Hilgendorf

Thrillerreihen und Einzeltitel des Autors

ISBN-13 978-3751901352
Teil 1 der Gordon Rabe-Reihe
Als Taschenbuch und E-Book in Online-Shops und
im Buchhandel

Inhalt
Sie gibt sich einem anderen hin!

Die Nachricht am Telefon pflanzt den Stachel der
Eifersucht in die Gedanken der Männer, die an die
ewige Liebe und Treue glauben. Eine perfide
Vorgehensweise eines brutalen Killers setzt eine Gewaltspirale in Gang,
die vielen Frauen im Ruhrgebiet den grausamen Tod bringt.
Lange bleibt das Motiv des Mörders im Nebel, während das Team um
Hauptkommissar Gordon Rabe versucht, eine erste Spur zu finden. Noch
nie begegnete er einem derart brutal und raffiniert agierenden Mörder.
Dessen Spur verliert sich immer wieder, ohne dass die Ermittler weitere
Morde verhindern können.
Erst eine schreckliche Entdeckung lockt den Serientäter aus seinem
Versteck. Die Stunde der Abrechnung scheint gekommen.

ISBN-13 978-3751950923
Teil 2 der Gordon Rabe-Reihe
Als Taschenbuch und E-Book in Online-Shops und
im Buchhandel

Inhalt
Erwacht das Böse in uns, stirbt zuerst die Seele

Die Erkenntnis darüber, dass sie sich im aktuellen
Fall mutmaßlich mit einem mordenden Pärchen
auseinandersetzen müssen, schockiert das Team um
Gordon Rabe.
Grausame Wunden, die alle Opfer aufweisen, zeigen, dass jemand lustvoll
tötet und von Hass besessen sein muss.
Wer bisher glaubte, dass nur Männer zu solchen Taten fähig sind, wird
sein Weltbild korrigieren müssen.
Ein Fall, der die Essener Soko vor Rätsel stellt, da die Täter perfekt
verstehen, ihre Spuren zu verwischen.
Als wäre das nicht ausreichend, muss sich Gordon um einen alten Fall
kümmern, der ihn in tödliche Gefahr bringt.

ISBN-13 978-3751980777
Teil 3 der Gordon Rabe-Reihe
Als Taschenbuch und E-Book in Online-Shops und im Buchhandel

Inhalt:
Zeigt sich der Schatten des Todes, verändert er die Prioritäten im Leben.

Als die blutleeren Körper junger Frauen gefunden werden, ahnt keiner aus dem Team um Gordon Rabe, welch schreckliches Geheimnis sich dahinter verbirgt.
Doch das allein bildet nicht die tödliche Gefahr, die auf alle lauert. Ein Rachefeldzug gilt einem alten Fall, der längst vergessen schien.
Wieder einmal ist der Tod in seiner gesamten Grausamkeit allgegenwärtig und nicht greifbar.
Eine Story, die brutal beweist, wie wichtig menschlicher Zusammenhalt für unser Leben sein kann.

ISBN-13 978-3752608762
Teil 4 der Gordon Rabe-Reihe
Als Taschenbuch und E-Book in Online-Shops und im Buchhandel

Inhalt:
»Die Würde des Menschen ist unantastbar«

Dieser wichtigste Artikel des Grundgesetzes wird in abstoßender Art und Weise von Menschenhändlern missachtet, als sie junge Frauen in Containern ins Land schmuggeln. Das Team um Gordon Rabe muss nicht nur um das Leben von unschuldigen Frauen bangen, die von brutalen Händlern zur Prostitution gezwungen werden. Ein scheinbarer Suizid wirft viele Fragen auf, deren Antworten ungeahnte Familiengeheimnisse preisgeben. Die Lösung scheint so einfach, bis eine unerwartete Wendung alle schockt.

ISBN-13 978-3752668946
Teil 5 der Gordon Rabe-Reihe

Als Taschenbuch und E-Book in Online-Shops und im Buchhandel

Inhalt:
„Gib und es wird dir gegeben"

Dem Bibel-Spruch folgend erhält Lisbeth Schöning ein lebensrettendes Organ. Gerne hätte sie der Spenderin dafür gedankt. Zu spät erfährt sie, dass brutale Händler im Bereich des weltweiten Organhandels die Finger im Spiel haben. Ein todbringender Fall, der dem Team um Gordon Rabe alles an Recherche abverlangt.

Damit nicht genug. Drohbriefe der Russenmafia gegen seine Familie führen den Hauptkommissar an die Grenze des Ertragbaren. Er muss seine Liebsten schützen und gleichzeitig den Verräter in den eigenen Reihen entlarven. Ein Katz- und Maus-Spiel beginnt.

ISBN-13 978-3753476087
Teil 6 der Gordon Rabe-Reihe

Als Taschenbuch und E-Book in Online-Shops und im Buchhandel

Inhalt:
Verwehre deinem Kind die Möglichkeit zur freien Entscheidung in der Liebe, und du nimmst ihm jegliche Würde. Brauchtum darf Würde niemals ersetzen.

Dass es dem Entführer des Firmenchefs Martin Schaffrath nicht um Lösegeld geht, ist selbst für das erfahrene Team um Hauptkommissar Gordon Rabe eine neue Erfahrung. Die Gründe dafür bekommt nicht nur der Entführte schmerzhaft zu spüren. Sein Geheimnis, von dem jedoch jeder weiß, wird ihm zum Verhängnis.
Der Suizidversuch einer jungen Frau, der anfangs keine gebührende Aufmerksamkeit erfährt, entwickelt sich besonders für Kommissarin Leonie Felten zu einem persönlichen Drama. Auch hier schockiert die traurige Wahrheit, die dieses Mädchen in die Hölle von verbotenen Ritualen führt.
Gordon Rabe, der seinen Abschied aus dem Polizeidienst plant, muss bis an die Grenzen gehen.

ISBN 978-3749410620
Band 1 aus der Reihe Liebig/Momsen

Als Taschenbuch und E-Book in allen Buchhandlungen und Online-Shops.

Inhalt:
»Du bist stärker als deine Angst! Sie spürt es und wird nachgeben.«

Die geflüsterten Worte sollen Sarah beruhigen, ihre Höhenangst endgültig besiegen. Ein Psychopath nutzt die Urängste der Menschen, um sie in den Tod zu treiben.
Sein perfider Plan geht bei den Schutzbedürftigen einer Selbsthilfegruppe auf, die ihre Phobien bekämpfen möchten.
Wird Peter Liebig, Hauptkommissar im Essener Morddezernat, die Pläne des Wahnsinnigen durchkreuzen können?
Der Täter hinterlässt keine Spuren. Erst als der erfahrene Beamte in die Hölle des Killers hinabsteigt, entdeckt er dessen Geheimnis.
Ein Psychoduell beginnt, das zwei völlig verschiedene Welten aufeinanderprallen lässt.

ISBN 978-3738622706
Band 2 aus der Reihe Liebig/Momsen
Als Taschenbuch und E-Book in allen Buchhandlungen und Online-Shops.

Inhalt:
»Die Qualen der Zelle liegen hinter ihr –
Doch die Hölle der Freiheit erwartet sie bereits«

Sieben Jahre teilte Daniela die Zelle mit Psychopathinnen. Totschlag war ihr Verbrechen, für das sie lange sühnte.
Nun steht sie vor dem Tor der JVA und einer Freiheit gegenüber, die keine ist. Unerbittlich begegnet ihr die Familie mit Ablehnung. Als sie in einen Strudel aus Gewalt gezogen wird, sehnt sie sich zurück in den Regelbetrieb des Strafvollzugs.
Ein perverser Serienmörder und ein brutaler Zuhälter reißen sie in den Vorhof zur Hölle.
Ausgerechnet ein Ermittler steht ihr zur Seite, den die Vergangenheit mit den Taten des perfiden Mörders verbindet.

ISBN 978-3749452163
Band 3 aus der Reihe Liebig/Momsen

Als Taschenbuch und E-Book in allen Buchhandlungen und Online-Shops.

Inhalt:
Das Feuer reinigt und lässt nur Asche zurück -
Doch das abgrundtief Böse hat es auch für sich entdeckt.

Während die tapferen Einsatzkräfte der Feuerwache ihr Leben aufs Spiel setzen, um Menschen vor dem Tod zu bewahren, lebt ein Psychopath seine kranken Leidenschaften aus, folgt dem Trieb, unvorstellbar grausam töten zu müssen.
Immer mehr verdichtet sich der Verdacht, dass dieser Wahnsinnige nicht nur medizinische Grundkenntnisse besitzen muss. Nein - es könnte ein Feuerteufel sein, der sogar aus dem engeren Umfeld der Feuerwehr kommt. Jeder ist plötzlich verdächtig. Ein Psychokampf beginnt und gefährdet Freundschaften. Das Ermittlerduo Liebig und Momsen steht vor dem bisher rätselhaftesten Fall, der sie selbst in tödliche Gefahr bringt.

ISBN 978-3749497850
Band 4 aus der Reihe Liebig/Momsen

Als Taschenbuch und E-Book in allen Buchhandlungen und Online-Shops.

Inhalt:
Das Ziel ist Rache - das Ergebnis ist Selbstzerstörung

Niemand kann zu diesem Zeitpunkt erahnen, welche Opfer ein Rachefeldzug noch fordert, als man die erste schrecklich zugerichtete Leiche findet. Die Frau wurde hingerichtet von einem Täter, der damit eine blutige Spur durch die Strafverfolgungsbehörden ankündigt. Dass er keine Spuren hinterlässt und sein Motiv Rätsel aufgibt, macht es dem bekannten Ermittlerteam um Peter Liebig und Rita Momsen nicht einfacher. Seine Todesliste arbeitet der Killer unerbittlich ab. Das Grauen findet seine Fortsetzung, obwohl sich Puzzlestücke zusammenfügen. Der Tod jedoch hat die sympathischen Kripobeamten längst eingeplant.

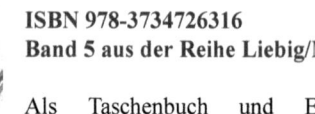

ISBN 978-3734726316
Band 5 aus der Reihe Liebig/Momsen

Als Taschenbuch und E-Book in allen Buchhandlungen und Online-Shops.

Inhalt:
Nichts ist vergessen. Die Zeit der Vergeltung ist gekommen.

Die Frauen besitzen alle das gleiche Äußere. Doch das ist nicht das einzig Gemeinsame. Sie sterben alle einen grausamen Tod. Der Serienmörder foltert seine Opfer bestialisch, ohne auch nur die geringste Spur zu hinterlassen. Er macht den ersten Fehler, als einem Opfer die Flucht aus dem schrecklichen Kerker gelingt. Doch die Ermittler Rita Momsen und Peter Liebig erleben eine tiefe Enttäuschung, als sie auf die Hilfe des Opfers und erste Spuren setzen. Der geheimnisvolle Mörder bleibt nicht nur weiter ein Phantom, sondern wird selbst für sie zur tödlichen Bedrohung.

IBN 978-3746067858

Band 1 aus der Serie Spelzer/Hollmann
Als Taschenbuch und E-Book in allen Buchhandlungen und Online-Shops.

Inhalt:
Der Wald rund um die Ruine der Essener Isenburg - eine Oase der Ruhe und des Friedens. Das ändert sich mit dem Fund einer ersten, grausam zugerichteten Leiche.

Kommissar Sven Spelzer, als erfahrener Leiter der Mordkommission, begegnet einem Serienkiller, der präzise seine unvorstellbaren Taten plant. Der Täter preist seine Morde als Kunstwerke.

Wenn bisher ein System sein Wirken steuerte, so ist es die Gier Außenstehender, die eine unfassbare Lawine der Gewalt auslöst.

Gemeinsam mit der Rechtsmedizinerin Karin Hollmann begibt sich Spelzer auf die Suche nach dem Wahnsinnigen. Sie ahnen nicht, welche Hölle die Bestie schon für sie vorbereitet hat.

Kalendermord - der erste Fall für dieses Ermittlerteam, der sie sofort an ihre Grenzen zwingt.

ISBN 978-3746055879

Band 2 aus der Serie Spelzer/Hollmann
Als Taschenbuch und E-Book in allen Buchhandlungen und Online-Shops.

Inhalt:
»Der ist definitiv ertrunken. Die haben ihn noch lebend ins Wasser geworfen, dabei nicht mal seine Hände gefesselt.«

Die Aussage der Rechtsmedizinerin Karin Hollmann ist klar und deutlich. Sven Spelzer, mit dem sie schon den Serienmörder Pehling zur Strecke brachte, weiß von Anfang an, wen er für diesen Zeugenmord zur Verantwortung ziehen muss.

Die Soko wurde gebildet, um den ›SERBEN‹, wie sie den Gewaltverbrecher nennen, nach Jahren der Erfolglosigkeit, endlich zur Strecke bringen zu können. Brutalster Drogen- und Menschenhandel wird ihm zur Last gelegt. Mögliche Belastungszeugen verschwinden meist spurlos. Doch wer ist der unsichtbare Helfer im Hintergrund? Gibt es einen Maulwurf in den Reihen der Polizei?

Wieder werden die beiden Ermittler in einen Einsatz hineingezogen, der sie, wie schon im ersten Band dieser Reihe, an die Grenzen treibt. Als sie bereits an den sicheren Zugriff glauben, hat der Teufel längst die Falle gebaut.

ISBN 978-3752834215
Band 3 aus der Serie Spelzer/Hollmann

Als Taschenbuch und E-Book in allen Buchhandlungen und Online-Shops.

Inhalt:

»Da unten ist die Hölle«

Die Taucher der Essener Wasserschutzpolizei müssen weit über ihre psychischen Grenzen hinausgehen, als sie das Depot eines Killers in der Tiefe räumen.

Welcher Wahnsinnige versteckt die Toten im Essener Baldeneysee?

Wieder einmal stehen Rechtsmedizinerin Karin Hollmann und ihr Freund, Oberkommissar Sven Spelzer vor Mädchenleichen, die ihnen viele Rätsel aufgeben.

Wie weit geht ein skrupelloser Gangsterboss, um den gewaltsamen Tod seines Bruders zu rächen? Zwei scheinbar unabhängige Fälle bringen die Ermittler selbst in Lebensgefahr. Ein friedliches Naherholungsgebiet entpuppt sich als Spielwiese für einen irren Mörder.

ISBN 978-3752877953
Band 4 aus der Serie Spelzer/Hollmann

Als Taschenbuch und E-Book in allen Buchhandlungen und Online-Shops.

Inhalt:

»In mir hat der Satan ein Zuhause gefunden. Tust du nicht das, was ich von dir verlange, wirst du genau ihn von seiner fantasievollsten Seite kennenlernen.«

Die Drohungen treiben dem korrupten Polizisten kalte Schauer über den Rücken. Während Doktor Karin Hollmann und Oberkommissar Spelzer einen Satanisten verfolgen, der im Ruhrgebiet seine Opfer sucht und findet, versucht der Serienmörder Pehling, an seinem Zufluchtsort neue Gegner abzuwehren.

Aber nur, wenn sich die so unterschiedlichen Weggefährten zusammenschließen, haben sie eine verschwindend geringe Chance. Sie müssen verhindern, dass ein Satansjünger seine Visionen vom Reich des Antichristen verwirklichen kann.

Der Weg dahin fordert einen blutigen Tribut, denn der Gegner scheint nicht von dieser Welt.

ISBN 978-3752892178
Band 5 aus der Reihe Spelzer/Hollmann

Als Taschenbuch und E-Book in allen Buchhandlungen und Online-Shops.

Inhalt:
Der Frieden ist nur Schein - hinter ihm lauert der Tod

Eine ganze Region zittert vor ihr, obwohl sie Schutz versprach. Eine schöne Frau regiert nach dem Tod des Don unnachgiebig eine italienische Region. Nur einer durchschaut ihr Intrigenspiel, kennt ihr Geheimnis, das sie angreifbar macht. Geduldig wartet er auf den Tag der Abrechnung.

Ein grausamer Mafiakrieg, in den die Gerichtsmedizinerin Karin Hollmann, Hauptkommissar Spelzer und ein Serienkiller unaufhaltsam hineingezogen werden. Sie versuchen, Unschuldige zu schützen.

Obwohl die Handlungsabläufe in sich abgeschlossen sind, empfiehlt es sich, die Bücher in der Reihenfolge zu lesen.

ISBN 978-3744869997

Als Taschenbuch und E-Book in allen Buchhandlungen und Online-Shops.

Inhalt:

Seit Jahren verschwinden Prostituierte im Ruhrgebiet. Keine Leichen. Keine Spuren. Nichts kann den Killer aufhalten. Die erst 10-jährige Andrea Lesbe und ihr gleichaltriger Freund leiden schon in der Schule unter Mobbing. Die Mitschüler machen ihnen das Leben zur Hölle. Was die Kinder zu diesem Zeitpunkt nicht wissen können: Ein Hurenmörder beginnt gleichzeitig sein perfides Werk. Unaufhaltsam verbindet sich ihr Schicksal mit dem des irren Killers.

Als Andrea als Erwachsene wieder in ihre Heimatstadt Essen zieht, trifft sie nicht nur auf den einstigen treuen Freund. Sie begegnet auch einem geheimnisvollen Fremden, der sie magisch anzieht. Hauptkommissar Schlicht ermittelt mit seiner Soko seit 16 Jahren erfolglos im Fall eines vermissten Kindes und der beängstigenden Mordserie. Erst als der Killer die Abstände seiner grausamen Taten verkürzt, finden sich erste Spuren.

Damit das Geheimnis um den Serienkiller gelüftet werden kann, müssen die Beteiligten in den Vorhof zur Hölle hinabsteigen. Erst dort begegnen sie der grausamen Wahrheit.

»Ein Thriller, der die schmale Kluft zwischen Normalität und dem menschlichen Wahnsinn spannend beschreibt.«

ISBN 978-3752856873

Als Taschenbuch und E-Book in allen Buchhandlungen und Online-Shops.

Inhalt

Als sich die Zellentür für Dirk Rasper nach vielen Jahren vorzeitig öffnet, ahnt Hauptkommissar Klare nicht, welche Welle der Gewalt er damit auslöst. Nach seinen Recherchen saß der Mann über sieben Jahre unschuldig hinter Gittern.

Ein geheimnisvolles Versprechen aus der Vergangenheit band Rasper daran, die ihn möglicherweise entlastende Wahrheit zu verschweigen.

Als der Gefangene aus der Hölle des Strafvollzugs entlassen wird, treibt ihn die Liebe zu seiner kleinen Tochter und der Wunsch nach Rache an. Es mehren sich Zweifel daran, ob die Entscheidung, den Mann zu entlassen, nicht ein weiterer Fehler war.

Das Grauen findet einen neuen Anfang und endet im überraschenden Showdown.

ISBN 978-3753408507
Als Taschenbuch und E-Book in allen Buchhandlungen und Online-Shops.

Inhalt

Patrick Schreiber wollte eigentlich nur seine Schreibblockade überwinden, als er die Ruhe in der beschaulichen Umgebung des sauerländischen Winterberg sucht. Als er in den dichten Wäldern auf Leichenteile einer jungen Frau stößt, wird er unweigerlich in die Suche nach einem grausamen Serienmörder gerissen. Der Strudel aus Mord, Lynchjustiz und Intrigen droht ihn zu verschlingen. Hilfe erfährt er durch den charismatischen LKA-Kommissar Kalkove, der mehr durch Zufall den Fall zugeteilt bekommt. Die Jagd beginnt nach einem Wahnsinnigen, der absolut keine Spuren hinterlässt. Erst als Patricks alte Liebe unverhofft auftaucht und in die Hölle des Täters gerissen wird, scheint sich der Nebel um ein Motiv endlich zu lichten. Doch die Zeit arbeitet gegen die Ermittler. Nach der Lektüre werden wir die idyllischen Wälder des Sauerlandes mit anderen Augen sehen. Nichts wird mehr so sein wie vorher. Als Bonus erhalten Sie in diesem Buch die Kurzgeschichte Das Leiden Bogdans Lesen Sie vom Bemühen um eine gute Nachbarschaft. Nur ein Vorschlag, um einen verfahrenen Konflikt der Generationen zu lösen.

ISBN 978-3754318497
Als Taschenbuch und E-Book in allen Buchhandlungen und Online-Shops.

Die Monate der Schwangerschaft hatten die Liebe zu dem Wesen geschaffen, das in ihr heranwuchs. Doch sie wird ihr Kind niemals kennenlernen. Man findet Daniela Feige irgendwo am Straßenrand abgelegt, medizinisch gut versorgt. Niemand kann ihr sagen, was mit ihrem Kind passierte, das man fachmännisch entbunden hatte. Doch sie wird nicht die Einzige bleiben, die dieses Schicksal teilt. Eine speziell dafür eingerichtete Essener Soko ermittelt in einem Fall, der einen global eingerichteten Babyhandel vermuten lässt. Alle Recherchen führen die engagierten Ermittler in Sackgassen. Das Darknet gibt seine Geheimnisse einfach nicht preis. Niemand glaubt mehr an einen Erfolg, bis ihnen ein weiteres grausames Verbrechen erste Hinweise liefert.

257

ISBN 978-3741226458
Als Taschenbuch und E-Book in Online-Shops und im Buchhandel

Inhalt:
Als Nicole Manfred Kirchner begegnet, glaubt sie, den Richtigen für ein bleibendes Glück gefunden zu haben. Als das Monster die Maske fallen lässt, ist es schon zu spät. Nicole muss einen sehr hohen Preis bezahlen: Sexueller Missbrauch, grausame Misshandlung und kriminelle Machenschaften treiben Nicole fast in den Freitod.
Ihr Weg kreuzt den eines älteren Mannes. Nun erfährt sie, dass es auch Menschen gibt, die Hilfsbereitschaft und Freundschaft über ihre eigene Sehnsucht nach Liebe stellen. Doch Manfred Kirchner ist nicht der Mann, der sein Opfer so schnell aus den Klauen lässt. Das Schicksal treibt ein makabres Spiel und zwingt zwei Menschen an die Grenze des Zumutbaren.
Wird Nicole sich befreien können? Erkennt sie das wahre Glück und greift danach? Kennt das Glück wirklich kein Erbarmen?
Der Autor lässt den Leser wie schon in seinen beiden vorangegangenen Romanen tief in die dunklen Seiten des menschlichen Zusammenlebens eintauchen und bietet viel Stoff für Diskussionen.

ISBN 978-3746018317
Als Taschenbuch und E-Book in Online-Shops und im Buchhandel

Inhalt:
»Die Flossen hoch! Das ist ein Überfall!«
Die Aufforderung steht drohend im Raum des City Fitness, in dem auch die an MS erkrankte Rita Richter trainiert. Die in der Schalke-Arena gestählte Frau beweist den Brutalos, dass selbst Waffengewalt nichts ausrichtet gegen Lebensmut und derbe Schlagfertigkeit. Als die drei Kleinganoven Freddy, Richard und Massimo ihren Plan entwickeln, wissen sie noch nicht, welcher übermächtige Gegner sich ihnen in den Weg stellt. Eigentlich hatten sie eine Entführung geplant. Eigentlich! Da das Opfer unverschämterweise Urlaub macht, muss spontan umdisponiert werden. Alles ohne Plan B. Schneller, als es sich das Trio vorstellen kann, erscheint die Polizei auf der Bildfläche und eine ungewollte Geiselnahme nimmt ihre kuriose Fahrt auf. Schnell bekommen die Ganoven zu spüren, dass die Polizei nicht ihr ärgstes Problem darstellt.
Auch der leitende Hauptkommissar Holger Knoll wird diese ungewöhnliche Geiselnahme nie wieder vergessen können. Nichts ist vorhersehbar, alles läuft komplett aus dem Ruder. Die tatkräftige Hilfe kommt von einer Seite, die das Eingreifen des Polizeiteams fast überflüssig macht.

ISBN 978-3741261534
Als Taschenbuch und E-Book in Online-Shops und im Buchhandel

Inhalt:
Vera und Peter Sobier genießen mit ihrem zwölfjährigen Sohn Patrick ein sorgenfreies Familienglück. Das endet abrupt, als der erfolgreiche Rechtsanwalt einen folgenschweren Verkehrsunfall verursacht. Patrick erleidet ein Schädel-/Hirn-Trauma und fällt in ein Koma. Peter Sobier kommt mit leichten Verletzungen davon und sucht verzweifelt einen Weg, mit seiner schweren Schuld leben zu können. Die Liebe zu Vera wird auf eine harte Probe gestellt.

Die härteste Zerreißprobe ihres Lebens fordert den Eltern alles ab, denn das Schicksal kann grausam sein. Verzweiflung, Glaubenskonflikte und Hoffnungslosigkeit zerfressen den Geist des Vaters. Außergewöhnliche Signale, die der Sohn aus seiner finsteren Welt aussendet, verändern die Sicht aller Beteiligten.
Wird die Liebe der Eltern den vielen Prüfungen standhalten?
Hat Patrick eine Chance, jemals wieder zurück ins Leben zu finden?

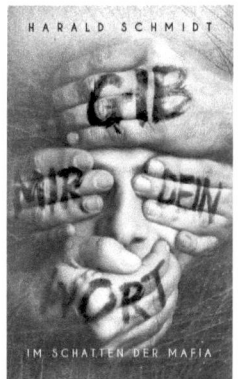

ISBN 978-3741225383
Als Taschenbuch und E-Book in Online-Shops und im Buchhandel

Inhalt:
Als der vierzehnjährige Claudio ungewollt durch einen Freund in die Drogengeschäfte der ›Organisation‹ hineingezogen wird, beginnt sein Leidensweg.
Verrat und Misstrauen bringen ihn in allergrößte Gefahr. Zu seiner eigenen Sicherheit muss er Kalabrien, Familie und Freunde verlassen. Auf sich selbst gestellt, begibt er sich auf den steinigen Weg nach Deutschland. Hier hofft er, sich aus dem Netz der Mafia, der Ndrangheta, befreien zu können. Doch das Leben zeigt ihm mit aller Härte, was es bedeutet, der Vergangenheit entfliehen zu wollen.
Kann Claudio untertauchen in einer für ihn völlig fremden Welt? Wird er eine Zukunft mit eigener Familie aufbauen können?
Findet er ›LA DOLCE VITA‹ auch in Deutschland?
Inspiriert von einer wahren Geschichte, schildert der Roman in ungeschönten Bildern, wie das Verbrechen Leben zerstören kann.
Ein Sumpf von Gewalt, Drogen und Korruption, aber auch tiefe Freundschaften begleiten den Jungen auf der Suche nach einer neuen Heimat.

ISBN 978-3741299056

Als Taschenbuch und E-Book in allen Buchhandlungen und Online-Shops.

Inhalt:

Alfred Reimann, dreiunddreißig, Single, gut aussehend, Jungfrau.

Bis heute lief das Leben des liebenswerten Finanzbeamten und seiner Teddydame Bienchen in geordneten Bahnen. Noch weiß er nicht, dass sich dieser Zustand mit dem Einzug der süßen Nachbarin Verena ändern wird. Ein glücklicher Umstand führt sie zusammen.

Seine Mutter ist davon alles andere als begeistert, denn in ihren Augen wollen junge Frauen wie Verena nur das Eine. Und dieses Chaos wird sie zu verhindern wissen!

Mithilfe von Verena und dem kauzigen Pfarrer Hollerberg stolpert Alfred in das eine oder andere Abenteuer. Ob er auf den Reisen sein Glück findet, bleibt abzuwarten ... Ein rasanter Liebesroman mit dem gewissen Schmunzelfaktor.